近代東アジアにおける
〈翻訳〉と〈日本語文学〉

Transition and Translation in Modern East Asian Literature

波潟 剛 編著

花書院

● 目　次 ●

近代東アジアにおける〈翻訳〉と〈日本語文学〉
Transition and Translation in Modern East Asian Literature

序 …………………………………………………… 波潟　剛…… 1

第一部　往来する日本語文学

한반도 내 일본어 잡지와 1910년대〈일본어 문학〉연구
　　──『조선 및 만주』(朝鮮及満州) 의「문예」관련기사를 중심으로──
　　………………………………………………… 정　병　호…… 9
（朝鮮半島における日本語雑誌と1910年代〈日本語文学〉研究
　　──『朝鮮及満州』の「文芸」関連記事を中心として──　鄭　炳浩）

1920年代中国における国木田独歩の翻訳と受容………梁　　　艶…… 27

From Exotic Life to City Life: Tracing the Lives of Nishiguchi
Shimei in Taiwan, Yamaguchi, Tokyo, and Fukuoka
　　………………………………………… NAMIGATA, Tsuyoshi…… 53
（異国の風俗から都市の風俗へ──西口紫溟の軌跡、台湾、山口、東京、福岡
　　　　　　　　　　　　　　　　　　　　　　　　　波潟　剛）

1930年代台日シュルレアリスム詩／絵画におけるアダプテーション
　　──楊熾昌と東郷青児、饒正太郎と古賀春江を例として──
　　………………………………………………… 頼　怡　真…… 75

第二部　文学の翻訳と東アジア

『鐵世界』論
　　──「報知叢談」欄における共同翻訳の可能性を中心に──
　　………………………………………………………趙　蓁　羅…… 99

日本語民間新聞『朝鮮日報』の文芸欄と日露戦争
　　──コナン・ドイル作〈ジェラール准将シリーズ〉の翻訳を中心に──
　　………………………………………………………兪　在　真…… 125

愛爾蘭文學的越境想像與福爾摩沙的交會
　　──以「西來庵事件」的文學表象為中心──　……吳　佩　珍…… 141
（アイルランド文学の越境とフォルモサ
　　──「西来庵事件」をめぐって──　呉　佩珍）

行走在汉语与日语之间
　　──诗人黄瀛留日时期中国新诗翻译活动考论──　…裴　　亮…… 161
（中国語と日本語の間を歩む
　　──日本における詩人黄瀛の中国新詩翻訳活動について──　裴　亮）

著者紹介……………………………………………………………… 175

序

　本書は、九州大学QRプログラム・特定領域強化プロジェクト「新資料発見に伴う東アジア文化研究の多角的展開，および国際研究拠点の構築」(2017〜2018年度、代表者：中里見敬) として取り組んできた研究成果の一部である。研究分担者である私（波潟）は、韓国、中国、台湾の研究者に呼びかけ、近代東アジアにおける文学の諸問題について、とくに「日本語文学」および「翻訳と翻案」を軸とした共同研究の可能性を模索し、2018年7月には、北九州市で開催された第8回国際文学倫理学批評研究会において、2つのパネルを企画して8名の発表を行った。その後も議論を続け、今回の論文集刊行に至っている。

　1990年代以降、ポスト・コロニアル文学論の普及・浸透にともない、東アジア各地において、それぞれの近代文学史に関する見直しが始まり、日本語文学に関する資料調査や、翻訳・翻案書の調査・分析が着実に進められてきた。今回論文集に参加した執筆者は、それぞれの地域において、東アジアの近代文学に関する実証的研究に携わってきたが、こうして一冊の論文集にその成果を並べてみるとき、各自の関心が論考のあちこちで接続・交差していく様子を確認することができ、企画・編集に携わる者として、非常に興味深い出来事であった。

　本論は第一部「往来する日本語文学」、第二部「文学の翻訳と東アジア」、ともに4本の論考から成り、計8本で構成される。以下、それぞれの内容を簡単に紹介したい。

　第一部「往来する日本語文学」では、植民地文学としての「日本語文学」という問題から始まり、日本人、日本語、そして日本文学が、東アジアにおける近代文学の展開においてどのような役割を果たしたのかについて論じている。

　鄭炳浩論文「한반도 내 일본어 잡지와 1910년대 〈일본어 문학〉 연구 ——『조선 및 만주』(朝鮮及満州) 의 「문예」 관련기사를 중심으로 ——（朝鮮半島における日本語雑誌と〈1910年代〈日本語文学〉研究 ——『朝鮮及満州』の

「文芸」関連記事を中心として――）」は、朝鮮半島における在朝日本人の日本語文学研究の中でもっとも不毛地ともいえる1910年代の植民地日本語文学の特称を考察したものである。この時期、朝鮮半島で発表された日本語作品を日本語総合雑誌である『朝鮮及満州』（京城：朝鮮雑誌社、1912年1月－）の文芸欄を中心に考察し、1910年代在朝日本人の日本語文学の論理とその内容的変容を検討することで1910年代朝鮮半島における日本語文学の全貌を明らかにしようとしている。

　1910年代『朝鮮及満州』を中心として考察した日本語文学の特徴は次の通りである。第一に、文学に対する真摯な評論が試みられており、文学を始めとして植民地朝鮮におけるあらゆる文化芸術分野の定着と展開過程、現況などを纏めている。第二に、1900年代に非常に否定的に捉えられていた朝鮮文学を可能な限りありのまま紹介しようとしている。第三に、植民地朝鮮の特徴を具体的に形像化し現地の在朝日本人たちを描いた作品の創作が強く主張されており、文芸欄もこの動きを反映し朝鮮そのものを素材とした作品が多く書かれている。第四に、当時朝鮮半島における日本語メディアで幅広く議論された堕落した在朝日本人像をテーマとした場合が極めて多い。また『朝鮮』から『朝鮮及満州』へと雑誌名の変更に伴って、この雑誌には在満州の作家や旧満州を背景とした作品も増えているのが確認できた。

　このような側面から1910年代『朝鮮及満州』の文芸は、1900初年代の日本語文学ともその様相を異にしており、1920年代の日本語文学へと移行するに至る過渡期として、新しい類型と多様な可能性を見せていたといえる。

　梁艶論文「1920年代中国における国木田独歩の翻訳と受容」は、自然文学の先駆者と言われ、日本近代文学の成立において指導的な役割を果たした作家である国木田独歩（1871-1908）について中国語訳という視点から論じている。彼の作品の新しさは、五四時期の新文化運動を積極的に提唱していた人々にとっても魅力的なもので、良い手本と見なされていた。1920年代、周作人（2点）、夏丏尊（5点）、美子（1点）、徐蔚南（3点）、唐小圃（7点）、稼夫（1点）、許幸之（1点）、涓涓（2点）、穎夫（1点）、黎烈文（1点）の10人が、20種の独歩作品を中国語に訳出した。その中で、「入郷記」「画の悲しみ」「春の鳥」「第三者」はいずれも2種類の翻訳が出された。この論文では、1920年代の中国における国木田独歩の翻訳と受容にスポットを当てている。まず、日本における独歩作品の出版状況を踏まえて、独歩作品が1920

年代に中国で盛んに翻訳されたのは、日本の文壇や出版界が積極的に彼の文学を世間に押し出そうとしていた力と、中国文人たちが文学革命運動を展開するために彼の文学に新しい要素を求めようとしていた力が合わさった結果であると指摘した。また、周作人・夏丏尊・徐蔚南・唐小圃らの訳業を取り上げ、翻訳の原因・動機・特徴などを分析し、特に唐小圃の翻訳・改作から、中国における独歩受容の一つの型が見られると指摘している。さらに、各翻訳者の所属する団体や掲載書誌の性格を説明し、文学研究会関係の人々と『小説世界』の唐小圃らは独歩翻訳・受容の両翼を担っていたことを明らかにし、当時の中国文壇は独歩の作品に独特な素材、新しい描き方及び文体などを求めていたことも究明した。最後に、独歩翻訳においては、『小説世界』は積極的に新しい文学のあるべき姿を探し、作り出そうとする面を呈しており、『小説月報』に遜色がないほど寄与したことを説明し、文学研究会の内部、及び商務印書館の内部の連動が見られることも補充した。

NAMIGATA Tsuyoshi, "From Exotic Life to City Life: Tracing the Lives of Nishiguchi Shimei in Taiwan, Yamaguchi, Tokyo, and Fukuoka"（波潟剛「異国の風俗から都市の風俗へ —— 西口紫溟の軌跡、台湾、山口、東京、福岡 —— 」）は、西口紫溟という人物に焦点を当てている。

1923年9月20日、関東大震災からまだ間もないこの時期、山口県下関市で発行される『馬関毎日新聞』において、西口紫溟「人類の家」という連載小説の掲載が始まった。震災の影響で東京在住の作家からの文章が滞り、急遽その穴を埋めるかために書かれたこの小説は、東京からはるか遠く、台湾を舞台にした長編小説だった。従来、関東大震災直後に台湾を舞台にした小説は、佐藤春夫の「魔鳥」（『中央公論』1923年10月）が知られている。それに対して「人類の家」はほとんど注目を浴びてこなかったが、佐藤が小説「魔鳥」を執筆し終えた時期にはすでに掲載が始まり、しかも半年におよぶ連載小説として地方紙において台湾ものが掲載された点で一考に値する。

西口紫溟は1896年、熊本の生まれで、本名は進卿という。済々黌から早稲田に進学した後、台湾に渡っている。1918年4月に台湾新聞社台北支局編集局に入社して以降、1922年4月に内地に戻るまで、新聞社での仕事とともに、『人形』、『南方芸術』などの雑誌を創刊し、みずから戯曲を作るなど、さまざまな活動を行っている。小説「人類の家」が台湾に素材を求めているのも、こうした経験を元にしていることが容易に想像されるが、実際、西口が1920

年に出版した『南国物語』に収録されている「猴洞窟の怪」との類似性が認められる。日本語文学について考える場合、植民地において執筆・発表された日本語の作品を示すことが多い。また、日本人作家が旅行などの短期滞在を元にして書き残した印象記や旅行記も少なくないし、既存の歴史書などを典拠にして小説を執筆する場合もよく見られる。しかし、西口の場合は、自分自身が台湾で出版した本の内容を元にして、自らの創作に活用したという点、すなわち自己翻訳・自己翻案といった分析を促す点で非常に興味深い例だといえる。この人物の軌跡を台湾、山口、福岡に点在する資料調査を元に明らかにした。

　頼怡真論文「1930年代台日シュルレアリスム詩／絵画におけるアダプテーション――楊熾昌と東郷青児、饒正太郎と古賀春江を例として――」では、1930年代の台湾におけるシュルレアリスム受容が考察されている。日本におけるシュルレアリスム受容の事例は、1928年に刊行された雑誌『詩と詩論』や、1929年第16回二科展に出展された古賀春江（1895-1933）の絵画「海」などが有名である。だがこの論文で注目するのは、古賀春江「海」と同様に出展したが「洋画の鬼才」、東郷青児（1897-1978）の絵画「超現実派の散歩」(Surrealistic Stroll) である。「超現実派の散歩」は、1930年代の台湾において、シュルレアリスム詩の結社「風車詩社」（1933年10月-1934年12月）を牽引した楊熾昌（1908-1994）の「日曜日的な散歩者――これらの夢を友・S君に――」（『台南新報』1933年3月12日付）と題目が似ている。一方、日本国内においては、台湾出身で日本への留学を経て台湾を拠点にシュルレアリスム運動を展開する楊熾昌と好対照となる詩人として、日本の中央の文壇で活躍していた台湾出身の詩人、饒正太郎（1912-1941）を挙げることができる。この論文では、詩と当時の絵画の関係を論じ、1930年代の台湾と日本において展開されたシュルレアリスム運動の真只中で、楊熾昌と東郷青児、そして饒正太郎と古賀春江のシュルレアリスム詩／絵画におけるアダプテーションのありようを明らかにしている。

　第二部「文学の翻訳と東アジア」では、すでに第一部でも論じられている文学の翻訳、あるいは文化の翻訳が、さらにジャンルの形成や、西欧文学との関係のうえでさらに検討され、近代文学の展開過程があらためて考察されている。

趙蘂羅論文「『鐵世界』論 ──「報知叢談」欄における共同翻訳の可能性を中心に ── 」は、明治日本におけるジュール・ヴェルヌの翻訳と受容について論じている。『鐵世界』は、1887年3月26日から5月10日まで『郵便報知新聞』の翻訳小説欄「嘉坡通信報知叢談」に「仏、曼、二学士の譚」という題目で連載されたのち、改題され、序文と凡例が付けられて、1887年9月集成社書店によって単行本化されている。従来の先行研究では、「報知叢談」に連載されたほとんどすべての連載小説は思軒訳とみなされてきたが、思軒の単独による翻訳だと断定できないと問題提起することから論を始めている。そのうえで、「報知叢談」欄の翻訳事情を考察し、この小説欄の翻訳が思軒の単独翻訳ではない可能性を指摘し、『鐵世界』訳者が未定であると想定し、英訳との比較分析を試みている。

　英訳との分析から見える『鐵世界』翻訳の方向性として指摘できるのは、〈生命／戦争〉という対立の前景化と、反フランス感情（＝ヴェルヌの反ドイツ感情）の弱化、そして同時代情勢の〈書き加え〉である。〈生命／戦争〉という対立の前景化は、科学を用いて文明社会を描写するという思軒のヴェルヌ観と通じるところがあり、反フランス感情の弱化も、ヴェルヌの反ドイツ感情を省こうとする思軒の意図と一致することを確認した。ただし同時代文脈を小説の中に盛り込もうとするところは思軒の文章からは確認することが難しく、このような訳者による〈創作〉は新聞小説という性格に起因すると考えられる。『鐵世界』における結末の変更は、以上の三つの翻訳の方向性が衝突し合った結果であった。結末の変更によって科学技術に対するヴェルヌの考え方は翻訳されることができず、大衆に受けられやすい勧善懲悪物語と読まれることになったと指摘している。

　兪在真論文「日露戦争と日本語民間新聞『朝鮮日報』の文芸欄 ── コナン・ドイル作「仏蘭西騎兵の花」翻訳を中心に ── 」では、日露戦争期、釜山の開港地で刊行された日本語民間新聞『朝鮮日報』（1905年1月15日～11月3日）の文芸物を研究対象に日露戦争と新聞文芸物との関連性と同時代の日本との関わり方を考察している。具体的な対象として『朝鮮日報』が看板翻訳小説として掲げ、また最も長く連載されたアーサー・コナン・ドイル（Arthur Conan Doyle）の歴史小説〈ジェラール准将シリーズ〉を翻訳した「仏蘭西騎兵の花」（1905年1月20日～3月27日、総56回連載）の掲載背景と翻訳文体の分析、訳者を考察した。

コナン・ドイルの〈ジェラール准将シリーズ〉は「現在」は退役した老将ジェラールがパリのとあるカフェーで若い客を相手に往年の自分の活躍ぶりを誇張しつつ物語る一人称枠小説の構図を取っている。だが、『朝鮮日報』に連載された「仏蘭西騎兵の花」は、このような原作の叙述構造の特色を生かせず、三人称小説に翻訳され、ジェラール中尉の勇敢さと兵士としての自負心が浮き彫りにされる冒険談として翻訳されていた。「仏蘭西騎兵の花」に見られる人称或いは叙述に対する認識の欠如は、当時の日本文壇及び翻訳小説における一人称語りに対する関心や試みとは距離があり、これは、瓜生寅という訳者に起因するところが大きい。瓜生の〈ジェラール准将シリーズ〉の翻訳は文学的接近ではなく、英語翻訳者でありまた近代初期の日本の軍事学の指南書を多数翻訳執筆した瓜生であったからこそ、日露戦争の雰囲気を高揚させるための軍事小説としての「仏蘭西騎兵の花」のような翻訳が誕生したと考えられるとの分析がなされている。
　呉佩珍論文「愛爾蘭文學的越境想像與福爾摩沙的交會——以「西來庵事件」的文學表象為中心——（アイルランド文学の越境とフォルモサ——「西来庵事件」をめぐって——）は、近代東アジア文学におけるアイルランド表象について論じている。
　12世紀以来、アイルランドは、イギリスによって植民地化されて、1922年に独立するまで、その支配下に置かれてきた。19世紀末から20世紀初頭にかけて、ナショナリズムが台頭し、アイルランドの人々の間では独立への希求が強まっていた。この時期の顕著となる文文学・演劇運動のなかで注目すべきは、アイリッシュ・ルネッサンスとも呼ばれた、アベイ・シアターの存在である。1911年から1912年にかけて、アベイ・カンパニーによるアメリカやロンドン各地の公演によって、アイルランド演劇は国際的な評価を獲得した。1913年以後、アイルランドが、労働争議による社会混乱に陥り、独立運動への動きが激しくなり、1922年にアイルランド自由国が誕生するに至る。このような時代背景からも分かるように、1912年以後の10年間は、アベイ・シアターを中心とする演劇運動が、アイルランド独立に向けた政治運動とも連動していた。しかしながら、それはたんなる政治運動の一部ではなく、アイルランド文学の誇らしい文化遺産として知られていることになった。
　アイルランドとアイルランド文学は、19世紀後半から、「反植民支配」というメッセージを帯びているアイコンとして、表象されている。実は、日本や

当時、その植民地支配下の台湾もアイルランド文学や演劇をとおして、その「反植民地支配」の思潮から洗礼を受けていた。また、この時期の台湾文学における「郷土芸術」、いわゆる台湾文学の「主体性」の形成にもその示唆が見られる。この論文の目的は、台湾の抗日運動の分水嶺といわれる「西来庵事件」以前、アイルランド経験がどのように台湾に影響を与えたかについて、中国の梁啓超と台湾の林献堂を中心に、探求することにある。また、菊池寛の「暴徒の子」と原作のグレゴリー夫人の「牢獄の門」との比較をとおして、アイルランド文学と「西来庵事件」との関わり、そしてアイルランド経験がどのように台湾文学の「郷土芸術」思潮に影響を与えたかについて、解明するのが、もう一つの目的である。

　裴亮論文「行走在汉语与日语之间 ―― 诗人黄瀛留日时期中国新诗翻译活动考论 ――（中国語と日本語の間を歩む ―― 日本における詩人黄瀛の中国新詩翻訳活動について ――）」が注目するのは、日中詩壇の「越境者」であった詩人黄瀛である。

　中国の新文学が始動する時期において、その誕生に日本ほど強い関心を示した国は、世界でも他に例を見ない。特に1949年以前は、日本における中国現代文学の翻訳と紹介は、きわめて連続的かつ同時的であった。今日に至るまで、「中国新詩と日本」という研究領域において、中日両国の学者によりすでに様々な研究が行われてきており、その成果は中国現代文学研究および日中比較文学研究の中に重要な位置を占める。既存の成果は、主に「日本での体験／日本的要素」という視点から出発し、日本の文化および近現代の文学思潮、その作家や作品が、中国現代文学の発生と発展に及ぼした影響を探ることであった。だが同時代の日本詩壇が、中国の新詩をいかに翻訳紹介し受容したのかという問題については、翻訳・受容学の視点から行う研究、すなわち作品がいつ、誰によって、どのような経路で、どのような媒介を辿ることで日本に翻訳・紹介されたのか、といった専門的な考証と研究が不足している。例えば、1920年代から30年代にかけて日本詩壇で活躍していた中国の詩人黄瀛は『詩神』や『詩と詩論』などの日本の詩誌において同時代の中国詩人の作品を翻訳・紹介し、「中国詩壇の現在」（1928）、「中国詩壇小述」（1929）といった詩論も執筆し、中国の新詩の発展に関する最新状況を日本詩壇に紹介していた。

　この論文は日中詩壇の「越境者」と言える詩人黄瀛に焦点を絞り、彼が日

本で発表した中国新詩の翻訳を整理する作業を通して、まずは黄瀛が1920年代日本詩壇で中国の新詩を積極的に翻訳紹介した背景と動機を解明し、その詩人および詩作に対する翻訳紹介の選択基準や、どの刊行物に発表するのかといった意図など、詩歌交流史の史実上の問題を明らかにしている。また、これを一つのケーススタディとすることで、1920～30年代の中国新詩と同時期の日本詩壇が、いかにして共振の「接点」を生み出したのか、そして中国新詩が翻訳によって日本においていかに認識され、いかなる影響を与えたのかを究明している。

　本論を構成するにあたり、あえて日本語と外国語を混交させたかたちで執筆分担を行った。これは、刊行後に東アジア各地の大学図書館などに所蔵され、さまざまな言語を使用する読者にとって関心の糸口となり、東アジアにおける近代文学の歴史について学ぶうえでの一助となることを期待してのことである。またこうした構成上、共通言語での理解も必須となるため、この序章においては日本語で各論文の概要を示し、それぞれの論文の冒頭には英語で要旨を付している。

　なお、本書のタイトルについては、主題の英訳というつもりで副題をつけている。そのうち、〈日本語文学〉に対応する部分には'Transition'を充てた。これは Faye Yuan Kleeman, *In Transit: The Formation of the Colonial East Asian Cultural Sphere*（University of Hawaii Press, 2014）での議論に示唆を受けたものであり、20世紀前半の東アジアにおける文化の接触や移動、受容や伝播という視点から〈日本語文学〉を考え、文学をめぐる移動・流動性に注目していることを示そうとしたためである。

2019年2月
九州大学大学院比較社会文化研究院　波潟　剛

第一部　往来する日本語文学

한반도 내 일본어 잡지와 1910년대 〈일본어 문학〉 연구

―『조선 및 만주』(朝鮮及滿州)의 「문예」 관련기사를 중심으로―

정 병 호
JUNG, Byeongho

Abstract

  This paper examines the historical meaning of the colonial Japanese-Language literature in the 1910s, especially focusing on the literary texts of *Joseon and Manchuria*, which was paid little attention even in the research filed of the colonial Japanese-Language literature in the Korean Peninsula so far. Through the research, we can conclude the characteristics of Japanese-Language literature in the 1910s are as follows. First, many serious reviews about literature have appeared in this magazine, and the formation and current status of literature and culture and arts in the colonial Joseon are summarized. Secondly, it was strongly argued that this magazine should symbolize the characteristics of colonial Joseon and create works depicting Japanese residents living in Joseon. The literary column reflects these movements, and many works based on the Joseon itself were created. Third, these works deal with many novels on the theme of the fallen Japanese impression of the Korean peninsula that was widely discussed in the Japanese media of the Korean peninsula at the time. In addition, since the name of the magazine was changed from "*Joseon*" to "*Chosun and Manchuria*", this magazine has also increased in works based on Manchurian. In this respect, Japanese-Language literature in the 1910s differs from Japanese-Language literature in the 1900s. And it contained various types and possibilities of transition to Japanese-Language literature in the 1920s.

1. 1900년대 〈일본어 문학〉에서 1910년대 〈식민지 일본어 문학〉으로

  일본과 한국에서 한반도 내 〈식민지 일본어 문학〉을 논할 때, 중일전쟁에서 태평양전쟁으로 이어지는 시기인 1930, 40년대 작품들이 그 중심에 위치하고 있음은 주지의 사실이다. 연구가 이 시기에 집중되었던 이유는 국책(國策)에 편승한 한국인 작가의 일본어 문학이 이 시기에 집중되어 있다는 점, 일본인 작가도 이 시기에 한반도에서 문단활동을 전개하고 있다는 점, 장혁주, 김사량 등 도일(渡日) 조선인 작가의 일본어 문학이 등장했다는 점 등을 들 수 있다.

그러나 이미 1900년대에 들어와 주로 일본어 신문.잡지를 중심으로 한반도 내에서 일본어 문학이 창작되고 있었으며 1945년 일본의 패전에 이르기까지 시간의 흐름에 따라서 다양한 형태의 〈식민지 일본어 문학〉이 전개되고 있었다.[1] 특히, 이러한 일본어 문학에 대해서 도입기라 할 수 있는 1900년대에 대해서는 몇몇의 연구성과[2]가 있지만 일본에 의한 강제병합이 이루어진 1910년대와 1920년대에 대한 연구는 상당히 미비한 실정이다. 물론 1910년대 일본어 문학에 대한 연구는 홍선영의 연구[3]와 박광현의 연구[4]가 있지만 전체적으로 한반도 내 일본어 문학 연구에서 차지하는 비중이 가장 낮은 편이라 할 수 있다. 이는 주로 1900년대는 한반도에서 일본어 문학이 성립, 형성되는 시기였기 때문에 주목을 끌 수 있는 점이 많았지만 1910년대는 이러한 흐름이 지속되었을 뿐 1930년대 이후처럼 본격적인 일본어 창작이 등장하지 않았다는 점에 기인하는 바가 크다고 할 수 있다.

본 논문은 한반도 내 〈일본어 문학〉 연구 중에서 가장 불모지라 할 수 있는 1910년대의 일본어 문학의 특성을 고찰하고자 한다. 그래서 1910년 한일강제병합으로 인해 일본의 식민지로 전락한 한반도에서 이들 일본어 문학은 1900년대와 비교하여 어떠한 변화가 초래되었는지, 그리고 이들 일본어 문학의 역할과 목적은 무엇이었는지, 1910년대 일본어 문학에서 주로 관심을 가지고 있었던

---

1) '한반도 식민지 일본어 문학'의 대략적인 흐름과 연구성과에 대해서는 정병호「한반도 식민지〈일본어 문학〉의 연구와 과제」(한국일본학회『일본학보』, 2010.11)를 참조.
2) 1900초년대의 대표적 연구로는 메이지시대 '한국이주 일본인 문학'을 '이주문학', '도한문학'이라는 시각에서 연구를 시도한 허석의 연구(「명치시대(明治時代) 한국 이주 일본인의 문화결사와 그 특성에 대한 조사연구」〈한국일본어문학회『일본어문학』제3집, 1997.6〉,「한국에서의 일본문학연구의 제문제에 대해서」〈한국일본어문학회『일본어문학』제13집, 2002〉와 러일전쟁에서 한일강제병합에 이르는 시기 일본어 신문.잡지의 문예란을 대상으로 한 정병호(「20세기 초기 일본의 제국주의와 한국 내〈일본어문학〉의 형성 연구」〈『일본어문학』제37집, 2008,6〉),「근대초기 한국 내 일본어 문학의 형성과 문예란의 제국주의」〈『외국학연구』제14집, 2010.6〉를 들 수 있다.
3) 홍선영「일본어신문『조선시보(朝鮮時報)』와『부산일보(釜山日報)』의 문예란 연구」(한국일본학회『일본학보』제57집2호, 2003)
4) 박광현「1910년대 '조선'(『조선급만주』)의 문예면과 "식민 문단"의 형성」(한국비교문학회『비교문학』Vol.52, 2010)

문학테마는 무엇이었는지를 파악하고자 한다. 또한 이 당시 한반도에서 발표된 일본어 작품을『조선 및 만주 (朝鮮及満州)』(京城 : 朝鮮雜誌社, 1912.1-) 의 문예란을 중심으로 고찰하여 1910년대 일본어 문학의 논리와 그 내용적 변용을 검토함으로써 1910년대 한반도 일본어 문학의 전모를 분명히 하고자 한다.

한반도 내 식민지 일본어 문학은 1900초년대『조선의 실업 (朝鮮之実業)』, 『조선신보 (朝鮮新報)』, 『조선 (朝鮮)』등 일본어 신문·잡지에 마련된 문예란을 중심으로 하여 본격적으로 개시된다. 조선 내 일본어 문학을 확산시키고자 하는 주요 논리는 첫째, 조선인 사회와는 구별되는 재한 일본일사회의 우월적인 아이덴티티 확보, 둘째, 일본에서 건너온 재조 일본인들의 타락과 폐풍을 구제하기 위한 계몽적 역할, 셋째, 조선문학이 고유한 문학내용을 가지고 있지 않다는 논리와 그렇기에 조선에 일본어 문학을 이식해야 한다는 식민지주의적 논리, 넷째, 조선문학 및 예술의 번역·소개가 식민지의 지 (智) 을 획득하는 계기로 의도되었으며 이는 조선문학 부재론이라는 표상에 토대하고 있었다는 점 등을 들 수 있다.[5] 전체적으로 러일전쟁 승리와 한반도 보호국화에 성공하였던 재조 일본인들이 완전한 식민지화를 촉구하며 이러한 발상에 근거하여 조선 내 일본어 문학을 기획하고자 하였다고 할 수 있다.

그렇다고 한다면 한국 강제병합에 의해 완전한 식민지화를 이루었던 1910년대 식민지 일본어 문학은 그 이전과 비교하여 어떠한 특징을 내포하고 있는 것일까? 위와 같은 논리를 계승한 형태인지 아니면 1900초년대의 논리와 준별되는 또 다른 시각이 내재되어 있었던 것일까? 본 장에서는『조선 및 만주』의 문학작품을 분석하기에 앞서 우선 1910년대 일본어 문학 및 문학과 관련된 기사를 중심으로 하여 1910년대 일본어 문학에 대한 관념과 역할, 나아가 그 위치를 그 이전 시기의 논리와 비교하여 파악하고자 한다.

1900년대 재조일본인들은 "취미의 타락을 교정하는 것은 목하의 급무" 라면서 "순문학의 보급은 타락한 거류민의 취미를 구제하는 일수단이 될 수 있다"[6]고 주장하며 재조 일본인들의 도덕적 구제와 계몽, 나아가 이를 통해 조선인 사회와 준별되는 우월적인 공동체 구축이라는 측면에서 조선 내 일본어 문학의 확산을 촉구하였다. 그러나 1910년대 일본어 문학 관련 기사에는 그러한 흔적은 보이지 않는다. 물론 "공리주의, 현실주의, 현금주의의 속물화", "수단을 돌아

---

5) 정병호「근대초기 한국 내 일본어 문학의 형성과 문예란의 제국주의」참조.
6) 「趣味の涵養―当居留民の趣味」『朝鮮新報』, 1907.6.20, 제5面

보"지 않고 "파렴치한 행위를 범하"며 "색 (色) 과 술에 탐닉"[7] 하는 재조 일본인들의 타락과 속물근성을 우려하는 기사가 산견되지만 이러한 실상을 문학의 제공을 통해 극복해야 한다는 계몽적 문학관은 나타나지 않았다. 따라서 타락과 속물주의의 계도라는 관점에서 재조 일본인들에게 일본어 문학을 확산시키고자 하는 경향은 한일병합 이후에는 거의 보이지 않게 된다.

한편, 조선문학 부재론의 제시와 더불어 "조선의 노래에는 신운 (神韻) 이 있는 것이 거의 없으며 저속하고 외설 (猥褻) 스런 것이 가장 많은데 (중략) 동요에 까지 권세 쟁탈의 뜻을 빗대어 말한다고 하는 것은 정말로 조선식이다."[8] 라는 시각에서 조선의 가요를 번역, 소개하며 조선문학 속에서 부정적 조선인상을 찾고자 하였던 자세도 1910년대에는 현저하게 줄어들었다. 수적으로 그렇게 많지 않지만 1910년대 조선문학 소개나 번역은 대개 가치평가를 배제한 채 작품 자체의 평범한 전달이 그 중심이 되고 있다. 물론 "우리들은 유래 조선 역사에 웅대한 기백을 찾을 수 없고 숭고한 기품을 찾을 수 없고 대인물을 찾을 수 없고 대문학을 찾을 수 없고"[9] 라는 식으로 조선의 자연환경과 관련지어 조선의 뛰어난 문학과 예술이 부재함을 주장하는 기사가 없는 것은 아니지만 조선문학을 소개할 때는 1900년대와는 다소 논조가 변하였다고 할 수 있다.

이와는 대조적으로 1910년대 문학과 관련된 기사를 보면 1900초년대에 비해 일종의 문학론이라고 볼 수 있는 글이 증가했음을 엿볼 수 있다. 예를 들면 일본문학자들이 문학교양과 외국문학에 대한 지식이 결여되어 있음을 지적하고 문학의 의의와 목적 등을 논한「새로운 사람의 새로운 문예수업 (新しい人の新しい文芸修業 附 文学の目的如何)」[10], 소설의 목적을 "인생의 연구자"[11] 라는 입장에서 동경의 소설계를 비판하고 조선적 현실을 그린 문예가 나타나지 않음을 한탄한「눈내리는 밤 (雪ふる夕―朝鮮文芸の一夕談)」, 하이쿠의 해설과 예술론 및 장르론을 전개한「하이쿠사해 (俳句私解〈一〉)」[12], 역시 하이론 (俳論) 에 해당하는「하이쿠 취미로부터 보는 설날 (俳趣味より見たる元日)」[13], 소나

---

7) 旭邦「植民地と青年」(朝鮮雑誌社『朝鮮及満州』제98호, 1915.9), p.1. 이 잡지로부터의 인용은 이후 호수나 발행연도만 표기.
8) 甘笑子「朝鮮の歌謡」(『朝鮮』제1권제3호, 1908.5), p.56.
9) 釈尾旭邦「朝鮮化論 我内地人を戒る」(제130호, 1918.4), p.4
10) 法学士 弁護士 工藤忠輔「新しい人の新しい文芸修業 附 文学の目的如何」(제80호, 1914.2)
11) 草葉生「雪ふる夕―朝鮮文芸の一夕談」(제78호, 1914.1), p.127
12) 宮内里風「俳句私解 (一)」(제68호, 1913.3)

무와 언관된 와카의 역사를 논한「치제 해변가 소나무에 대해 (勅題「海辺松」 について)」[14] 등을 들 수 있겠다.

그런데 이 중에서 첫 번째 글과 두 번째 글은『경성일보 (京城日報)』지상에서 1913년 11월 초 야마가타 슈코 (山縣盞湖) 가「과거의 죄 (過去の罪)」라는 소설을 번역하면서 서문에 쓴 글이 발단이 되어 세 명이 도쿄문단과 문학에 대한 의견을 둘러싸고 일종의 문학논쟁이 이루어지고 있었음을 시사하고 있다. 이러한 문학논쟁이 확산되거나 발전적으로 계승되지 못한 점은 아쉽지만 그래도 경성 내에서 이러한 논쟁적 기사가 언급되고 있음은 문학담론의 새로운 현상이라 할 수 있다.

한편 이와 관련하여 1910년대 또 다른 특징 중 하나는 도쿄의 주류문단의 흐름과 현황을 파악하여 이를 소개하고자 하는 움직임이 상당히 활발하게 전개되고 있다는 점이다. 이미 잡지명이 개명되기 이전인 1911년도에도 동시대 일본 현지의 문학계, 연극, 가부키 (歌舞伎) 의 동향과 다양한 문학잡지에 실린 작품 등을 소개·설명·비평을 시도한 난바 히데오 (難波英夫) 의「동도 문단 기억 그대로 (東都文壇記憶のま丶)」[15] 라는 연재기사나「문예소식 (文藝消息)」을 들 수 있는데 이「문예소식 (文藝消息)」은 1918년 4월호부터 1919년 4월호까지 연재되고 있는데 주로 문학계를 중심으로 하여 미술계, 극단, 음악계까지 일본현지의 현황을 소개하고 있다.

이와 같이 문학과 관련된 평론이 증가하면서 이렇게 도쿄의 문단을 매번은 아니라 할지라도 이렇게 규칙적으로 소개하고 있다는 점은 그 만큼 일본 현지문학에 대한 관심이 증폭되고 있음을 방증한다. 예를 들면 경성의 책방에서 신간물의 판매고를 물어본 후 순문예잡지인『와세다문학 (早稲田文学)』과『미타문학 (三田文学)』의 판매고가 예상 이상이라는 점에서 경성의 "문예취미의 범위도 그렇게 비관적이지 않다."[16] 라는 기사나 "소설이 많은『중앙공론 (中央公論)』이나『미타문학 (三田文学)』"의 판매고가 높다는 기사, 조선에 있는 일본인들은 "조선이나 만주에서 나온 잡지보다 도쿄에서 만들어진 것을 읽고 싶어"하며, "여자에 관해 쓴 것이나 소설이지 않으면 인기가 나쁘다."[17] 라는 기

---

13) やまと新聞編輯長 臼田亞浪「俳趣味より見たる元日」(제90호, 1915.1)
14) 文学士 坪内孝「勅題「海辺松」について」(제127호, 1918.1), p.114
15) 可水「東都文壇記憶のま丶」(『朝鮮』제38, 40, 41, 44号, 1911.4·6·7·11)
16) 草葉生「雪ふる夕—朝鮮文芸の一夕談」(제78호, 1914.1), p.126
17) 放浪男「京城賭黒道 (二)」(제86호, 1914.9), p.101

사가 이에 해당한다. 비단 문예관련 기사뿐만 아니라 이 당시 도쿄의 소식을 알리는 정기적 기사는 물론 다양한 내용의 기사가 빈출하고 있음은 재조 일본인의 〈내지〉 일본에 대한 높은 관심을 어떤 형태로든 『조선 및 만주』에서 흡수하려고 했다는 노력으로 볼 수 있다. 게다가 위의 인용에서 알 수 있듯이 〈내지〉 일본문학에 대한 인기도 높았기 있었기 때문에 일본의 현지문예를 소개하려는 다양한 시도가 있었다고 볼 수 있다.

그런데 이와 더불어 1910년대에는 식민지 문학을 일본 현지와는 구분되는 조선문단이라는 의식을 보여주는 움직임이 등장하게 된다. 이들 재조 일본인들이 그 동안 경성을 중심으로 전개되어온 조선의 일본어문학을 정리, 회고하고 짧은 시간이나마 그 문학적 궤적을 일목요연하게 기술하고 있다는 점이 바로 그것이다.

①우선 첫째로 역사를 조사해 보기로 한다. 경성 조류리계의 역사는 상당히 오래되었다. 지금부터 10여년전 확실히 1905,6년 무렵이었다고 생각하는데 야소타유 (八十大夫) 라는 자가 있었다. 이 사람은 기예도 매우 뛰어났고 당시 조루리계 제1인자임과 동시에 경성 조루리계의 원조이다.[18]

②이래 중앙 (일본현지-인용자주) 에서 하이단 (俳壇) 이 융성함에 따라 조선의 하이쿠계도 요시노 사에몬 (吉野左衛門) 씨가 경성일보 상에 「경일하이단 (京日俳壇)」을 창설하여 스스로 그 선정을 담당하고 (중략) 약 3년간은 이 「경일배단」을 중심으로 대단한 장관을 이루고 숱한 새로운 하이진 (俳人) 을 배출하였다.[19]

③그 때부터 6,7년이 지난 오늘날까지 경성의 문학적 운동을 미덥지 못한 자신의 기억을 더듬어 간단하게 표면적으로 써 보려고 생각한다.[20]

①의 문장은 경성 내 조루리계의 "과거 10여년간의 역사와 그 소장 (消長) 및 현재의 모습"에 대한 글이다. ②는 경성 내 하이쿠의 역사 및 문단형성사에 대해 상술하고 있는데 특히 그 중심에 있었던 요시아키 (義朗) 에 대해 작가론을 전개하고 있다. 이는 경성의 하이쿠론이자 재조 일본인들에게 가장 인기 있는 장르 중 하나였던 하이쿠를 통해 〈외지〉의 문학사, 작가론을 시도하고 있다. ③

---

18) 草野ひばり「京城の浄瑠璃界」(제136호, 1918.10), p.84
19) 在竜山 橘縁居主人「義朗氏と其俳句」(제130호, 1918.4), p.93
20) 英夫「京城と文学的運動」(제117호, 1917.3), p.103

은 난비 히데오 (難波英夫) 가 쓴 글로 특정한 장르에 한정하지 않고 초기 식민지 일본어 문학의 흐름에 대해 기술하고 있는데 하이진 (俳人), 가진 (歌人), 일본어 신문 및 잡지의 문예란, 문학잡지의 창간 움직임, 문학회 (단체) 의 내역 등 다기에 걸쳐 경성의 문단을 정리하고 있다.

그렇다고 한다면 식민지 조선의 일본어 문학에 대한 이와 같은 글들이 쓰인 이유는 어디에 있는 것일까? 대략 이러한 글들이 쓰인 것은 1917,8년 무렵이며 대략 『조선 및 만주』의 전신인 『조선』이 간행되고 나서 10년 전후에 해당하는 시기이다. 따라서 이러한 시간에 대한 관념에서 이들 문학의 소역사를 정리해야 한다는 의식이 작용하였으며 또 다른 측면에서는 조선에서 비록 미약할지라도 어느 정도 식민지 문학을 정리할 수 있을 만큼의 내용과 문학자들의 활동이 축적되었음을 방증하는 것이다. 이러한 기술은 특히 조선에 거주하는 일본인 문인들에 의해 식민지문학이 정리되었다는데 그 의미를 확인할 수 있으며 이로 인해 조선 내 일본어 문학은 〈내지〉 일본과 구분되는 일종의 조선문단 의식을 가지게 되었다고 해도 과언이 아닐 것이다.

그러나 1917에서 19년에 이르는 시기는 단지 문예 분야뿐만 아니라 다양한 문화예술 장르에서도 그 역사를 되돌아보고 현재의 상황에 대해 기술하고 있었던 시기였다. 예를 들면, "경성 비와 (琵琶) 계의 역사" 와 "상황" 그리고 "현재" 의 "융성"[21] 함을 기술하고 있는 「경성의 비와계 (京城の琵琶界)」, 각 장르의 공연상황과 더불어 "경성의 극장과 요세 (寄席) 와 활동사진관의 수와 그 변천의 개략"[22] 을 설명한 「경성의 흥업계 (京城の興業界)」 등이 그 예이다. 이렇게 본다면 1910년대 후반은 문학뿐만 아니라 식민지 조선 내에 각 문화예술 분야의 역사와 현황을 서술할 수 있을 만큼 내적 역량을 축적한 시기라 볼 수 있다.

이러한 의미에서 1910년대의 식민지 일본어문학은 1900년대와는 분명 다른 형태로 일본어 문학이 전개되었다고 할 수 있다. 러일선생을 거치면서 제국주의적 색채가 짙었던 일본어 문학 이식논의는 약해지고 문학에 관한 일반적 논의가 제한된 범위에서 이루어지고 있었으며 적극적으로 도쿄문단의 현황을 조선에 소개하고자 하였다. 이러한 흐름 속에서 식민지 조선의 일본인 문단을 포함해 각 예술분야의 역사를 정리하고자 하는 시도는 재조 일본인들 사이에 〈내지〉

---

21) 琵琶法師「京城の琵琶界」(제130호, 1918.4), p.97
22) 夢酒舎主人「京城の興業界」(제148호, 1919.10), p.113

일본과는 구분되는 식민지 조선문단에 대한 의식이 내재되어 있었으며 실제 각 분야의 내용과 활동이 어느 정도 축적되었음을 보여주고 있다.

2. 『조선 및 만주』〈문예란〉의 변용과 식민지 반도문학 형성의 열망

한반도에서 간행된 최초의 일본어 종합잡지인 『조선』은 1912년 1월호를 기점으로 "교통상으로 조선과 만주는 그 경역 (境域) 이 철거되고 있으며", "만주에서 우리 실력의 부식을 촉구하는 일이 급하"[23] 다는 인식 아래 제47호부터 잡지명을 『조선 및 만주』로 개제하였다. 잡지명의 개제와 더불어 찾아온 변화는 "조선을 연구·소개·평론함과 동시에 아울러 만주를 연구하고 소개하고 평론하여 우리 국민의 만주경영, 지나 (支那) 연구에 이바지하" 겠다는 의도로부터 알 수 있듯이 구만주지역에 대한 적극적 기사화를 시도했다는 점이다. 그런데 잡지명의 개제는 이러한 잡지편성의 내용적 변화뿐만 아니라 다음과 같이 잡지 발행빈도수, 잡지의 편집형식에도 다대한 변화가 일어난다.

> 본지는 유래 경적 (硬的) 기사를 그 특색으로 함으로써 일반의 초닌 (町人) 이나 농민은 어려워 읽을 수 없었다고 하고 (중략) 이에 본지는 1일호는 본지 종래의 어조를 유지하고 경적 기사의 특색을 한층 더 발휘하는데 노력하고 별도로 15일호를 발행하여 이를 선데이와 같은 464 배판으로 하여 통속적 기사와 연적 (軟的) 기사를 주로 다루어 실업 방면과 사회방면을 주로 개척하여 일반의 유상무상 (有象無象) 을 제도 (濟度) 하기로 하였다.[24]

이와 같이 정치. 경제를 중심으로 한 딱딱한 경적 기사보다는 사회. 문예와 같은 부드러운 기사를 중심으로 한 15일자를 새롭게 발행하는 까닭은 이 잡지가 "초닌", "농민" 등 비지식인층과 소통이 불가능하다는 이유 때문이었다. 그렇기 때문에 "연적 기사"를 통해 이들을 구제하고자 한다는 의도를 제시하고 있지만 실제 이러한 잡지간행의 변화는 잡지경영 문제와 밀접하게 연관되어 있었다. 왜냐 하면 이 잡지의 100호에서 편집자 및 경영자인 샤쿠오 슌조 (釈尾春仍) 가 "잡지경영"이 "곤란한 사업" 임을 실토하며 이의 이유로서 오늘날 "조선만주"

---

23) 「本誌の改題」(제47호, 1912.1), p.10
24) 「本誌は月二回発行とせり」 (제52호, 1912.6), p.8

가 "세인들에게 흥미를 끌지 못" 하고 있다는 점, "조선이나 만주에 있는 자가 조선이나 만주에서 나온 잡지보다 도쿄에서 만들어진 것을 읽고 싶어" 한다는 점, "내지인들은 조선이나 만주에서 만들어진 잡지를 읽어 볼 정도의 여유와 흥미를 가지" 고 있지 않다는 점, "조선인" 이나 "지나인" 은 "일본문의 잡지를 읽" 을 만큼 "세련" 되지 않았다는 점을 지적하고 있기 때문이다.

> 조선에서는 정치 쪽 뿐만 아니라 사회문제에서도 문예에 관한 것이라도 자극성이 강한 것은 검열관이 발행정지를 한다. 비교적 관대한 것은 3면적인 음매 (淫賣) 기사인데 이것도 너무 저촉하게 되면 유단은 할 수 없다. (중략) 또한 지금의 세태는 대개 의론 (議論) 이라든가 주의.주장이란든가 또는 이름이 없는 사람이 쓴 학예나 문장을 진지하게 읽는 촌스런 자는 적어졌다. 여자에 관해 쓴 것이나 소설이지 않으면 인기가 나쁘다.[25]

샤쿠오가 "잡지경영" 이 "곤란한 사업" 이라는 근거로 제시한 위의 글을 보면 왜 "연적 (軟的) 기사" 중심의 15일자를 별도로 발행하게 되었는지를 잘 알 수 있다. 그것은 기존에 고수해왔던 딱딱한 평론이나 주의, 주장과 같은 글보다는 "통속적 기사와 연적 (軟的) 기사" 와 같은 기사를 싣지 않으면 잡지의 일정한 판매를 보장할 수 없다는 사정을 들 수 있을 것이다. 그런데 이러한 15일자의 발행으로 인해 기존의 〈문예란〉도 새로운 변화를 겪게 된다. 15일자 잡지는 동일한 내용을 한 섹션으로 묶는 기존의 형식을 버리고 있는데 같은 해 12월 15일자를 내고 결국 간행을 중단하게 된다.

15일자호 발행의 실패여부는 차치하더라도 이의 영향으로 인해 1913년 1월호 (제66호) 부터 각 기사란이 없어지게 되고 이에 따라 산문소품 (수필포함), 소설, 장시, 한시, 와카 (단카), 하이쿠 등으로 구성되었던 〈문예란〉도 사라지게 된다. 그리하여 문예란의 흔적을 보이는 것은 〈歌〉란에 한시와 하이쿠가 배치되거나 (제66호), 그냥 특별한 난이 없이 한시, 하이쿠, 단카 등이 함께 배치되는 정도였다. 그러다가 〈문예〉라는 난의 표식이 다시 등장하는 것은 제98호부터이며 이후에도 약간의 변화를 보이다 제108호부터는 한시, 와카, 단카, 하이쿠가 〈문예〉 란이라는 이름으로 안정적으로 정착된다.

그렇다고 해서 기존의 〈문예란〉을 구성하였던 산문소품이나 수필, 소설 등

---

25) 旭邦生「百號の後ちに」(제100호, 1915.11), p.247

의 장르가 완전히 배제된 것은 아니다. 왜냐 하면〈문예란〉이 사라진 1913년 1월호를 보면〈歌〉란 앞에「개척자(開拓者)」(山地白雨),「여인의 편지(女の手紙)」(淸家彩果),「운(運)」(西村濤蔭),「복수초(福壽草)」(牛人)와 같은 소설풍 작품이나 산문소품 등이 게재되고 있고 나아가 이들 작가들은 문예란의 필진으로 활약했던 자들이기 때문이다. 이러한 의미에서〈문예란〉이『조선 및 만주』의 여타 섹션처럼 단일하게 편집되지는 못하였지만〈문예란〉의 자취는 계속되었다고 볼 수 있다.

한편 소설의 경우는 단일한 섹션으로 편집되지 않았던 1912년 7월 15일자(제55호)에서 소설란이 분리되어「바다(海)」라는 작품이 실리게 되며 이후에 1912년 3편, 1914년 1편, 1915년 3편, 1916년 2편, 1917년, 7편, 1918년 4편, 1919년 9편이 실리게 된다. 그런데〈소설〉장르와 관련하여 주의 깊게 보지 않으면 안 되는 점은 비록 목차는 본문에〈소설〉표기가 되어있지 않다고 하더라도 형식이나 내용적인 측면에서 소설로 읽어도 전혀 부방한 작품들이 다수 게재되어 있다는 점이다. 이러한 작품은 어딘가를 탐방하거나 누군가에게 들은 바를 전언의 형식으로 전하거나 자신이 겪은 실화를 전하는 방식을 취하고 있는 경우도 있지만 서사의 형태가 소설적이며 모든 형식이 소설적 구조를 취하는 경우도 적지 않다.

이러한 장르들이 등장하게 된 배경에는 역시 "통속적 기사와 연적(軟的) 기사" 또는 "여자에 관해 쓴 것이나 소설"만이 인기가 있다는 현실적인 편집의도와도 밀접하게 관련되어 있다고 보인다. 특히, 15일자호가 발행되기 시작한 이후, 매소부나 예기(藝妓)나 창기(娼妓) 등과 관련된 이른바 "3면적인 음매(淫賣) 기사"가 늘어나고 있는데 이러한 유형의 탐방기사가 계속 유지되고 있다. 이러한 탐방기사로부터 영향을 받으면서도 이로부터 탈피하여 소설적 형태를 취하면서 완전히 새로운 형태의 문학적 작품이 탄생했다고 볼 수 있을 것이다. 특히 주목할 만한 점은 이러한 작품들이야말로 오히려 경성의 현실과 재조 일본인의 생생한 모습을 직사(直射)하고 있는데 이러한 의미에서 식민지 조선의 재조 일본인들을 가장 잘 구현하고 있는 장르라고도 볼 수 있다.

이러한〈문예란〉의 변용과 더불어 이 당시 문예창작의 분야에서 식민지 조선에 기반한 식민지 문예의 출현을 촉구하는 다음과 같은 글은 식민지 일본어 문학사상 특기할만 하다.

①그리고 사회적 흥미를 중심으로 한 작품의 출현을 바람과 더불어 나는 취

재의 범위를 좀 더 지리적으로 넓혔으면 한다고 생각한다. (중략) 특히 대만이라든가 가라후토(樺太)라든가 내지는 조선과 같은 신영토에 제재를 취하게 된다면 매우 재미있는 것이 만들어질 것이라고 생각한다. 이 문예와 신영토라는 문제는 작가에게도 또한 그 토지의 사람들에게도 아주 흥미가 있는 문제라고 생각한다. 나는 사회적 흥미 중심의 작품과 신영토를 무대로 한 작품을 금후의 작자에게 기대하며 그 출현을 간절히 희망하는 자이다.[26]

②부산에서 나오고 있는 『식민지에서(植民地より)』라는 잡지에「비통한 반도문예(悲痛なる半島文芸)」라는 제목으로 실제 이 반도에서 탄생한 심혹(深酷)한 비통한 문예가 있었으면 한다는 취지를 쓴 적이 있었다. (중략) 이 동요하는 신개지(新開地)의 한기로부터 솟아나는 화려한 일면, 또는 점차 컬티베이트되어 가는 반도의 산야, 그러한 밝은 것이라도 좋지만 그 조차도 나타나지 않는다. 반도에는 결국 문예가 탄생하는 않은 것일까.[27]

기사 ②는 근래 일본문단의 경향이 주로 '자기고백'을 중심으로 하여 '연애문제나 가정의 파란만'을 그리는 '심리적 흥미물'만 많고 '사회적 흥미물'(p.12)은 잊혀지고 있다고 비판하면서 식민지 신영토에서 제재를 취한 작품의 등장을 강하게 촉구하고 있는 글이다. ③은 이미 부산의 다른 매체에서 "반도에서 탄생한" 문예의 출현을 갈망하면서 "신개지", "반도의 산야"를 그린 작품이 나타나지 않음을 한탄하고 있다.

이러한 글을 본다면 재조 일본인 문인들 사이에서는 "로컬 컬러"로서 조선적 특징을 잘 보여 주는 조선에서 만들어진 일본어 문학의 탄생을 상당히 갈망하고 있었음을 알 수 있다. 수필체 문은 장르의 성격상 원래 조선을 그린 작품이 많았지만, 이러한 담론의 영향인지 소설장르에서도 조선을 배경으로 하고 있는 작품의 수는 1910년대 시간의 흐름과 더불어 비약적으로 증가하게 된다. 예를 들면 1914년에는 6작품 중 조선물이 5편, 1915년에는 10작품 중 조선물이 6편, 1916년에는 총 8작품 중 조선물이 7편, 1917년에는 10작품 중 조선물이 8편, 1918년에는 총 17작품 중 조선물이 13편, 1919년에는 총 14작품 중 조선물이 6편인 점

---

26) 文学史 生田長江「文芸と新領土」(제70호, 1913.5), p.13
27) 草葉生「雪ふる夕—朝鮮文芸の一夕談」(제78호, 1914.1), p.126

을 보더라도 이를 잘 방증하고 있다고 볼 수 있다.

따라서 『조선 및 만주』를 중심으로 보았을 때, 1910년대 일본어 문학은 식민지화된 조선의 특징, 조선이라는 무대에 바탕하여 조선에 거주하는 일본인들의 일상적인 삶을 그린 식민지 일본어 문학을 갈망하고 있었으며 이는 〈문예란〉의 변화와 보조를 맞추며 실제 작품들도 이에 적극적으로 부응해 갔던 시기라고 할 수 있다.

3. 식민지 반도문학의 구축과 경성 재조 일본인의 표상

앞장에서 볼 수 있었듯이 『만주 및 조선』의 문예장르에서는 적어도 식민지 조선, 특히 경성을 무대로 하는 작품이 연이어 발표되고 있음은 조선적 현실을 반영한 "반도문학"의 창출이라는 열망을 반영하고 있음을 지적할 수 있다. 그렇다고 한다면 이들 소설 장르는 식민지 조선의 무엇을 그리고자 하였는가? 나아가 해당 작품은 작품세계의 주요 등장인물 = 재조 일본인들을 어떻게 표상하고 있는 것인가? 만약에 이러한 질문에 대답이 가능하다면 일본 현지에 있든 식민지 조선에 체류하든, 당시 소설창작의 주체 = 지식인에게 각인된 식민지 경성과 재조일본인들의 이미지에 대한 윤곽을 포착할 수 있을 것이다.

사실 식민지 조선을 무대로 한 소설을 본다면 구사바(草葉)가 말한 "반도에서 탄생한 심혹(深酷)한 비통한 문예", "동요하는 신개지(新開地)의 한기로부터 솟아나는 화려한 일면, 또는 점차 컬티베이트되어 가는 반도의 산야, 그러한 밝은 것"[28] 이라는 측면에서 본다면 전자에 가까운 테마가 압도적으로 많다. 특히 일본 현지를 무대로 한 소설을 제외하고 식민지 조선을 무대로 한 이른바 '조선물'을 중심으로 보았을 때 대다수가 전자에 속하며 그 중에서도 다음과 같은 내용의 소설이 절대 다수를 차지하고 있다.

> ①아이즈(会津) 중좌(中佐)는 그 이후 이 반도의 참혹한 숱한 병란과 소요를 보고 있는 사이에 자신도 빛나는 군복을 벗고 일시민이 되어야 할 때가 왔다. 아직 이국의 수도였던 경성에서 그 무렵부터 살고 있었던 일본인들은 공사관의 무관실에서 나온 이 한 시민을 기쁘게 환영하였다. 그들은 이 사람을 잡아 두면 뭔가 이권이나 돈벌이의 연줄로 반드시 이용할 수 있다고 생각했기 때문이다.[29]

---

28) 草葉生「雪ふる夕―朝鮮文芸の一夕談」(제78호, 1914.1), p.126

②작년 9월 (중략) 호리 (堀) 는 불쑥 경성으로 왔는데 그 날부로 이전에 있었을 때부터 자주 다녔던 유곽의 여자를 만나러 갔다. (중략) 돈이 끊어지게 되자 사람들은 점점 호리로부터 멀어졌다.[30]

작품 ①은 강화도조약 때부터 군인으로서 조선 식민지화의 역사를 목도하였던 두 군인 가문의 이야기이다. 내용의 중심은 경성 일본공사관 무관이었던 아이즈 중좌가 퇴역후 재조일본인들에게 "이권이나 돈벌이의 연줄" 로 이용을 당하다 채무관계로 딸 시나코 (志那子) 가 약탈결혼을 당하고 방탕아였던 남편의 폭력으로 딸을 데리고 가출하여 자살에 이르는 이야기이다. 백두산 근처의 국경에 근무하는 장교 하타케나카 (畑中) 중위의 시선으로 그려지는 이 작품은 돈벌이나 이권을 위해 인간을 이용하고 배신을 일삼으며 부도덕한 유곽을 드나드는 방탕 젊은이의 폭력, 가족을 위해 희생하지 않으면 안 되는 여주인공의 모습이 식민지화되어 가는 조선 역사와 더불어 활사되어 있다.

두 번째 ②의 소설은 호리라는 방탕자가 조선에서 유곽출입을 하며 사업차 가지고 있던 돈을 모두 낭비하고 돈이 있었을 시 그들 환영하였던 하숙집 주인과 주변 사람들이 돈이 떨어지자 그를 비하하는 재조일본인들의 퇴폐와 황금주의, 그리고 몰인정한 세태를 그린 것이다. 한편,「사쿠라이초의 여인 (櫻井町の女)」이란 작품에서 화자는 지문에서 자신이 "세상을 팔고 친구를 팔고 그 절개를 팔고 더욱이 그 아내를 팔고 아이를 파는 일조차도 대연히 결행되는 사회에 호흡하고 있"[31] 다고 되뇌고 있다. 이상의 작품을 보더라도 알 수 있듯이, 1910년대『조선 및 만주』의 소설작품들은 식민지 경성과 그곳에 살아가는 재조일본인들의 모습을 적극적으로 그렸는데, 그 형상이란 다름 아닌 재조일본인들의 퇴폐, 기풍문란, 음욕, 몰인정, 배신, 황금만능주의, 부정 등의 부정적 이미지를 그린 경우가 매우 많았다. 그러한 이미지는 관리와 부랑자, 남자와 여자, 중노년사와 젊은 사람을 가리지 않고 전반적으로 이러한 분위기에 침전되어 있는 모습으로 그려지고 있다. 그렇다고 한다면 많은 작품들에서 재조일본인들을 이렇게 표상하고 있는 이유는 어디에 있었던 것일까?

---

29) 岩波櫛二「小說 退役中佐の娘投身す」(제126호, 1917.12), p.94
30) 岡島睦「小説 金を持てぬ男」(제122호, 1917.8), pp.110-113
31) 闇の男「櫻井町の女」(제83호, 1914.6), p.121

허영, 위선, 풍기퇴폐, 박정 등의 불쾌한 공기는 신영토 식민지에서 통폐(通弊)로 하는 바이지만 경성만큼이나 이러한 약점과 결점을 격심하게 드러내고 있는 곳은 아마 적을 것이다. 공리주의, 현실주의, 이기주의자가 모여든다고도 할 수 있는 경성의 도의(道義) 퇴폐는 결코 이상한 바는 아니지만, 이는 서로의 손해이지 않겠는가? 남녀 모두 정조관념이 박약하고 허위(虛僞)의 교제, 허위의 부부관계를 계속하고 있어서는 인생의 의의라든가 권위라든가 가치라고 하는 것을 어디에 찾아낼 수 있겠는가? 첩, 매춘부, 유탕아가 발호하고 있음은 경성시민 일반의 도의심이 약하고 사회적 제재력이 빈약함을 의미하고 있는 것이다. 진정으로 통한해야 할 일이다.[32]

이 기사는 내용에 잘 드러나 있지만 경성 재조일본인들의 "허영, 위선, 풍기퇴폐. 박정" "이기주의" "허위"를 지적하고 그들의 문화적 현재성에 비판을 가하고 있는 기사이다. 이 인용문은 사회적 실체와 잡지의 기사, 작품 사이의 연관성을 보여주는 기사 인데, 사실 이 당시 재조 일본인에 대한 평가를 보면 이런 식의 판단이 주를 이루고 있다고 해도 과언이 아니다. 이렇듯 "조선 내지인의 정신 방면"이 "활동력", "기백", "웅대한 기상", "고결한 정신"이 부족하고 "작은 성공을 다투고 작은 명예를 다투고 서로 으스대며", "극히 물질적이며 현실적이다"[33]고 진단하며 재조일본인을 매우 부정적 시각에서 포착하고 있다.

물론 대중취향이 강한 여성물이나 유곽 및 남녀의 치정이 대중적 관심을 가지고 있는 테마라는 앞의 지적을 고려한다면 이러한 소설류의 테마와 일정한 연관성이 있으리라 생각한다. 그렇지만 1910년대 일본어잡지 『조선 및 만주』의 소설물이 포착하고 있는 식민지 경성의 "로컬 컬러"란 당시 여러 기사들에서 표상화되고 있었던 부정적 재조일본인상에 다름 아니었다고 할 수 있다. 앞에서 보았듯이 1900년대에는 순문학의 확산을 통해 타락한 재조 일본인을 계몽해야 한다는 논리가 있었지만 오히려 1910년대가 되면 타락하고 속물적인 재조 일본인의 그러한 이미지가 작품의 테마로서 전경화되어 있다고 할 수 있다.

한편 1912년 1월호부터 잡지명을 『조선 및 만주』로 개제하면서 "만주를 연구하고 소개하고 평론하여 우리 국민의 만주경영, 지나연구에 이바지하"겠다

---

32) △△生「活弁生活の裏面」(140호, 1919.2), p.69
33) 釈尾旭邦「朝鮮化論 我内地人を戒る」(130호, 1918.4), p.3

는 취지에 맞게 만주에 대한 정치, 경제, 평론, 탐방 등의 기사가 증가하고 있었다. 문예 분야에서도 재만주 작가의 글을 받아들인다든가, 만주지역을 무대로 한 소설작품을 게재한다든가 하는 형태로 이러한 움직임에 보조를 맞추어 다양한 형태의 만주관련 문예물이 등장하고 있다.

이들 만주를 무대로 한 소설의 창작과 잡지 게재도 분명 식민지 "신영토"에 기반한 문학 창작의 열망을 반영하는 형태라고 함은 두말할 필요도 없을 것이다. 따라서 1910년대는 식민지 일본어 문학이 "로컬 컬러"에 바탕한 식민지 문학 등장이라는 담론과 더불어 일본어 잡지에서도 이에 적극적으로 부응하여 현지에 기반한 식민지 문학이 적극 모색되었던 시기였다고 할 수 있겠다.

4. 나가며

1910년대『조선 및 만주』를 중심으로 살펴본 일본어 문학의 특징을 정리하면 다음과 같다. 첫째, 문학에 대한 진지한 평론이 시도되고 문학을 비롯하여 식민지 조선에 있어서 각 문화예술분야의 정착과 전개과정, 현황 등에 대한 정리와 기술이 이루어지고 있었다. 둘째, 한국문학에 대한 평면한 소개가 이루어졌다. 셋째, 식민지 조선을 구체적으로 형상화하는 현지 재조 일본인들을 소재로 한 작품이 만들어져야 한다고 주장되었고 문예란도 이를 반영하여 식민지 조선을 배경으로 한 다량의 소설작품이 쓰였다. 넷째, 이들 작품들은 당시 폭넓게 논의되고 있었던 타락하고 부정한 재조 일본인상을 데마로 한 경우가 많았으며 잡지명의 변경과 더불어 재만주 작가의 작품이나 만주를 배경으로 하는 작품들도 늘어나고 있음을 확인할 수 있었다.

그러나 이들 일본어 문학에는 이들과도 성격을 달리하는 다양한 가능성을 보여주는 새로운 시도들이 있었다. 예를 들면 3.1독립운동을 시대적 배경으로 한 「소설 꽃이 필지 말지」(小説 咲くか咲かぬか)는 일본 현지 작가에 의해 쓰인 글이다. 이 작품은 나가노현(長野県) 우에다(上田)의 "잠사학사"(蠶絲學舍)에 유학온 "조선귀족의 아들"인 김(金)과 그의 하숙집 딸인 치카코(智果子)의 남녀관계를 그린 소설인데 조선과 일본의 현재성을 상당히 의식하고 그린 소설이라 할 수 있다. 예를 들면 김이 조혼을 하였다는 점, 김이 도쿄의 유학생 독립선언 참여와 치카코 사이에 고민하고 있다는 점, 3.1운동을 시대적 배경으로 하고 있다는 점, 둘 사이의 내선(內鮮) 결혼의 가능성을 열어놓고 있다는 점 등이 이에 해당한다.

다음으로 "중앙정계의 책사로서 이름을 알리고 실업계에도 상당한 지반과 세

력을 가지고 있는 야마카미 (山上) 씨가 돌연 도선 (渡鮮)" 한다는 부분에서 이 야기가 시작되는「소설보다 진기한 모사업가의 로망스 (小說より奇なる某事業家ローマンス)」라는 소설은 그의 1881,2년경 한국정부의 고문으로 조선에 건너왔으나 본국 일본의 의지에 반하면서도 한국정부의 이익을 도모하여 일본정부로부터 쫓기게 되어 한국의 대관집에 숨어 종적을 감추었다는 내용이다. 그래서 그 집안의 딸과 사랑에 빠져 아이를 가졌으나 공개적으로 혼인을 맺을 수 없어 아들인 고마오 (高麗雄)를 일본으로 데려 갔다가 이번에 다시 함께 한국에 나온다는 이야기이다. 이 소설은 한국정부고문, 대원군, 하나부사 (花房) 소동, 민비사건, 조선 양반가의 특징, 러일전쟁 등을 시대적 배경으로 하여 식민지 조선의 역사를 전경화했다는 데 그 특징을 엿볼 수 있는 소설이다.

한편「소설 대평원의 흙 (小說 大平原の土)」은 러일전쟁을 배경으로 마사키 (正木)라는 병사가 이 전쟁 중에 만난 중국인 진병 (陳炳) 부자와 맺은 인간적 관계, 종전 후 그 부자의 안부를 염려하는 소설이다. 이 소설은 "무장을 해제하고 총을 버리고 평화롭고 자유" 로운 삶을 희구하고 있으며 그가 만난 중국인에 대해 인간적 정서를 느끼며 "외국과 외국의 싸움 때문에 봉변을 당하여 부득이 소유지를 전장으로 제공할" (p.235) 수밖에 없었다는 인식을 가지고 있다. 이러한 면에서 전쟁에 휩쓸린 중국인에 대한 동정과 평화기원, 반전의식을 내포한 소설로서 특기할 만하다고 하겠다.

이러한 측면에서 1910년대『조선 및 만주』의 문예물은 1900초년대의 일본어 문학과도 그 양상을 달리하며 1920년대 일본어 문학으로 넘어가는 새로운 유형과 다양한 가능성을 보여주고 있었다고 할 수 있겠다.

참고문헌
『朝鮮新報』,『朝鮮及滿州』(朝鮮雜誌社),『朝鮮』(朝鮮雜誌社) 등의 제기사
神谷忠孝・木村一信 編 (2007)『〈外地〉日本語文學論』, 世界思想社
박광현 (2010)「1910년대『조선』(『조선급만주』) 의 문예면과 "식민 문단" 의 형성」, 한국비교문학회『비교문학』Vol.52
정병호 (2008)「20세기 초기 일본의 제국주의와 한국 내〈일본어문학〉의 형성 연구—잡지『조선』(朝鮮, 1908.11) 의「문예」란을 중심으로—」,『일본어문학』제37집
─── (2010)「근대초기 한국 내 일본어 문학의 형성과 문예란의 제국주의—『朝鮮』(1908.11)』『朝鮮 (滿韓) 之實業』(1905.14) 의 문예란과 그 역할을 중심으로」,『외국학연구』제14집
─── (2010)「한반도 식민지〈일어어 문학〉의 연구와 과제」, 한국일본학회『일본학보』

조윤정 (2009)「내선결혼 소설에 나타난 사상과 욕망의 간극」, 한국현대문학회『한국현대문학연구』제27집
조진기 (2007)「내선일체의 실천과 내선결혼소설」, 한민족어문학회『한민족어문학』제50집
──── (2010)『일제 말기 국책과 체제 순응의 문학』, 소명출판
허 석 (1997)「명치시대(明治時代) 한국이주 일본인의 문화결사와 그 특성에 대한 조사 연구」, 한국일본어문학회『일본어문학』제3집
──── (2002)「한국에서의 일본문학연구의 제문제에 대해서 도한문학의 "존재"에 초점을 맞추어」, 한국일본어문학회『일본어문학』제13집
홍선영 (2003)「일본어신문『조선시보(朝鮮時報)』와『부산일보(釜山日報)』의 문예란 연구―1914년~1916년―」, 한국일본학회『일본학보』제57집2호

1920年代中国における国木田独歩の翻訳と受容

梁　艶
LIANG, Yan

Abstract

　　Kunikida Doppo is an important writer in Japanese modern literature. He has composed many fresh and sharp works with very unique styles in his short life. He was introduced to China since 1920s, and at least more than 30 of his works had been translated into Chinese before 1949. This paper focuses on the works in 1920s. First it examines the translation characteristics and purposes and introduces Zhou Zuoren, Xia Mianzun, Tang Xiaopu and Xu Weinan's translation versions. Then it discusses Tang Xiaopu's novels, which are adapted from the novels of Doppo. This paper inspects the literature group the translators belong to and the property of the magazines publishing their translations. It comes a conclusion that members of literature research group and followers led by Tang Xiaopu's *Novel World* held up the half sky separately of the translation of Kunikida Doppo's works in 1920s. They search new source material, new type of writing and new creating method by combining their own taste with the need of Chinese literature at that time in order to reform the old literature of China.

1．東アジアにおける国木田独歩

　37歳の若さで世を去った国木田独歩（1871-1908）は、自然文学の先駆者と言われ、日本近代文学の成立において指導的な役割を果たした作家である。「武蔵野」「忘れえぬ人々」「牛肉と馬鈴薯」などの読者の心を揺さぶる名作を数多く残した。そして、その新しい要素が含まれた作品は、1910年代前後、日本に来ていた東アジアからの留学生たちにとっても魅力的なもので、良い手本と見なされていた。独歩の作品が海を越えて、朝鮮近代文学の成立に大きく関与したという事実は、すでに丁貴連（2014）の研究によって明らかにされている[1]。一方、中国では、王向遠（2001）は『二十世紀中国的日本文学翻訳史』において、1920年代中国の文学者たちが『小説月報』を拠点として、自然主義文学を盛んに提唱していた背景を説明した上で、その時期に発

表された独歩作品の中国語訳を11点挙げ、夏丏尊訳『国木田独歩集』の内容と特徴を重点的に紹介した[2]。また、顔淑蘭（2016）は夏丏尊訳「女難」を取り上げ、その翻訳背景を考察し、原文テクストの構造と夏丏尊の翻訳テクストを詳細に比較した[3]。このように、これまでの中国における国木田独歩作品の翻訳に関する研究は、夏丏尊訳を中心に検討されてきたが、その全体像及び受容の実態は明らかにされたとは言えない。具体的に言うと、各時代に誰が何を翻訳したか、その目的は何なのか、まだはっきり把握されていない。さらに、韓国の場合と似ているように、独歩作品をもとにした翻案や創作などがあるかどうか、その作品は中国新文学の発生と発展に影響を与えたかどうかなど、深く究明する必要があると考える。本稿ではこれらの問いを念頭において、1920年代中国における国木田独歩作品の翻訳と受容の状況を考察する。

２．国木田独歩が中国において翻訳された理由

　国木田独歩は1897年に処女小説「源叔父」を発表してから亡くなるまで、健筆をふるい続けていた。生前に、短編集『武蔵野』（民友社、1901）、『独歩集』（近事画報社、1905）、『運命』（左久良書房、1906）、『濤声』（彩雲閣、1907）を発表し、さらに『病床録』（新潮社、1908）、『独歩集第二』（彩雲閣、1908）『欺かざるの記（前編）』（左久良書房、1908）、『渚』（彩雲閣、1908）、『愛弟通信』（左久良書房、1908）、『欺かざるの記（後編）』（隆文館、1909）、『黄金の林』（治子夫人との共著、日高有倫堂、1910）、『独歩書簡』（新潮社、1910）、『独歩全集（前・後編）』（博文館、1910）、『独歩遺文』（日高有倫堂、1911）、『独歩小品』（新潮社、1912）、『独歩詩集』（東雲堂書店、1913）、『独歩手記』（早稲田文学社、1916）などが死後に相次いで刊行された。

　独歩が小説家として活躍していた十余年の間は、魯迅、周作人、陳独秀、許寿裳らの後に中国新文学運動の中心人物になる人々が日本に留学していた

---

1) 丁貴連『媒介者としての国木田独歩――ヨーロッパから日本、そして朝鮮へ』（翰林書房、2014）。
2) 王向遠『二十世紀中国的日本文学翻訳史』（北京師範大学出版社、2001）。pp.112-118。
3) 顔淑蘭「夏丏尊訳・国木田独歩『女難』：『同情』の力学と中日の自然主義文学」（『野草』第98号、2016）。

が、1920年までは独歩とその作品はいっさい翻訳・紹介されていなかった。独歩作品の中国語訳は、1921年に発表された周作人訳「少年的悲哀」(『新青年』第8巻第5期)が最初である。その後、夏丏尊や徐蔚南などの文学研究会のメンバーがその翻訳に手を染め、『小説世界』の同人や日本留学中の文人たちも携わったため、その中国語訳が次から次へと雑誌に掲載されるようになった。筆者の調査によれば、(附録1を参照)、1920年代から40年代にかけて、「巡査」、「女難」、「湯ヶ原より」、「星」、「夫婦」、「詩想」、「泣き笑ひ」、「肬の侮辱」、「入郷記」、「画の悲み」、「春の鳥」、「非凡なる凡人」、「牛肉と馬鈴薯」、「運命論者」、「馬上の友」、「疲労」、「第三者」、「二少女」、「沙漠の雨」、「帽子」、「酒中日記」、「正直者」、『欺かざるの記』(後編の一部)、「窮死」、「竹の木戸」、「雪冤の刃」、「二老人」、「近頃逝きし友を思ひて」など、およそ30種類の独歩作品が中国語に翻訳されたということが分かった。すでに指摘されているように、中国は「五・四」時期に、茅盾主催の『小説月報』を中心に、自然主義文学を激賞し、それを用いて中国の古い文学を革新しようとするブームがあった。独歩は日本自然主義文学の代表作家として、そのブームに乗って移入されてきたと考えられる。しかし、翻訳者の主観性、それに時代背景の変化などを除外して、一概に自然主義文学を取り入れようとするために独歩を翻訳・紹介したとは言えないだろう。それについては、第3節で翻訳者ごとに述べていく。

　独歩が翻訳された理由を分析する時、受容側の中国の土壌を考える一方で、発信側の日本における独歩文学の評価と出版状況も考えなければならない。独歩が亡くなってから、新潮社、春陽堂、博文館、大鐙閣、隆文館、梁江堂書店、日高有倫堂などの出版社は競い合うかのように独歩の作品を刊行してきた。その中でも、特に注目すべきは新潮社と博文館である。博文館は1910年に『独歩全集』(前編・後編)を刊行し、1920年にその縮刷版も出した。一方、新潮社は1917年に、『武蔵野及渚』『独歩集』『独歩書簡』『運命』『濤声』『独歩小品』からなる「縮刷独歩叢書」、水戸部茂野訳『英訳独歩集』を刊行し、1918年に『第二独歩集』『欺かざるの記』(前編・後編)も出した。1920年代に発表された独歩作品の中国語訳からみると、『独歩集』『第二独歩集』を底本としたものが多いらしい。周作人と夏丏尊の訳業は、近事画報社版『独歩集』(1905)、左久良書房版『運命』(1906)、彩雲閣版『独歩集第二』(1908)を底本とされたものだが、稼夫は「入郷記」を訳した時、新潮社版『第二独

歩集』（1918）を参照した[4]。1934年に「恋愛日記」を訳した汪馥泉は、友たちに頼んで日本から春陽堂版『欺かざるの記』（1922）を購入し底本としたが、実は12年前の1922年に上海の書店で購入・愛読していた新潮社版『欺かざるの記』（後編）（1918）を失ったという経緯がある[5]。また、唐小圃のような博文館版『独歩全集』を読んだことがある翻訳者もいるらしい。要するに、日本で刊行された独歩作品集は当時中国で読まれる機運に恵まれていた。

新潮社の独歩出版について、さらに言及しなければならないのは、1917年12月に書き下ろし評伝シリーズ『最近日本文豪評伝叢書』の第一編として出版された江馬修著『人及び芸術家としての国木田独歩』である。この著書は、最初のまとまった独歩評伝として、そして坂本浩著『国木田独歩』（三省堂、1942）が現れるまで、25年にわたって、唯一の独歩評伝として重要な役割を担った[6]。『東京朝日新聞』は1917年12月11日・25日に、その広告と紹介を掲載した。

　　海外崇拝の時代漸く去って国民其の獨自の文学を生まんとする時に當り、本叢書出づ。第一編『獨歩』は江馬氏が満腔の熱愛を傾けて成せるものにして、全編十九章。天成の藝術家獨歩が多奇多彩の生涯は此一巻の中に丸彫にせられたるを看る可き也。（12.11）
　　明治文壇に一地歩を占むる獨歩の評傳として最初のものなるべし「日本文豪評傳叢書」の一冊として出づ。（12.25）

上記の引用からわかるように、大正期に入って西洋の影響から脱出し、独自の文学をアピールしていた日本の文壇は独歩を高く評価している。「最近日本文豪評伝」という叢書のタイトルからも新潮社は新しい日本文学を広く宣

4）稼夫は「負骨還郷日記」（『小説世界』第6巻第12期, 1924）の付記において、「独歩集中, 有暴風一篇」と語った。1924年までに出版された独歩作品集の中では、タイトルに「独歩集」という文字があり「暴風」も収録したのは、新潮社版『第二独歩集』（1918）しかない。そのため、彼が使った底本は新潮社版だとわかる。付記に「他的小説, 有英語譯本」と書いている点からみると、上記の『第二独歩集』に掲載されている水戸部茂野の英訳独歩集の広告を見たと考えられる。

5）汪馥泉訳「恋愛日記」（『綢繆月刊』第1巻第2期、1934）、p.27。

6）滝藤満義「解説」（吉田精一監修　近代作家研究叢書12　江馬修著『人及び芸術家としての国木田独歩』日本図書センター、1983）、p.4。

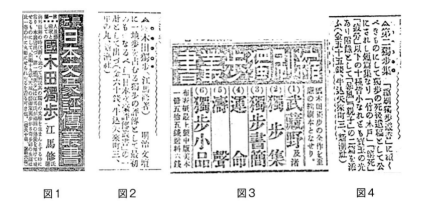

図1　　図2　　　　図3　　　　　図4

伝しようとする姿勢が窺える。前述した新潮社版の独歩叢書と江馬修の独歩評伝の出版が、独歩文学を一層盛んにさせたであろうと考えられる。

　そのような動向を中国文人は見逃さなかった。1919年3月の周作人の書目には「国木田独歩　江馬修」[7]という記載がある。周作人訳「巡査」の付記及び周氏兄弟共訳の『現代日本小説集』に掲載された独歩紹介は、いずれも江馬修の独歩評伝を引用した。それ以外に、美子が「湯原通信」(『小説月報』1922年第13巻第2期)の付記において、相馬御風の「明治文学講話」(『新文学百科精講(後編)』新潮社、1914)を援用し、独歩作品の分類などを紹介した。要するに、独歩作品が1920年代に中国で盛んに翻訳されたのは、日本の文壇や出版界が積極的に彼の文学を世間に押し出そうとしていた力と、中国文人たちが文学革命運動を展開するために彼の文学に新しい要素を求めようとしていた力が合わさった結果である。

3．国木田独歩の翻訳者たち

　1920年代、周作人(2点)、夏丏尊(5点)、美子(1点)、徐蔚南(3点)、唐小圃(7点)、稼夫(1点)、許幸之(1点)、涓涓(2点)、穎夫(1点)、黎烈文(1点)の10人は20種の独歩作品を中国語に訳出した。その中で、「入郷記」「画の悲み」「春の鳥」「第三者」はいずれも二種類の翻訳が出された(附録1を参照)。なお、周作人、夏丏尊、徐蔚南と唐小圃の4人は、特筆す

---

7)『周作人日記(中)』(大象出版社、1996)、p.78。

べき翻訳者だと思われる。

3.1 周作人と国木田独歩

前文で押さえてきたように、周作人は最初に独歩作品の翻訳に携わった中国人であり、その第一人者ともいえる。『周作人日記』における独歩関連の記載は以下の通りである。

『周作人日記』抜粋[8]

1918年12月20日	閲獨歩集			（上）p.792
1919年5月14日	閲珊瑚樹及第二獨歩集了			（中）p.26
1920年12月9日	訳國木田少年の悲哀晩了凡三日			（中）p.161
1921年10月11日	上午訳独歩小説（巡査——筆者注）未了			（中）p.203
1921年10月13日	上午訳独歩（巡査——筆者注）了			（中）p.203
1918年書目	五月	獨歩集	國木田獨歩	（上）p.803
1919年書目	三月	國木田獨歩	江馬修	（中）p.78
		運命	國木田獨歩	（中）p.78
		濤聲	同	（中）p.78
	四月	第二獨歩集	國木田獨歩	（中）p.81
		武蔵野	又（同上——筆者注）	（中）p.81

その記載から、周作人が主要な独歩短篇集を入手したということがわかる。独歩の小説をほぼ網羅的に読んだ彼は、なぜ『独歩集』（近事画報社、1905）から「少年的悲哀」を、『運命』（左久良書房、1906）から「巡査」を訳出したか。これについては、「少年的悲哀」の付記、そして『現代日本小説集』に載せられた独歩紹介を、江馬修の独歩評伝と比較・検討する必要があると思う。

【資料１】江馬修著『人及び芸術家としての国木田独歩』（新潮社、1917）[9]
　（前略）彼はそれまでの文壇に取っては實に人氣の無い作家であった……花袋が「文書世界」の主幹となってこの主義の宣傳を努めるや、日本の青年は一斉にこの新しい「自然主義」の旗のもとに馳せ集まった。この自然主義運動の發途に於いて世に出たのが「獨歩集」で、それが新運動の製作方面を代表するものとせられた。かうして人氣なきを嘆いた彼は急に文壇の人氣作家となり、

8）同前、（上）と（中）はその上巻と中巻を指す。
9）前掲書、吉田精一監修「近代作家研究叢書12」から引用する。下線、番号などは筆者による。以下、同様。

更に「運命」の出づるや名聲は益々高まって、一躍して文壇一流の大家として推されるに到った。……田山花袋はその「國木田獨歩論」に於いて、彼の「女難」と「正直者」とを明治文壇で嚴肅な意味での性慾を書いた小説の開祖とした。……①しかし彼は自分を自然主義者として呼ばれることを喜ばなかったばかりでなく、所謂自然主義的態度に飽き足りなかった。自然主義者の排理想、排主觀、排技巧、無解決等の主張に對して彼は理想を重んじ、主觀を重んじ、技巧を重んじ、解決を欲した。同じ客觀を重んずるにしても、前者が同情を棄て、主觀を棄て、虛心平氣を以ってせんとするのに、彼は「母の如き同情を以て觀察描寫」することを詩人の第一本義と考へた。(pp.145-150)

　②「武藏野」一卷は、彼の若々しいローマンチシズムと、オーズオース及びツルゲーネフの影響を持った一種のナチュラリズムとの織交ぜによって、未だ渾沌とはしてゐるが、彼に特有な清新にして哀々たる詩趣に溢れてゐる。彼が少女を描き、戀愛を描く時は彼自身の痛切な經驗からおのづから現はれる一種の苦々しさを伴ってゐながら、猶美しくはあるが淺い空想的な色彩を振ひ落すことができないでゐる。(p.123)

　(前略)彼が最も代表的な傑作と稱讚せられた「牛肉と馬鈴薯」の根本思想は既に「驚異」に於いて歌はれたものであり……しかし自分は……この一篇は雄辯になり過ぎ、流暢になり過ぎ、暗誦的になりすぎて痛切さを缺いてゐるのを遺憾に思ふ……自分はこの作よりも、寧ろ「馬上の友」「畫の悲しみ」「少年の悲哀」「春の鳥」「非凡なる凡人」の如き少年時代の回想又は少年を書いたものを取る。(pp.147-148)

　(前略)十二月、彼は家事の煩累を避けるために、妻子をその生家に託して、自ら駿河臺なる侯爵西園寺公望の家に寄寓する事にした。……彼は此處にゐた間に二つの佳作、「牛肉と馬鈴薯」及び「巡査」を書いた。……「巡査」は侯爵邸内の巡査をモデルにして書いた非常に短いものであるが、自分では大いに氣に入って「此は僕の傑作だ、この作程自分の思ふとほりに書けたものは無い。今の讀書界には容れられないかも知れんが、僕は自ら傑作と信ずる」と云ったさうである。この二篇は共に大阪の「小天地」といふ文學雜誌に載った。……彼は「巡査」の原稿料を少くも五圓位は送ってよこすだらうから、送って來たら知人達と金の許す範圍で遊ばうと約束してゐた。ところが水引をかけて送ってきた包を開いてみると、漸く三圓しか入ってゐなかったので、散々な不機嫌だったさうである。(pp.130-135)

【資料２】周作人訳「少年的悲哀」付記（『新青年』第８巻第５期、1921）
　　國木田獨歩（Kunikida Doppo 1871-1908）是(A)日本自然派小説家的先駆，他的傑作獨歩集在一九〇四年出版，但當時社會上沒有人理會他，等到田山花袋等出來竪起自然主義的旗幟，這纔漸漸有人知道他的價值，但是他已經患肺病，不久死了。獨歩集裏的正直者（Shojikimono）與女難（Nyonan）等幾篇，那種嚴

粛的性欲描寫為以前的小説所未有，(B)的確可以算是自然派的礦野上的喊聲；①但他的興味並不限於這一方面，他的意見也並非從左拉（Zola）一派來的：②他的思想很受威志威斯（Wordsworth）的影響，他的藝術是以都爾蓋涅夫（Turgenfev）為師的，所以他的派別很難斷定，説是寫實派固然確當，説是理想派也無所不可。★現在所譯的少年的悲哀（Shonen no Kanashimi）也是獨歩集裏的一篇，頗可以看出他的特色。飄流之女的運命，原来很是明顯；那高興的少年的農夫，在他高歌大笑的中間，也隱藏着多少悲哀的痕跡。「他描寫那些回避公開的不幸，他特別是服從運命的人們的作者。他描畫沈黙的悲哀之内面的生活，——便是説不幸者的静生活。」我想起丹麥勃闌兌思（Brandes）博士批評都爾蓋涅夫的話，覺得獨歩雖然不能完全承受，却也不愧為都爾蓋涅夫的眞的弟子了。（拙訳：現在訳出した「少年的悲哀」も『独歩集』の中の一篇であり、彼の特色が見えるものである。さすらう女の運命はもとより明らかである。あの喜んでいた農夫が、大声で笑いながらも、いくばくかの悲しみを秘めているのである。「彼は公にならない不幸を描いて居る。そして特に彼は運命に服従した人々を描く作者である。彼は黙した悲哀の内的生活——謂はば、不運なものの静的生活を描いた」[10]。私はデンマークのブランデス博士がツルゲーネフを評価する言葉を思い出した。独歩はそのすべてに当てはまるとはいえないが、さすがにツルゲーネフの真の弟子と言われるだけのことはある。）

【資料３】附録：「国木田独歩」（『現代日本小説集』上海商務印書館、1923）

國木田獨歩（Kunikida Doppo, 1871-1908）名哲夫，(A)普通被稱作日本自然派小説家的先駆。他的傑作獨歩集在一九〇四年出版，但當時社會上没有人理會他，等到田山花袋等出來，竪起自然主義的旗幟，這纔漸漸有人知道他的價值，但是他已経患肺病不久死了。獨歩集裏的正直者（Shojikimono）與女難（Nyonan）這幾篇，那種嚴肅的性欲描寫，確為以前的小説所未有。①但他的興味並不集中於這一方面，他的意見也並非從左拉（Zola）一派來的；②他的思想很受威志威斯（Wordsworth）的影響，他的藝術是以都爾蓋涅夫（Turgenfev）為師的：所以他的派別很難斷定，説是寫実派固可，説是理想派也無所不可，因為他雖然也重客観，但主張「以慈母一般的（對於伊的愛兒的）同情之愛去観察描寫」為詩人的第一本義，(C)這便與自然主義的態度很有不同了。

少年的悲哀（Shonian no Kanashimi）見獨歩集中，是著者的兒時的回想，江馬修以為比他的名篇牛肉與馬鈴薯更佳。

巡査（Junsa）見小説集運命（1906）中，據江馬修的國木田獨歩第十三章説，

---

10) ゲオルグ・ブランデス著『露西亜文学印象記』（瀬戸義直訳、東京：中興館書店、1914, pp.178-179）から引用する。1919年５月、周作人の書目には「露西亜文学印象記　ブランデス　瀬戸義直譯」という記録があることから、ここで引用されているブランデスの言葉は周作人が瀬戸の日本語訳から重訳したと考えられる。

是一九〇一年寄寓在西園寺侯爵邸内時所作,「在這期間他做了兩篇佳作, 即牛肉與馬鈴薯及巡查。……巡査是以侯爵邸内的巡査為範本而作的, 雖然很短, 他自己却很中意, 曾説,『這是我的傑作。像這樣寫得如意的作品, 我還未曾有過。不能容於現今的讀書界也未可知, 但我自己相信這是傑作。』這兩篇都載在大阪的文学雑誌小天地上。……」當時他豫料巡査這一篇的酬金至少當有五元, 所以約定朋友去上飯館, 等到送來的時候, 却只有三元, 他心裏很不高興。這也是関於這篇小説的一則軼聞。(pp.364-365)

　上記の資料２と資料３では、特に下線や番号などがついていない部分は、ほぼ資料１から訳されたものである。勿論、直訳の部分もあれば意訳の部分もある。資料２と資料３の①②は、資料１の①②を理解したうえで、書かれたと思われる。①「他的意見也並非従左拉（Zola）一派來的（彼の意見はゾラの一派からきたわけではない）」という文は資料１の「自然主義者の排理想、排主観、排技巧、無解決等の主張に対して彼は理想を重んじ、主観を重んじ、技巧を重んじ、解決を欲した」という文の意味を掴んで、書かれたと思う。②「説是寫実派固可，説是理想派也無所不可」という文もそうだが、「理想派」という言い方は資料１にある「ローマンチシズム」や「空想的な色彩」を代弁して、さらに抽象的に独歩文学の特徴を語るものだと思う。このように、周作人の独歩理解はほとんど江馬修の意見を踏襲したと言えよう。江馬修は「少年の悲哀」などの少年を書いた作品について、「牛肉と馬鈴薯」より優れていると評して推奨している。また、独歩自身の言葉を引用して、「巡査」は傑作だと言っている。周作人は明らかにその評価を受け止めた。彼は「少年の悲哀」と「巡査」が最も独歩の作風を代表できる傑作と認めているからこそ、その二作を翻訳したと考えられる。

　上記の資料からもう一点窺えるのは、周作人が理解した独歩は自然主義文学から距離を置いていることだ。1923年に書いた資料３（A）は、1921年の資料２（A）に五文字書き加え、「普通は日本の自然主義小説の先駆者と称される」という意味にした。また、資料２（B）を削除し、自然主義文学の先駆者としての位置づけを強調しないようにした。さらに、資料２にないが、資料３では江馬修の文章を引用し、(C)「這便與自然主義的態度很有不同了（これは自然主義の態度とかなり違う）」という一文を書き加え、明らかに独歩文学を自然主義文学とは一線を画すようにした。

実は、周作人は「少年的悲哀」と「巡査」を収録した『現代日本小説集』の序文において、「這部集裏並沒有収入自然派的作品（この訳文集は自然主義の作品を収録せず）」[11]と書いている。つまり、「少年の悲哀」「巡査」を自然主義文学と思っていない。このような認識はやはり江馬修の影響を受けたと思われる。滝藤満義が述べているように、『人及び芸術家としての国木田独歩』には青年作家江馬修の生の声が聞こえてくる部分がある。

> 『独歩集』『運命』においては、「牛肉と馬鈴薯」よりは「馬上の友」などの少年物を高く評価するところなどに、著者の作家としての見識のみならず、その人間主義あるいは人生主義を見てとることができよう。そしてとどのつまりが『独歩集第二』に収められた最晩年の作品、即ち「竹の木戸」「二老人」等に独歩の「最も進んだ芸術的境地」を見、「もっと広い、自由な、新しい道」の可能を感じるという著者を見出すことになるのである。「『竹の木戸』『二老人』の如き作品は、極端に言へば独歩でなくてもかける」という坂本浩の評価（『国木田独歩』（三省堂、1942）－筆者注）と何と対照的であろう。[12]

言い換えれば、江馬修は自分の文学理念にふさわしい独歩作品を高く評価する傾向がある。江馬修は、独歩評伝を発表した1917年頃、新進作家として大変な人気を誇っていた。田山花袋の影響を受け、自然主義運動の中で生まれた作家であるが、後の作品には人道主義的色彩が現れている。1918年に、周作人は『寂しき道』（新潮社、1917）に収録された江馬修の「小さい一人」を翻訳し、「小小的一個人」と題して『新青年』第5巻第6号に発表した。これが彼の日本文学の翻訳者としての始まりである。その序文では、「江馬修は新進作家であり人道主義の傾向がある」[13]と書いている。一方、同じ『新青年』第5巻第6号には周作人の初期の文学思想の核となる「人的文学」という文章も掲載されている。「小さい一人」は周作人が主張する「人間の文学」の典型であり、この翻訳は彼による「人間の文学」の文学的実践と言える[14]。

---

11) 資料3、p.2。
12) 前掲書、滝藤満義「解説」、p.8。
13) 周作人訳「小小的一個人」（『新青年』第5巻第6号、1918.12）、p.588。原文：江馬氏是新進作家、有人道主義的傾向。

このように、周作人と江馬修との間には、同じ文学志向があり、意気投合しているところがある。資料２の★がついている部分は周作人独自の「少年の悲哀」の解釈といえる。引用されたブランデスの言葉は、「巡査」や「小さい一人」、そして同時期に翻訳した加藤武雄の「郷愁」などのような、人間生活の底を流れている一種の懐かしさを含んだ哀愁を表す小説の特質をも説明できるだろう。要するに、周作人は江馬修の独歩理解を継承し、自分の文学観と合致するものを受け入れ、「女難」「正直者」などの自然主義文学の先駆といわれた作品を中国に取り入れようとは思わなかったのである。

3.2 夏丏尊と国木田独歩

周作人の独歩翻訳とは対照的に、夏丏尊が最初に訳したのは「女難」(『小説月報』第12巻第12号、1921) である。夏丏尊からみれば、「女難」は性欲についての描写が厳粛で、少しも遊戯的なものが入っていない自然主義文学の代表作である[15]。それを翻訳したのは自然主義文学を借りて中国の古い小説を改革しようとするためである。

> 這（自然主義文学——筆者注）和我國現在的黑幕派，固然不同，和我國古來的將文學來作勸善懲惡的功利派，也全然不同。近來文學上算已經有過改革了，却是黑幕派和功利派底勢力還盛，這種魔障，非用了自然主義的火來燒，是除不掉的。自然主義，在世界文學上，已經老了，却是在中國，我覺得還須經過一次自然主義的洗禮[16]。（拙訳：これは現在の我が国の黒幕派文学とは当然異なるものであり、我が国古来の、文学を利用した勧善懲悪物の功利派とも全く異なるものである。近来、文学においてはすでに改革が行われたが、しかしながら、黒幕派と功利派の勢力はまだ盛んである。これらの弊害は、自然主義の火で燃やさなければ、滅ぼすことができない。自然主義は世界文学においては既に衰えたが、中国においては一度自然主義の洗礼を受けなければならないと思っている。）

---

14) 李雪「周氏兄弟の『作家翻訳』：『現代日本小説集』を中心に」(筑波大学博士 (文学) 学位論文、2013) 第二章を参照。

15) 夏丏尊訳「女難」(『小説月報』第12巻第12号、1921)、p.25。

16) 同前、p.25。

辛亥革命以降から五四運動が始まるまで、男女間の色事やプライバシー、社会のスキャンダルを暴露し、低俗で下品なことを書く「黒幕小説」が氾濫していた。五四運動が始まると、文学研究会のメンバーをはじめ、新文学を提唱する文学者たちは「黒幕小説」を散々批判していた。そして、文学研究会の機関誌である『小説月報』の主催者茅盾及びその同人たちは、1920年代初頭にいくつかの文章を発表し、自然主義文学を方法として、中国の新しい文学を創出すると提唱していた[17]。夏丏尊訳「女難」はその提唱に呼応した文学的実践にほかならない。そう考えてみれば、1922年『小説月報』第13巻第2号に掲載された美子訳「湯原通信」もそれにあたるだろう。

　夏丏尊は後にまた「牛肉と馬鈴薯」「夫婦」「女難」「第三者」を翻訳・発表し、1927年8月に、その五つの訳作を収録した『国木田独歩集』（文学週報叢書、上海開明書店）を刊行した。これは中国文壇における独歩作品の最初の翻訳集として高く評価され、1928年4月に再版され、1931年10月に四版も出された。夏丏尊本人も独歩翻訳の一番の功労者と見なされてきた。このような人気ぶりは出版社や新聞の宣伝を借りた結果だと思われる。『国木田独歩集』刊行後の宣伝や紹介は以下のようなものがあげられる。

1．『国木田独歩集』の広告・紹介（『一般』第3巻第1期、1927年9月）
2．趙銘彝「"国木田独歩集"書報紹介　開明出版」（『申報』1928年1月9日第18版）
3．夏丏尊「関於国木田独歩——『国木田独歩小説集』代序」（『文学週報』第五巻、1928年2月合訂、pp.79-84.）
4．西子「関於『国木田独歩集』」（『開明』1929年第1巻第10期）

　上記の掲載紙誌は『申報』を除けば、いずれも夏丏尊と深い関係がある。雑誌『一般』は1926年9月に創刊された月刊誌であり、編集長は夏丏尊である。1927年の末頃、開明書店の創始者である章錫琛の招きに応じて、夏丏尊はその出版社の編集長を務めはじめた。彼が在任していた間、開明書店の出版事業は著しい発展を遂げ、国内外で名を馳せていた。『文学週報』は、1928年の第4巻から開明書店によって出版されるようになり、1929年の第8巻か

17）この点について、顔淑蘭は前掲の論文において詳しく論じている。

らその出版は遠東図書公司に移転されたという。「関於国木田独歩-『国木田独歩小説集』代序」を掲載したその第五巻は、ちょうど夏丏尊が開明書店を主催して間もない頃に編集されたと考えられる。なお、その代序は『国木田独歩集』に収録された夏丏尊の「関於国木田独歩」の転載であり、文章の最後にその翻訳集の出版情報がついている。一方、『開明』は1928年7月に創刊された、掲載の半分は広告、半分は文芸という雑誌である。そのタイトルからわかるように、これは開明書店編訳所によって編集され、開明書店によって発行されたものであり、毎回多くの紙幅を割き、当社出版の書籍の目録、内容、特色、作者などを紹介し、広告の色彩に満ちた書評も数多く掲載した。西子の「関於『国木田独歩集』」はそのような書評にあたるものである。

　　昨日把握這本，眞是令我心裏快樂得要流眼淚了，一方面嘆國木田獨步先生的心霊高超，再，不能不悦服夏先生的手腕了。……在這本裏面，夏先生實在 ── 可説永久 ── 的在我腦海裏，灌了不少的「夏丏尊，夏丏尊……」並不是盲目崇拜，實在是夏先生的牠 ── 國木田獨步集 ── 在我腦海裏起了不可思議……（拙訳：昨日、この本を手に取った時、私は本当に嬉しくて泣きそうになった。国木田独歩の心の高尚に感嘆する一方、夏先生の力量にも敬服した。……この本を通して夏先生は確かに ── 永遠に ── 私の頭の中に「夏丏尊」、「夏丏尊」と何度も焼き付けた。旨目的に崇拝するわけではなく、実際、夏先生の『国木田独歩集』は私の頭の中で想像もできない作用をはたしたわけだ。）

　引用した部分だけ見ても、これは普通の文章と違って、やや大げさな言葉遣いで書かれたものだと分かる。夏丏尊を翻訳の神様のように崇拝し、『国木田独歩集』の魅力を極力宣伝している西子は、夏丏尊の教え子かもしれない。その書評を読んでから、『国木田独歩集』を買い求めようとする若者が大勢いたと推測できる。

　上述してきた事実から、『国木田独歩集』が四年のうちに四回再版された背景には、夏丏尊の編集長なりの宣伝意識と多様な宣伝手法が働いていることがわかった。

3.3 徐蔚南と国木田独歩

　徐蔚南（1902-1952）は文学研究会のメンバーであり、夏丏尊を中心とした白馬湖派作家の一人でもある。中華民国において小品文作家として活躍していた一方、英語・フランス語・日本語・ロシア語に堪能で、ツルゲーネフ、芥川龍之介、モーパッサン、インド童話などの外国文学を訳し、翻訳者としてもかなりの業績を積み重ねていた。そして、1928年に上海世界書局の編集長を務め、「ABC」叢書、世界叢書などの人気シリーズを世に送り、出版界においても名高かった。彼は日本の慶応義塾大学に留学したことがあるそうだが、留学期間は判明していない。

　徐蔚南が訳した独歩作品は三つで、「星」「詩想」「画の悲しみ」である。「星」と「詩想」は幻想的で詩情豊な作品であり、「画の悲しみ」は少年を描く小説である。なお、1922年3月12日、『民国日報・覚悟』に発表した「二旅客」は「詩想」の中の「二人の旅客」に当たるものであり、後に「詩思」（『午鐘』1923年第3期）に収録されたと思う。「詩思」と「一張画的悲思」の付記によれば、その二つはいずれも水戸部茂野女史の英訳独歩短篇小説集から訳出したそうだ。水戸部茂野の英訳とは1917年に新潮社によって発行された *Selected Stories of Doppo Kunikida*. Translated by Mono Mitobe. Shinchosha. 1917 のことである。その中に収録された作品は以下の通りである。

英訳題名	原作
1．The Sunrise	日の出
2．Stars	星
3．Extras	号外
4．Going Home Again	帰去来
5．The Will of a Japanese Morther	遺言
6．Farewell	わかれ
7．A Phantom	まぼろし
8．Father and Daughter	親子
9．Poetical Ideas	詩想
10．My Sad Recollection of a Picture	画の悲み
11．Sir Tomioka	富岡先生

　要するに、「一張画的悲思」の底本は My Sad Recollection of a Picture であり、「詩思」の底本は Poetial Ideas である。徐蔚南は「星」の底本を明言しなかったが、おそらく同英訳集に収録した Stars であろう。水戸部茂野は序文

でその翻訳意図をこう語っている。

My labor will be sufficiently rewarded, if my translation arouses interest in the minds of our students of English and gives a glimpse of Doppo's works to English-speaking people.（拙訳：もし私の翻訳が我が国の英語を学習する学生たちの興味を引き起こすことができれば、また英語を話す人々に独歩作品の片鱗を示すことができれば、私の仕事は十分に報われると思う。）

その英訳集には Notes for Japanese students という附録があり、難しい英語の単語や文などを説明している。確かに英文を習う日本人学生のためだと考えられる。なお、新潮社版の『第二独歩集』（1918）には、その英訳集の広告が掲載されている。

　　世界的の作家を以て任じた獨歩の作は、まことに世界的の藝術である。本書は、独歩の傑作十数篇を選び、暢達縦横の英文に譯したもので、世界的藝術家たる彼の眞面目、之れによって發揮せられた。水戸部女史は女子大学卒業後米國に赴きてミシガン大学に学んだ才媛で、英文に堪能なる上、本書は特に修辞学者として聞ゆるスコット博士の校閲を経てある。世上紛紛たる杜撰の英譯書とは其の選を異にし、飽く迄原作に忠實なると共に、十分に藝術味を湛へた其文章は、三誦四誦するに足るものがあらう。尚ほ巻末、各篇の懇切なる注解を附して、英文研究者の参考に具へてある。
　　▼最近の紐育タイムス曰く、英譯獨歩選集は、譯者に最大の名誉を反射す。マヤミ大学、後にミシガン大学にて、愛らしく小さき水戸部嬢を知るものは、その英語の初巻がかくも立派に発表せられたることを喜ぶならん。（三月九日読売新聞所載）

上記の広告から、水戸部茂野とはどんな人物かは大体わかるようになった。また、当時の日本は独歩文学を世界的価値のあるものとして、積極的に西洋に発信した様子も見られる。その広告は、英訳独歩集がアメリカで反響を呼んだことについても、読売新聞の記事を引用して紹介し、ますます読者の購買欲をそそることとなった。ちなみに、水戸部英訳の巻末には新潮社版の「縮

刷独歩叢書」と江馬修の独歩評伝の広告が掲載され、江馬修の独歩評伝の巻末にも「縮刷独歩叢書」の広告が掲載されている。このように、新潮社は自社の刊行物を世間に広く知らせる手法に長けている。1920年代、徐蔚南のほかに、独歩の翻訳者である稼夫もその英訳集に言及したことがある。アメリカだけでなく、中国にまで影響を及ぼしたことからみれば、水戸部茂野の翻訳は確かに価値があると言えるだろう。

　一方、徐蔚南訳の掲載誌はいずれも彼の所属するグループと深く関わっている。『民国日報・覚悟』は五四時期には文学研究会のメンバーたちの根拠地の一つであり、陳望道、劉大白らの白馬湖派作家たちもそこで活躍していた。『午鐘』は1923年11月に創刊され、浙江省立第五中学校によって刊行された中学生向けの文学雑誌であり、執筆者は徐蔚南、王世穎、張石樵、周剛直などを含め、主にその学校の教員たちである。1924年、徐蔚南は柳亜子の推薦により新南社に加入した。『新南社社刊』はその機関誌である。徐蔚南は独歩とその作品について何も語らなかったが、やはり文学研究会の動きから影響を受けたと考えられ、また独歩の作品に現れている小品文に近いところが、彼の目を引いたと思う。

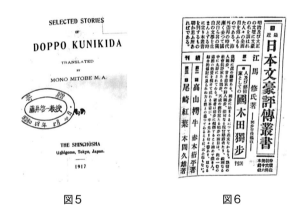

図5　　　　　　　　図6

図7　　　　　図8

3.4　唐小圃と国木田独歩

　唐小圃（1879-？）は1920年代において独歩作品を最も多く翻訳した人であり、あわせて7種の訳作を発表した。これまでの研究は主に彼の中国児童文学に対する貢献を評価してきたが、その生い立ちや翻訳については、十分に考察されていない。筆者が調査したところ、唐小圃は名が紀翔で、河北省大興（現在北京に属する）の出身である。1902年に京師大学堂に入学し、法政を学んでいた。北平大学、中国大学、朝陽大学の教員を歴任し、主に法律の授業を担当していた。著書『中国国際私法論』（上海商務印書館、1930）、『民法総論』（北平：開明書局、1932）、訳作「俄羅斯社会主義聯邦蘇維埃共和国婚姻親族及監護法」（『法律月刊』1929年創刊号、1930年第2、3号）などの法律に関する著作を残した。日本語に精通していた彼は『小説世界』の重要な執筆者の一人として、トルストイ、チェーホフ、モーパッサン、加藤武雄、徳富健次郎、秋田雨雀、久米正雄などの作品を数多く翻訳し、当誌に掲載した。独歩作品の翻訳もすべて『小説世界』に載せられている。なお、ロシアやフランスの作家の作品は日本語訳を通して重訳したと推測している。

　唐小圃が翻訳した独歩作品は「運命論者」を除けば、すべて江馬修が好んだ少年物である。いずれの作品を読んでも、主人公は身の回りに存在しているような人物で、内容も懐かしく思う。具体的に言えば、「非凡なる凡人」「馬上の友」「画の悲しみ」は少年たちの真摯な友情を描くもので、再会の喜び、死や別れの悲しみ、そして困難を克服して最後に成功したことなども描かれている。「肱の侮辱」は学校生活や教師と学生との関係を描き、「泣き笑ひ」

は親子の間の暖かい愛情を描いた。また、「春の鳥」の中では、「私」は教師であり、白痴少年「六蔵」を教える場面があり、六蔵の母親の彼に対する深い愛情も描かれた。唐小圃は独歩を翻訳した経緯を次のように述べている。

　國木田獨歩，是日本近代著名的小説大家，生於千八百七十一年，死於千九百零八年，他的作品，屬於寫實派，實在有世界的價値，與歐美諸名家的作品相比，分不出甚麼高下來；大約閲過獨歩集的人，總該承認這個話罷？他的作品，描寫逼眞，是不待言的；他選的材料，也是他所獨有的。把他的全集看過一遍，便可以曉得他選擇材料，確有獨到之處了。我嘗説，看獨歩小説，如同雪中観梅；我覺着這種比喩，是很恰合的。他的作品，是不容易翻譯的，所以近幾年來，日本小説，介紹到中國的，雖然不少，可是獨歩的作品，却是寥寥無幾，我去年雖譯過幾篇，但全是取其簡短，並不是他的最佳之作。我以為獨歩集中，以牛肉和馬鈴薯，女難，運命論者三篇為最佳。女難一篇，記得小説月報已経譯過；其餘兩篇，我屢次想譯，總是不敢着筆[18]。(拙訳：国木田独歩は日本の近代における著名な小説家であり、1871年に生まれ、1908年に没した。彼の作品は写実派に属しており、世界的な価値を有している。欧米の各著名作家の作品と比べても、優劣が付けられない。およそ『独歩集』を読んだ人たちは、そのことを認めるだろう。彼の作品は描写が真に迫っているのは言うまでもないが、彼が選んだ素材も彼独特のものである。彼の作品を読むことはまるで雪の中で梅を見るようだと私はかつて言った。この比喩は非常に適切だと思う。彼の作品は翻訳しにくい。そのため、近年、日本の小説で中国に紹介されたものは少なくないが、独歩の作品はきわめて少ない。私は昨年何篇か翻訳したが、いずれも短くて、彼の最高の作品ではない。『独歩集』の中で、「牛肉と馬鈴薯」「女難」「運命論者」の三篇が最もよいと思う。「女難」は『小説月報』によって翻訳されたことがあると記憶している。他の二篇は、何度も訳したいと思ったが、筆を起こす勇気がない。)

　唐小圃は、独歩の作品が世界的な価値を有していることに賛成し、その取

18）唐小圃訳「運命論者」(『小説世界』第12巻第5期、1925)、p.13。

材の独特なところが気にいった。自分が訳した「運命論者」以外の短篇は最もよい作品ではないと彼は言っているが、その訳業は当時の中国における独歩翻訳を一歩前に進めたことは確実である。また、独歩の少年物を翻訳した理由には、唐小圃の経歴が独歩と似ているということがあげられる。周知のように、父親が裁判所を転任していたため、独歩は少年時代を岩国や山口の田舎で過ごしていた。父親は独歩に法律を勉強させるつもりだったが、彼は神田の法律学校に通ってから間もなくそこをやめ、早稲田大学の前身、東京専門学校英語普通科に入った。後に、佐伯鶴谷学館の教師となり、英語と数学を担当していた。その経験は独歩の少年物にも投影されたと思われる。法律の勉強で首都に行くことや、教育活動、文筆活動などを通して、昔田舎だった大興で生まれ育った唐小圃は、きっと独歩と酷似した体験があったであろう。そうであるからこそ、個人的な感情を移入しやすい少年物を翻訳したと思う。

　一方、唐小圃は最もよいと思った「運命論者」を次のように翻訳したのである。

　　　因為譯日本小説，有諸種困難之處；尤其是譯著名的作品，更是格外的困難；倘使稍有疎忽，不但對不起閲者，尤其對不起著者。我時常因為這種関係，索性不去翻譯，祇借他的材料，作為藍本，另行改作，我自己單獨負責，免得因為翻譯不佳，連累著者跟着受辱。然而這篇運命論者，固然也是很難翻譯，可是我没有改作的勇氣。這樣的作品，若是随便的借來改作，那眞是暴殄天物了，明知有種種困難，也要設法翻譯，庶幾一篇佳作，可以完完全全的介紹過來。可惜中間有数處，萬難直譯，祇得略微的變動；至於原來的體裁，也有變動之處，那是因為遷就中國的文體，實在是萬不得已，尚望閲者原諒！[19]（拙訳：日本の小説を翻訳するのは、種々の困難が伴う。特に名作を翻訳するのは、格別に難しい。少し不注意であると、読者だけでなく、とりわけ著者に申し訳ないからである。私は常にこの原因で、あっさりと翻訳しないことにしている。ただ彼の素材を借りて、底本とし、改作をする。そうすることで私は自分自身で責任を負い、翻訳がよくないことで著者まで巻き添えにしてしまうことも避

---

19) 同前、p.13。

けられる。この「運命論者」も当然訳しにくいものであるが、しかし、私は改作する勇気がない。このような作品を、勝手に借りて改作するなら、本当に蔑ろにすることになる。様々な困難を知りつつも、なんとかして翻訳したため、この佳作がほぼ完全な形で紹介されてきたわけである。惜しいのは、中に数か所、本当に直訳しがたく、やむを得ず少し変えた部分があることだ。元々の体裁に対しても、変えたところがある。それは中国の文体と妥協するため、やむを得なかったものなので、読者諸君のご容赦を賜りたい。）

　唐小圃は独歩の原作を尊重し、読者に対しても強い責任感を持ち、「運命論者」を非常に忠実な翻訳態度で訳したことが読み取れる。具体的にどこをどのように変えたか、原文と訳文を比較する必要がある。紙幅の関係で今後の機会に譲りたいと思う。上記の引用文から、もう一つ注意しなければならないのは、唐小圃の言った改作ということである。彼は加藤武雄の「芝居」を「京劇」に改作した[20]ことがある。筆者が更に調べたところ、彼には以下のような独歩作品からの「改作」もある。

唐小圃の「改作」（掲載誌）	国木田独歩の原作（底本）
木板門（『小説世界』1924年第7巻第1期）	竹の木戸（『第二独歩集』新潮社、1918）
黄金之林（『小説世界』1925年第11巻第12、13期）	親子（『第二独歩集』[21]新潮社、1918）
酖醸（『小説世界』1927年第15巻第17期）	疲労（『第二独歩集』新潮社、1918）

　唐小圃が独歩の原作をいかなるものに書き換えたかは、テクストの比較研究をしなければならない。詳しい作業はまた別稿で行うつもりだ。ここでは、唐小圃の翻訳・改作から、中国における独歩受容の一つの型が見られると指摘するだけにとどめる。

---

20) 拙稿「加藤武雄と中国―作品の翻訳・紹介・受容を中心に」（松本常彦・波潟剛編『近現代文学と東アジア―教育と研究の多様性に向けて』花書院、2016）、pp.97-98。
21) 彩雲閣版『独歩集第二』（1908）には「親子」が収録されておらず、新潮社版には収録されていることから、底本は新潮社版と考えられる。新潮社版の江馬修の独歩評伝や水戸部女史の英訳の広告も見たと思う。上記の引用から分かるように、独歩の全集も読んだようで、かなり独歩作品は親しまれていると考えられる。

3.5 その他の翻訳者

1920年代の翻訳者はまた美子、稼夫、許幸之、涓涓、頴父、黎烈文があげられる。許幸之（1904-1991）は油絵画家であり、映画監督でもある。1924年に日本へ留学し、1925年に東京美術学校西洋画科に入学した。1929年に帰国後、上海中華芸術大学で西洋画科の主任になった。創造社後期の主要メンバーであり、中国左翼美術連盟の主席も務めていた。映画『風雲児女』（1935）の監督としても名高い。彼は日本にいた時、「第三者」（『洪水』1927年第3巻第29期）を翻訳したと考えられる。黎烈文（1904-1972）は1930年代〜1940年代における著名な作家、翻訳家であり、文学研究会のメンバーである。1926年に日本に留学し、旧制第一高等学校大学予科において文学を専攻していた。「沙漠之雨」は日本留学中に翻訳したと言っている[22]。『文学週報』第五巻には「沙漠之雨」と同時に夏丏尊の「関於国木田独歩－『国木田独歩小説集』代序」も掲載されている。これは開明書店の策略でわざとされたのかもしれない。頴父の「入郷記」の翻訳も東京で完成した[23]。その掲載誌『山雨』は文学研究会寧波分会のメンバーで、春暉中学で教鞭をとった張孟聞、王任叔によって主催され、タイトルは夏丏尊によって書き記されたらしい。涓涓の詳細は不明だが、その訳作「二少女」「春天的鳥」の掲載誌『貢献』は文学研究会の発起者の一人である孫伏園によって主催されていた。また、美子は誰の筆名か判明できていないが、「湯原通信」を『小説月報』に掲載し、そして、「作家素描——周作人・兪平伯」（『出版消息』第五六期合刊、1933）を書いたことからみれば、彼は文学研究会の人たちと親しい関係を持っていたと推察される。稼夫は新潮社版『第二独歩集』（1918）から「入郷記」を翻訳し、付記において、その日記体小説の書き方を分析し、新しい創作手法を中国に紹介しようとしていた[24]。

上述してきたように、許幸之（創造社）、唐小圃・稼夫（『小説世界』派）の訳業を除けば、1920年代における独歩翻訳は、多少とも（翻訳者・掲載誌など）文学研究会と関係がある。一方、『小説世界』もかなり大きな力を発揮したと思われる。『小説世界』は『小説月報』が改組された後に、商務印書館

---

22) 黎烈文訳「沙漠之雨」（『文学週報』第五巻、1928.2合訂）、p.367。
23) 頴父訳「入郷記」（『山雨』第1巻第1期、1928）、p.41。
24) 稼夫訳「負骨還郷日記」（『小説世界』第6巻第12期、1924）、p.7。

によって発行されたものである。普通は古い文学の代表と言われる鴛鴦胡蝶派の拠点と見なされ、魯迅らの批判を受けていた。しかし、唐小圃と稼夫の訳業からみれば、少なくとも独歩翻訳と受容においては、『小説月報』に遜色がないほど寄与したと言える。『小説世界』は新文化運動が全国を席捲した機運の中で、積極的に新しい文学のあるべき姿を探し、作り出そうとする面も呈していた。

4．結論と補充

　本稿では、1920年代中国における国木田独歩の翻訳と受容の実態を考察してきた。日本における独歩作品の出版状況を踏まえて、周作人・夏丏尊・徐蔚南・唐小圃らの訳業を検討し、翻訳の原因・動機・特徴などを分析した。また、各翻訳者の所属する団体や掲載書誌の性格を説明し、文学研究会関係の人々と『小説世界』の唐小圃らは独歩翻訳・受容の両翼を担っていたことを明らかにし、当時の中国文壇は独歩の作品に独特な素材、新しい描き方及び文体などを求めていたことも究明した。

　さらに補充したいのは、独歩翻訳においては、文学研究会の内部、及び商務印書館の内部の連動が見られることである。たとえば、夏丏尊は「女難」の付記で周作人訳「少年的悲哀」に言及し、美子は「湯原通信」の付記で周作人訳「少年的悲哀」「巡査」や夏丏尊訳「女難」に触れた。それぞれの取捨選択の基準が違うとはいえ、文学研究会のメンバーたちは発表済みの独歩翻訳に注意を払い、先人の訳業から啓発を受けながら、重ならない作品を選んで翻訳した過程がわかるだろう。一方、唐小圃が「運命論者」の付記で夏丏尊訳「女難」に触れたことから、『小説世界』の同人たちは、同じ商務印書館刊行の『小説月報』の動向を見据える一端が窺える。

　なお、1930年代から1940年代にかけて、「少年の悲哀」の新訳は四つくらい現れた。また、1940年代の翻訳者には銭稲孫の息子である銭端義や周作人の教え子である張我軍があげられ、いわゆるジュニア世代が担い手となった。それらのことから、周作人の訳業の影響力が非常に強いと言えよう。この時期には、中国の政治状況も文壇志向もかなり複雑になり、独歩の翻訳と受容も20年代と異なるわけである。しかし、それについては綿密な分析が必要なので、本稿では割愛させていただくことにする。

＊本稿は中国国家社会科学基金項目「中国近代翻訳文学中的日文転訳現象研究（1898-1919）」（15CWW007）・国家社会科学基金重大項目「近代以来中日文学関係研究与文献整理（1870-2000）」（17ZDA277）による研究成果の一部である。本稿の作成にあたり、貴重な資料を提供していただいた北京師範大学の王志松先生と、ネイティブチェックをしていただいた華東理工大学の島田由利子先生に感謝の意を申し上げたい。

附録1：国木田独歩翻訳作品年表（1920年代～1940年代）

年	題名	訳者	掲載紙誌	原作（底本）
1921	少年的悲哀	周作人	『新青年』第8巻第5期	少年の悲哀（『独歩集』近事画報社、1905）
1921	巡査	周作人	『晨報副刊』10月19日、20日	巡査（『運命』左久良書房、1906）
1921	女難	夏丏尊	『小説月報』第12巻第12期	女難（『独歩集』近事画報社、1905）
1922	湯原通信	美子	『小説月報』第13巻第2期	湯ヶ原より
1922	星	徐蔚南	『民国日報・覚悟』2月19日	星（水戸部茂野訳『英訳独歩集』新潮社、1917）
1922	夫婦	夏丏尊	『東方雑誌』第19巻第18、19期	夫婦（『独歩集』近事画報社、1905）
1922	二旅客	徐蔚南	『民国日報・覚悟』3月12日	二人の旅客（水戸部茂野訳『英訳独歩集』新潮社、1917）
1923	哭耶笑耶	唐小圃	『小説世界』第4巻第12期	泣き笑ひ（『第二独歩集』新潮社、1918）
1923	詩思：山上白雲、両旅客、荒地、路邊的梅樹	徐蔚南	『午鐘』第3期	詩想：丘の白雲、二人の旅客、胰土、路傍の梅（水戸部茂野訳『英訳独歩集』新潮社、1917）
1924	侮辱	唐小圃	『小説世界』第6巻第5期	胘の侮辱（『第二独歩集』新潮社、1918）
1924	負骨還郷日記	稼夫	『小説世界』第6巻第12期	入郷記（『第二独歩集』新潮社、1918）
1924	一張画的悲思	徐蔚南	『新南社社刊』第1期	画の悲み（水戸部茂野訳『英訳独歩集』新潮社、1917）
1925	春鳥	唐小圃	『小説世界』第10巻第11期	春の鳥（『独歩全集（前編）』博文館、1910）
1925	非凡的凡人	唐小圃	『小説世界』第12巻第11期	非凡なる凡人（『独歩全集（前編）』博文館、1910）
1925	牛肉与馬鈴薯	夏丏尊	『東方雑誌』第22巻第7期	牛肉と馬鈴薯（『独歩集』近事画報社、1905）
1925	運命論者	唐小圃	『小説世界』第12巻第4、第5期	運命論者（『独歩全集（前編）』博文館、1910）
1926	馬上之友	唐小圃	『小説世界』第14巻第12、第13期	馬上の友（『独歩全集（前編）』博文館、1910）

1926	画友	唐小圃	『小説世界』第14巻第1期	画の悲み (『独歩全集（前編）』博文館、1910)
1926	疲労	夏丏尊	『一般』第1巻第2期	疲労 (『独歩集第二』彩雲閣、1908)
1927	第三者	夏丏尊	『一般』第2巻第4号、第3巻第1号	第三者 (『独歩集』近事画報社、1905)
1927	第三者	許幸之	『洪水』第3巻29期	第三者
1927	国木田独歩集	夏丏尊	上海：開明書店	
1928	二少女	涓涓	『貢献』第2巻第9期	二少女
1928	春天的鳥	涓涓	『貢献』第4巻第7期	春の鳥
1928	入郷記	穎父	『山雨』第1巻第1期	入郷記
1928	沙漠之雨	黎烈文	『文学週報』第五巻（1928年2月合訂）	沙漠の雨
1930	帽子	一生	『清華週刊』第33巻第3期	帽子
1930	酒中日記	孫百剛	『建国月刊』第3巻第1・2・3期	酒中日記
1930	少年的悲哀	謝膺白	『中外評論』第22期	少年の悲哀
1931	老實人	謝霬白	『黄埔月刊』第1巻第8期	正直者
1933	沙漠之雨	丁毅夫	『新塁』第2巻第2期	沙漠の雨
1934	少年之悲哀	開元	『黄鐘』第4巻第9期	少年の悲哀
1934	馬上之友	孫百剛	『現代学生』第3巻第4期	馬上の友
1934	少年的悲哀	張我軍	『日文与日語』第1巻第11、12号	少年の悲哀
1934	恋愛日記	汪馥泉	『綢繆月刊』第1巻第2・3・4期	欺かざるの記（後編） (『欺かざるの記』春陽堂、1922)
1942	春鳥	魏都麗	『中日文化月刊』第2巻第1期	春の鳥
1943	両少女	陶援	『華文北電』第3巻第4・5・6・7期	二少女
1943	窮死	銭端義	『芸文雑誌』第1巻第3期	窮死
1943	少年的悲哀	不明	『立言画刊』第254期	少年の悲哀
1944	秋的素描集錦：(四)秋山	韋弦	『文芸生活』第1巻第2期	原作不明
1944	窮死	古知	『鍛錬』5月号	窮死
1944	竹欄門	銭端義	『芸文雑誌』第2巻第5期	竹の木戸
1944	雪冤之刃	銭端義	『中国留日同学会季刊』第3巻第4号	雪冤の刃
1945	哭笑	張我軍	『読書青年』第2巻第2期	泣き笑ひ
1945	二老人	張我軍	『芸文雑誌』第3巻第3期	二老人
1948	記念近逝的契友	北乃木	『文芸』第4期	近頃逝きし友を思ひて

（注：（　）に書いたのは訳者付記などの情報から筆者が推測した底本である。原作のタイトルのみ書いてあるものは底本不明である。）

図版出典

1 『東京朝日新聞』（1917.12.11）
2 『東京朝日新聞』（1917.12.25）
3 『東京朝日新聞』（1917.11.2）
4 『東京朝日新聞』（1918.5.8）
5 *Selected Stories of Doppo Kunikida*. Translated by Mono Mitobe. Shinchosha. 1917.
6 *Selected Stories of Doppo Kunikida*. Translated by Mono Mitobe.Shinchosha. 1917.
7 *Selected Stories of Doppo Kunikida*. Translated by Mono Mitobe. Shinchosha. 1917.
8 『第二独歩集』（新潮社、1918）

参考文献

江馬修（1983）『人及び芸術家としての国木田独歩』（吉田精一監修「近代作家研究叢書12」）東京：日本図書センター.
顔淑蘭（2016）「夏丏尊訳・国木田独歩『女難』:『同情』の力学と中日の自然主義文学」（『野草』第98号）.
ゲオルグ・ブランデス（1914）『露西亜文学印象記』（瀬戸義直訳）東京：中興館書店.
丁貴連（2014）『媒介者としての国木田独歩――ヨーロッパから日本、そして朝鮮へ』東京：翰林書房.
李雪（2013）「周氏兄弟の『作家翻訳』:『現代日本小説集』を中心に」筑波大学博士（文学）学位論文.
梁艶（2016）「加藤武雄と中国――作品の翻訳・紹介・受容を中心に」（松本常彦・波潟剛編『近現代文学と東アジア――教育と研究の多様性に向けて』福岡：花書院）.
稼夫訳（1924）「負骨還郷日記」（『小説世界』第6巻第12期）.
黎烈文訳（1928）「沙漠之雨」（『文学週報』第5巻）.
唐小圃訳（1925）「運命論者」（『小説世界』第12巻第5期）.
汪馥泉訳（1934）「恋愛日記」（『綢繆月刊』第1巻第2期）.
王向遠（2001）『二十世紀中国的日本文学翻訳史』北京：北京師範大学出版社.
夏丏尊訳（1921）「女難」（『小説月報』第12巻第12号）.
徐蔚南訳（1923）「詩思」（『午鐘』第3期）.
徐蔚南訳（1924）「一張画的悲思」（『新南社社刊』第1期）.
穎父訳（1928）「入郷記」（『山雨』第1巻第1期）.
周作人訳（1918）「小小的一個人」（『新青年』第5巻第6号、1918年12月）.
周作人編訳（1923）『現代日本小説集』上海：商務印書館.
周作人（1996）『周作人日記』河南：大象出版社.

From Exotic Life to City Life: Tracing the Lives of Nishiguchi Shimei in Taiwan, Yamaguchi, Tokyo, and Fukuoka

NAMIGATA, Tsuyoshi
波渇 剛

1. Introduction

On September 20, 1923, not long after the Great Kantō earthquake, Shimonoseki City's *Bakan Mainichi Shimbun* ('Bakan Daily Newspaper') in Yamaguchi Prefecture began serialization of the novel "Jinrui no Ie" ('The House of Humanity'). The quake caused delays in the production of content from their Tokyo-based writers and the aforementioned "Jinrui no Ie" was one full-length novel that was written in haste to fill this void and take readers far away from Tokyo to Taiwan, the setting of the novel. Satō Haruo's "Machō" ('Demon Bird'; *Chuōkōron*, October 1923) is well known as a novel which too is set in Taiwan and published immediately following the Great Kantō earthquake. In comparison, "Junrui no Ie" received little attention; however, the fact that serialization of the novel had already begun by the time Satō Haruo completed "Machō" and that a story about Taiwan running over half a year was picked up by a regional newspaper certainly merits consideration.

Nishiguchi Shimei was born in Kumamoto Prefecture in 1896, real name Shinkei. After graduating Seiseiko High School and gaining acceptance to study at Waseda University, and after graduation, Nishiguchi travelled to Taiwan.[1] He joined the editorial department of a Taiwanese newspaper in Taipei in April 1918 until his return to mainland in April 1922, after which he worked on a number of

---

1) For a detailed account of the life of Nishiguchi Shimei, see: Sakaguchi Hiroshi "Nichinichi kore kōjitsu – Nishiguchi Shimei no shōgai" (*Hon no techō*, Vol.4, December 2007, pp. 2-9).

projects, launching magazines like *Ningyō* ('Dolls') and *Nanpō Geijutsu* ('Southern Arts'), even writing his own plays. It is easy to imagine that the Taiwan setting of "Jinrui no Ie" was based on his own experiences in Taiwan, and in fact, one can also see similarities with his other stories like "Saru Dōkutsu no Kai" ('Tale of the Monkey Cave'), published in *Nangoku Monogatari* ('Tales from the Southern Country') in 1920. It is common within Japanese literary studies to point to Japanese works that were written and published in colonial lands. It is also not uncommon to look to impressions and travelogues written by Japanese authors during holidays and sojourns overseas, or to see existing history books taken as the authority on which novels are written. For Nishiguchi, however, the content of the stories which he published himself in Taiwan became the source of his own creative works, and it is on this point, that invites analysis of his works as self-translation and self-adaptation, that makes Nishiguchi such an interesting case study.

It can be said that "Jinrui no Ie" is also of great importance to understanding Nishiguchi's experiences in overseas territories and how they tie into his activities later in life. Nishiguchi Shimei is remembered today primarily for his work as an editor for the Puratonsha ('Platon publishing') produced magazines, *Engeki, Eiga* ('Plays and Films') and *Kuraku* ('Pains and Pleasures'). With the backing of Nakayama Taiyōdō, Puratonsha was one publishing company that lead Japan into the Modern era, and it was while working there and eventually taking over from Kawaguchi Matsutarō that Nishiguchi showcased his capabilities as an editor – one of his great life achievements. Even after the closure of Puratonsha, Nishiguchi moved to Fukuoka where he played a significant role in various cultural activities across the broader Kyushu region. While in Fukuoka, he launched another newspaper company, published the magazine *Hakata Shunjū* ('Daily Life in Hakata'), he was involved with the running of the Fukuoka Kagetsu Theatre, and after the war, lead both the Association of Kyushu Theatre Companies (*Kyushu chihō gekidan kyōkai*) and the Fukuoka Pen Club as president. Nishiguchi's work at the *Bakan Mainichi Shimbun* which essentially binds together his time in Taiwan and his activities in Tokyo is of great importance to better understanding the greater trajectory of Nishiguchi's life and works.

By analyzing his work at each of the regional hubs of his activities in succession, this paper attempts to trace the path of Nishiguchi's life and find commonalities in how certain aspects of culture were perceived at each of his postings. Accordingly, this research analyzes his works *Minami no Kuni no Uta* ('Songs of the Southern Country') and *Nangoku Monogatari* held at the National Taiwan Library, "Jinrui no Ie" from the *Bakan Mainichi Shimbun* held at the Yamaguchi Prefectural Library, and *Hakata Shunjū* held at the Fukuoka City Public Library and Fukuoka City Museum to provide an overview of and hypothesize on Nishiguchi's life works.

2. Anthology, *Minami no Kuni no Uta* (August 1920, Ningyōsha)

Minami no Kuni no Uta is a collection of *tanka* (thirty-one syllabled verse) poetry and is a compilation of the work conducted by Nishiguchi during his time in Taiwan overseeing publication of the tanka magazine, *Ningyō* ('Dolls'). "This anthology," the foreword states, "is a collection of works by mainland authors, both living and dead, and works composed by mainland travelers during their stay in Taiwan" and contains tanka works by exactly one hundred different authors. The end of the anthology formally introduces sixteen of the authors, several of which are worthy of mention here. The list includes tanka poets who were active around the time of *Minami no Kuni no Uta* like Iwaya Bakuai, who was a pupil of Onoe Saishū, and Maruyama Yoshimasa, a pupil of Kubota Utsubo. It also contains works by well-known medical personnel like Kanō Shōkakka and Takagi Tomoe and reveals the movements of these figures to a certain degree.

Kanō's own tanka anthology, *Kanō Shōkakka Kashū* (Araragi sōsho, Vol.82, Kokon shoin, March 1941), is available for viewing online at the National Diet Library Digital Collection. The work contains a preface written by Saitō Mokichi who states that the anthology was compiled in memory of Kanō after his death. The '*Jo*' (Foreword) reads, "Considering that his work was in medicine, he opened a practice in Taiwan, and that he served at the Awa mines, the content of his songs are remarkably unique; his peculiar insight translates into his own style and form of expression, and he was a figure of keen interest even within the department at Araragi" (p.2). The preface mentions the comings and goings of the

Kumamoto-born poet, real name Wakio, between Japan and Taiwan, who after graduating from Nagasaki Medical College and a stint in Tokyo moved to Chaozhou in southern Taiwan in 1912, returned to Japan in 1927, and moved back to Taiwan in 1931 where he lived in Chaozhou and also in Tainan. He later moved to Manchuria where he died in 1941.[2]

It is worth noting that the following two lines from the tanka "Jukubanmura" ('Village of the Civil Savage'; p.101) in the 'Taishō hachi-nen' ('Year Eight of the Taishō Era'; c.1919) section compiled in *Kanō Shōkkaka Kashū* can also be found in the collection *Minami no Kuni no Uta*:

熟蕃におぶはれ渉る渓の水わが足におよびたぎちけるかも
熟蕃の玉刻る命とりとむる薬を盛るも伏せ臼の上に

Jukuban ni obuware wataru tani no mizu waga ashi ni oyobi tagichikeru kamo
Jukuban no tama horu inochi toritomuru kusuri wo moru mo fuse usu no ue ni

Astride the back of the civil savage, carried down across the valley, through the raging river, the water might strike my feet
Even the precious medicine needed to prolong this ephemeral life, here the civil savage prepares in the millstone

Takagi Tomoe, on the other hand, was born in Fukushima Prefecture in 1885, and after graduating from the Imperial University of Tokyo's School of Medicine, worked at the Institute of Infectious Diseases founded by Kitasato Shibasaburō. In 1902 he was jointly appointed as the Government-General of Taiwan's head doctor and chairman of the Government-General of Taiwan's medical school, and was later appointed hospital director in Taipei and the Ministry of Civil Affairs' section

---

2) Shinohara Masami, *Araragi no Kajin – Kanō Shokakka – Taiwan no Uta* (Zhiliang Publishing, 2003), p.7.

chief for temporary epidemic prevention. He became a Doctor of Medicine in 1913 and was appointed head of the Government-General of Taiwan's research institute in 1915.[3]

However, these were not Nishiguchi's only connections with public figures who were affiliated with the Government-General of Taiwan, as we can find Politician-cum-tanka poet, Shimomura Hiroshi, also amongst the list. Shimomura's career history includes bureaucrat, newspaper manager, politician, and tanka poet who went by the pen-name 'Kainan'. He accepted Akashi Motojirō of the Government-General of Taiwan's invitation to become a civil governor in 1915, and later went on to become the director-general. In 1921 he retired from the Taiwan government office and joined the *Asahi Shimbun* newspaper company where he was appointed a special management position and executive vice president. In the meantime, he had also joined the Sasaki Nobutsuna-formed tanka poet gathering 'Chikuhakukai' in 1915 and submitted numerous works to the group's self-produced *Kokoro no Hana* ('Flowers of the Heart'). Just looking at the general overview of the Nishiguchi-compiled *Minami no Kuni no Uta* it is obvious that Nishiguchi was well connected with other Japanese overseas, with people in the financial sector, in the government and in the entertainment industry.

Although it seems appropriate now to continue with an analysis of the tanka from this collection, I would first like to examine the emergence of haiku poetry in Taiwan as it was the haiku world that developed and found a following ahead of tanka.

Shen Meixue has suggested that the reason for this is "the haiku poets that moved to Taiwan were at first confused by the nature and all the cultural customs of the Han people that were so different to Japan's".[4] In 1906 Kobayashi Rihei began his serial "Mizuhikigusa" in the *Taiwan Nichinichi Shinpō* which essentially lead the way for haiku creators in Taiwan. The column was a practical instruction of how to write Taiwan-inspired haiku with explanations also provided. The difference between certain words, for example: "The term '*dojin*' ('native') refers

---

3) *Nihon jinmei daijiten: Gendai* (Heibonsha, 1979), p.439.
4) Shen Meixue, "Haiku ni okeru 'taiwan shumi' no keisei –Meijiki taiwan ni okeru haiku no juyō to tenkai wo tōshite–" (*Taiwan nihongo bungaku*, Vol.25, June 2009), p.57.

to the Han line of Taiwanese; *'seiban'* ('wild tribespeople') refers to the indigenous living in the mountainous outskirts, especially referring to those that have not assimilated with the Han"; and explanations of other common Taiwanese words: "goats, water buffalo and water hyacinth...are animals and plants commonly found in Taiwan". As Shen points out in her argument, Taiwanese tastes (*'Taiwan shumi'*) were considered to be "well represented" in those haiku that "faithfully reflected the Taiwanese landscape" (p.65).

Hereafter, Kobayashi Rihei went on to publish his *Taiwan Saijiki* ('Almanac of Taiwanese Seasonal Words'; Seikyōsha, 1910) using the original characters of his name, Rihei (里平 – as opposed to his previously adopted Taiwanese-style Chinese reading of Rihei: 李坪). However, it has been indicated that "Kobayashi adheres strongly to the folkloric; it is a fitting work for a folklorist like Kobayashi who studied the Taiwan ethnology alongside Inō Yoshinori, but it is not a fitting work for the creation of haiku,"[5] and it was not until the *Hototogisu*-inspired haiku magazine *Yūkari* (published from October 1921 to December 1944) and the arrival of the Sanjō Sekijitō (real name: Takeo) edited *Taiwan Haiku-shū* (Yūkarisha, 1928) that a practical almanac of seasonal haiku words emerged.

Minami no Kuni no Uta was published in the year prior to *Yūkari*. Further research regarding the activities of poetry circles active at the time is required, but the abovementioned circumstances of the emergence of haiku in Taiwan does provide a useful reference. Tanka poetry depicted the same scenery and customs as those found in the Taiwan-inspired haiku and were used to express loneliness, melancholy, and feelings of longing for one's faraway homeland, but were also often used as a way to interact with fellow countrymen on foreign soil and pen one's impressions of unfamiliar customs. Nishiguchi's tanka works often depict distant scenes of Taiwan's mountains and seas. Below is an extract of Nishiguchi's tanka works.

---

5) Isoda Kazuo, "Shokuminchi taiwan ni okeru nihongo haiku no juyō to kadai– Shokuminchi chōsen haidan to hikaku shite–" (Kokyō: Nihongo bungaku kenkyū, Vol.3, June 2016), p.152.

夕まけて霧雨けぶる港口戎克船（じゃんく）ふたつうすら〳〵見ゆ
夕陽光る向いの丘の赤土に水牛の群の影黒く見ゆ
赤銅の強きいろして土人の子唄うたひつゝ錨あげおり
夕まけて港の町は人絶えぬたゞにさびしき淡水の海
相思林つらなる原の眼路を遠く帆船一つの光りゆく見ゆ
ながらふる夜霧にかすむ相思林かすかに蟲のなくこえきこゆ
陽は今し蕃山脈（しこやまなみ）にいでしかな天地（あめつち）なべてくるひとかゞやく（pp.20-21）

Yū makete kirisame keburu minatoguxhi janku futatsu usura usura miyu
Yūhi hikaru mukai no oka no akatsuchi ni suigyu no mura no kage kuroku miyu
Shakudō no tsuyoki iro shite dojin no ko uta utaitsutsu ikari ageori
Yū makete minato no machi wa hito taenu tada ni sabishiki tansui no umi
Sōshirin tsuranaru hara no meji wo tōku hansen hitostu no hikari yuku miyu
Nagara furu yogiri ni kasumu sōshirin kasukani mushi no nakukoe kikoyu
Hi wa imashi shikoyamanami ni ideshikana ametsuchi nabete kuruhito kagayaku

The night deepens, in a drizzle of rain hazy and light, two junk ships at the harbor entrance, floating in thinly veiled sight
The glow of the setting sun, on the knoll of red dirt across the way, a herd of water buffalo like silhouettes of black
Her skin dark and tanned a shade of reddish copper, the local native child sings a song as she draws the anchor back up from the sea
As night deepens in the harbor side town, an incessant stream of people bustles while an ocean of fresh water ebbs alone
A thicket of acacia trees lines the fields, the light from a single ship can be seen sailing the waters in the distance
As the blanket of a long night fog falls, a dim haze envelopes the acacia trees, and the insects cry out faint and muffled

Sunlight pouring down on the local 'shikoyama' mountain ranges, heaven and earth shining brilliantly together as one (pp.20-21)

3. *Nangoku Monogatari* (February 1920, Ningyōsha)

Minami no Kuni no Uta reveals the scenes and customs of a foreign land witnessed through Nishiguchi's eyes, but it also reveals the extent of his social relationships. *Nangoku Monogatari* on the other hand, gives a more vivid depiction of Nishiguchi's attitude towards the exotic. In terms of publication date, *Nangoku Monogatari* was published six months earlier than *Minami no Kuni no Uta*. The work is largely comprised of tales and legends of Taiwanese folklore; its table of contents is as follows:

南海船乗奇譚／古城の哀史／猴洞窟の怪／生蕃物語／日南島の海賊船／柏原太郎左衛門／火の船燈台／澎湖秘話／島の国姓爺／牡丹社哀話／呪はれた漂流者／極南日本周航記

Nankai Funanori Kitan ('Mystery on the Southern Sea') / Kojō no Aishi ('Old Fortress Tragedy') / Saru Dōkutsu no Kai ('Tale of the Monkey Cave') / Seiban Monogatari ('Tale of the Wild Natives') / Hinajima no Kaizokusen ('The Pirate Ship of Hinajima') / Kashiwara Tarōzaemon / Hi no Sentōdai ('The Fire of the Ship Lamp Stand') / Hōko Hiwa ('Unknown Mysteries of Penghu') / Shima no Kokusenya ('Koxinga of the Islands') / Botansha Aiwa ('Sad Tale of Botan Village') / Norowareta Hyōryusha ('The Cursed Castaway') / Kyokunan Nihon Shūkōki ('Circumnavigating Japan Far South')

Before delving further into these articles, I would like to note the following passage by Shimomura Hiroshi, mentioned earlier in this study, that succeeds the heading title, 'Prefatory Words on the Late Governor-General, Akashi':

There was always something charming about the Takasago islands, but there is a roughness to Taiwan that you don't often hear. With regards to the conditions in Taiwan, I was pleasantly surprised to find that even in the remote islands of the southern country, where judging by their barbaric lifestyles the Taiwanese people seem to have progressed no further than the third century, they have employed people of the brush and they have created stories that arouse so many emotions. I read "Kojō no Aishi" and "Taiwan Shitan" in a Taiwan newspaper and I regret not being able to read through them all, but the satisfaction I feel to see them all now bound in book form is surely not mine alone.

Shimomura reveals his interest in "Kojō no Aishi" and "Taiwan Shitan" having read them previously in the *Taiwan Shimbun*. I was unable to conduct research on "Taiwan Shimbun" on this occasion, but the relationship between Nishiguchi and the newspaper company, as well as his connections with the government-general requires further investigation.

Aside from Shimomura, other figures who wrote articles for the publication include Kanō Aohi who wrote the following about Nishiguchi's character and about the book under the title "Nishiguchi Shimei-ni ni" ('To My Older Brother, Nishiguchi Shimei'):

> The South for me, as I'm still a romanticist, has always been a place of fascination, but a few nights ago Nishiguchi recited to me rather climactically "Saru Dōkutsu no Kai" and I thought it perhaps the most interesting tale to come out of the southern country, so when I heard that a sketch of Tsunkeu, the peasant girl and heroine of the tale, would appear on the cover I was interested all the more.

It seems other readers also took an interest in "Saru Dōkutsu no Kai" as the promotional blurbs written about *Nangoku Monogatari* for various newspaper sources at the time which appear at the end of *Minami no Kuni no Uta* demonstrate the tale to be a considerable focus of attention.

Osaka Asashi Hyō:
"Nankai Funanori Monogatari" is a superstitious old tale of the so-called southern sea still believed to this day; superstitious romance and Taiwanese seafaring tale, "Kojō no Aishi" tells the mournful love of a Westerner at the old Anping fortress; "Saru Dōkutsu no Kai" is the sorrowful tale of a sweet tribe girl and a handsome man from China (omission); in "Kyokunan Nihon Shūkōki" the flow of the elegant brush seems to dance unwittingly with the southern sea (omission).

Takasago Puck:
With his own unique but refined writing style, the author demonstrates his ability to capture the Taiwanese romance of the southern sea throughout each section of his book, "Saru Dōkutsu no Kai" is a standout, other tales of barbaric romance like "Seiban Monogatari" and "Botansha Aiwa" are also particularly absorbing.

"Saru Dōkutsu no Kai" is a story of forbidden love between an indigenous Taiwanese woman and a Chinese man who sneaks into a hamlet of native Taiwanese. The group leader also has a band of ferocious monkeys under his command that are the guardian deities of the hamlet (I have not been able to track down the original story or source as yet). The following passage is from the beginning of the tale:

Since ancient times, Hengchun has been part of the barbaric region of Taiwan called, Langqiao. Here the Shiyuridan village of the indigenous Paiwan people, a stubborn and savage tribe whose recklessness makes even other native tribes tremble. At the highest peak of the village, on Mount Houtou is 'Saru Dōkutsu' ('Monkey Cave') a cave adorned with countless centuries-old skulls, accumulated from years of ghastly beheadings. The cave is also home to countless monkeys, big and small, and whenever the villagers take the head of a member of another clan, the leader 'Taigonei' would take the head up to Saru Dōkutsu with a smile on his face and offer it up as if in a show of might of the tribe. The tribe leader would grab hold of the blood-drenched hair of the decapitated head and throw it into the narrow opening of the cave. The cave monkeys, lying in wait, take the head to the endless depths of the cave, eat the flesh, and when nothing remains but the skull, they take the head back to the entrance of the cave where they bury it neatly into the outer cave wall. (pp. 119-20)

The relationship between the tribe leader and the monkeys is absolute: "The Taigonei family have been leading the Shiyuridan village for centuries and the monkeys obeyed the leader as though they understood his every word" (pp.121-2). The "savage" hamlet setting of the tale was likely a fitting one for readers anticipating the exotic flavors of a "Nangoku" tale. With "beheadings" portrayed as a customary practice of the indigenous Taiwanese people and monkeys feeding on the decapitated heads and displaying them at the entrance of the cave, the story has all the makings of a supernatural tale that no doubt appealed to the interests of readers at the time.

The story is set during the '13th year of Emperor Tongzhi of the Qing dynasty' (c.1873), during the early Meiji period. 'Go Kinsui' (Wu Jinshui) of the 'Tainan Chinese Military' is ordered by the 'Designated Magistrate of Taiwan, Zhou Maoqi' to scout the hamlet of the Shiyuridan but is captured by the villagers. The village leader, Taigonei, has confessed his love for local village girl, Tsunkeu, just turned eighteen, and in order to win her affection decides to assign his prisoner Go Kinsui as her slave. The young couple soon fall in love and try to hide their tryst from the village leader, but he finds out. Mad with jealousy the leader desperately wants to end their relationship and orders his monkey underlings to get close to the two and kill them. The scene of their murder is again composed in the vein of a supernatural tale:

The band of young monkeys that tied up Tsunkeu and Go Kinsui returned from the cave and stood before the plantain trees brandishing the sharpened sticks originally carved as implements to discipline Go Kinsui.

Taigonei grabbed Tsunekeu's hair and shook her head as he bellowed, 'Koi no majinai jiyai' ('You are cursed by love')
With the reverberation of his cries still lingering in the air, the monkeys stabbed the two through to their bones. The piercings in their flesh like holes in a beehive, their fresh blood flowed endlessly forth... (p.150)

Go Kinsui receives information from his lover Tsunkeu on how to deal with the monkeys and he relays the information to another reconnaissance scout who takes it to the Chinese army in Taiwan. Go Kinsui and his lover are sacrificed in the end, but not long after, the monkeys, Taigonei and his entire tribe are subjugated by the Taiwanese army and the story ends with a castle being erected in the villages place.

As revealed in the promotional blurb at the end of *Minami no Kuni no Uta*, published six months after *Nangoku Monogatari*, the book – part 'superstitious tale', part 'romance' – is replete with the exoticisms of "Nangoku" that garnered considerable reputation in Taiwan at the time. "Saru Dōkutsu no Kai" was one story from the collection to receive significant attention, appealing to the more vulgar curiosities of Japanese residing in Taiwan. The success of which would be capitalized on back on mainland.

4. Novel, "Jinrui no Ie"

In 1922, Nishiguchi returned to Japan and took up post as an editor of the *Moji Shimbun* in Fukuoka Prefecture. In July 1923 the following year, he became the editor-in-chief and head of the local news section of the *Bakan Mainichi Shimbun* in Shimonoseki City, Yamaguchi Prefecture. Although there are still a number of details yet to be clarified in this investigation, the general chronology of events leading up to the serialization of "Jinrui no Ie" have been ascertained.

The year was marked by literary scandal with the incident of Arishima Takeo and his lover's double suicide featured frequently in news articles. The news of Arishima's death was reported numerous times in articles like "Arishima Takeo's Double Suicide Hanging" (July 9), and "The Extremes of Passion is Death" (July 11). Due to the locality of Shimonoseki City, reports of foreigners entering the country by boat also featured regularly and seemed to be a point of interest for the newspaper. Nishiguchi joined the newspaper company around the same time and likely had a hand in the writing and publishing of articles at this time. We can also confirm that Nishiguchi even penned his own period pieces having serialized "Kaizoku Kichinosuke Monogatari" ('Kichinosuke the Wonder Pirate'; 29 installments, July 15-August 17)[6].

Though there were multiple serialized novels that appeared in the newspaper, one serial of particular interest to this study is Shinohara Reino's "Midaruru Hoshi" which was intended to follow on from Izumi Shatei's "Koi wa Kanashiya", but after receiving mention in the promotional column for new novels ("Shinshōsetsu Yokoku"; August 31), it ended after the first installment. The Great Kantō earthquake struck the following day, and from September 2 the *Bakan Mainichi Shimbun* was awash with news of the disaster. After reporting the 'Kyoto Region Major Quake' (September 2), the paper's evening edition reported 'Unprecedented Damage' and 'Eruption of the Chichibu Ranges'; on the 3rd reported 'A Crowd of Koreans Walk the Scorched Streets – Tokyo in a State of Anarchy'; on the 4th, 'Koreans Clash with Our Armed Forces in the Tokyo Area', and 'On Alert for Korean Visitors at Shimonoseki Police Station – Home Ministry Police Affairs Bureau Chief Gives Notice to the Governor of Yamaguchi Prefecture'; and on the 5th reported 'Group of Jailbreak Koreans Lead Mob on Spree of Rape, Murder, and Barbarity'. Thus, as the vigilance of even the local police becomes embroiled in the flurry of false rumors, one can grasp a sense of the unrest that enveloped the Yamaguchi region at this time.

Finally, on the 17th, the particulars surrounding the non-publication of Shinohara's novel and the novel that was serialized in its place is revealed via promotional blurb:

Regarding the change of new novel: This newspaper's current new novel serialization, "Midaruru Hoshi", has been provided as a temporary replacement for the following novel that was unable to be procured due to

---

6) I couldn't find the end of this story, so it can be incomplete work.

the disaster that struck Tokyo; however, we wish to inform you that serial of the following new novel will begin again from tomorrow's edition. Thank you for your understanding.

New novel: "Jinrui no Ie"

Nishiguchi's novel, which began in the evening edition of the 19th featuring an illustration by Kuzuoka Nentei, was different to his previous period work, this time set in Taiwan, it tells the story of Japanese colonizers and the local ostracized community of outcastes or *'burakumin'*. The novel ran for ninety-two installments, up until February 26 the following year, and even just going by the names of the characters, the story was obviously based on "Saru Dōkutsu no Kai" from *Nangoku Monogatari*.[7] However, where "Saru Dōkutsu no Kai" featured 'Chinese' (*'Shinajin'*) as the outsiders, in "Jinrui no Ie" the 'Japanese' arrive with the purpose of developing the area and they maintain an important position in the story thereafter. Another point of difference is the relationship between the tribe leader Taigonei and village girl Tsunkeu, originally depicted as an older romance, is transformed to a father-daughter relationship in "Jinrui no Ie". The following extract reveals these alterations:

> There were the Musha tribe newcomers, Yuuminnao and Karukaran, and two beautiful girls renowned as the two flowers unrivaled in the Musha tribes Maashimu and Tsunkeu, but through their humility were also quite enlightened.
>
> Tsunkeu was the only daughter of the tribe leader Taigonei, Yuuminnao was a man of authority in the Musha tribe as next in line to be the young leader, and his younger sister Maashimu was the same age as Tsunkeu – 19 years old – but Maashimu had an innocence about her, with beautiful eyes, pale skin and black hair, she hardly looked like a savage girl at all. (Part 2,

---

7) The *Bakan Mainichi Shimbun* held at Yamaguchi Prefectural Library has a number of missing issues. Due to damage, there are also portions of "Jinrui no Ie" that are unreadable, so the content of the story cannot be deciphered in its entirety.

September 20)

In "Jinrui no Ie", Tsunkeu falls in love with the 'Musha tribe newcomer, Yuuminnao'. His younger sister 'Maashimu', as revealed in the extract above, is first introduced as the beautiful-eyed, pale-skinned, black-haired girl who 'hardly looked like a savage at all', emphasizing her difference to the other characters. However, this is not simply to highlight her beauty, but rather a foreshadow to the revelation that she is in fact Japanese. In the village there is one Japanese woman who comes and goes. "The woman named Mine appeared about 26 or 27 years old. She was the only Japanese woman in the remote Musha tribe, her beauty admired by fellow Japanese and now by the wild tribespeople as 'the elder sister of the hut'". It is later revealed in the story that she is the older sister of 'Maashimu'.

One Japanese character to play a significant role in the story is 'Itō Ken', who is involved with the construction of the hydroelectric plant and its related works as an employee of the 'Southern Development Corporation' (*Nanpō kaitaku kabushikigaisha*) and who visits the hamlet of the Musha tribe. Not only does he teach the Musha villagers Japanese language, he fuels their thirst for knowledge and earns their trust. Halfway through the story, president of the Southern Development Corporation, 'Baron Kasai', visits Taiwan momentarily to avoid further danger in the aftermath of the Great Kantō Earthquake. In the following scene, Itō leads a party around the city of Keelung:

Ken "Over there is a junk, one of the native ships...
Please take a look at the bow, see how they've carved the eyes of the dragon king into the ship? Doesn't the deep red and green color of the hull remind you of the ships in ancient Rome? According to superstition of the native's, they say that if you adorn your boat with dragon eyes or with the hull like the body of a serpent you won't encounter any monsters while out at sea, so you see they can be quite endearing as well..." (Part 33, October 24).

The scene depicted here closely resembles a poem written by Nishiguchi in

Minami no Kuni no Uta. The overall tone of the story is taken from *Nangoku Monogatari*, but on the point of introducing Taiwanese customs, it can be argued that this is the practical application of Nishiguchi's experiences with which he made compiling tanka poems into *Minami no Kuni no Uta* and writing his own poetry possible.

A tribe leader that could control a troop of monkeys peaked readers' interests in "Saru Dōkutsu no Kai", as did the 'hunting' scene in the story. 'Headhunting' also features in "Jinrui no Ie" when Tsunkeu's lover Yuuminnao and his rival, Hayunkesu, are drawn into a duel and Yuuminnao decapitates an innocent man. The attack-by-monkey element has also been altered to result in the injury of Itō Ken. There is a man named 'Eisaka' amongst the party of Japanese being lead around Taiwan by Baron Kasai. Eisaka harbors ill intentions towards Itō Ken, and as Itō is sympathetic towards Yuuminnao who inevitably decapitates the head of a Japanese man, Eisaka incites the somewhat victimized members of the community to attack Itō.

In the end, not only those that attacked him but all the village inhabitants including the tribe chief unanimously acknowledge their error and beg Itō for his forgiveness. While certainly not limited to this episode, "Jinrui no Ie" strongly highlights this aspect of civilization and enlightenment of a savage tribe at the hands of the Japanese. This is reflected in the mutual relationship of trust established between Itō Ken and the native tribespeople and the educational aspect that leads to the building of this trust. It is also reflected in the portrayal of Mine and her younger sister Maashimu, who are respected by the villagers and daughters to 'Hara Yūji', the head of police who was accidentally killed, as well as in the tribe leader Taigonei's unsuspecting belief that airplanes are gods when Baron Kasai and Itō Ken arrange to take Taigonei with them to Taipei. The story is interpretable throughout as a portrayal of the indoctrination of the uncivilized ways of the savage tribe.

So when we try to evaluate this novel, one cannot help but be drawn to compare the stark contrast of works like Satō Haruo's *Machō* ('Demon Bird'), which is regarded as the critic to the false rumors surrounding minority discrimination of indigenous Taiwanese and which also leads into the positive stance that was taken towards the critical view of the mass killing of Korean people following the Great Kantō earthquake.[8] Even after the serialization of "Jinrui no Ie" ended, a new serialized novel called "Gōkan no Machi nite" ('In the Pleasure City') was published over an entire page of the new year literature column on January 1, 1925, the story this time connecting Taiwan with crime – the criminal of the story turning out to be a friend and *'honshōjin'* (mainland Chinese that migrated to Taiwan). In addition, from October to November, 1924, the *Bakan Mainichi Shimbun* continuously published the column "Taiwan Yūki" ('Travels in Taiwan'). The person in charge of the column, Nishibe Tokutarō, later went on to become the editor-in-chief. Thus, it is possible to determine from this that with Nishiguchi as intermediary, he strengthened the connection between Taiwan and the Bakan Mainichi newspaper company, the foundation of which it can be said was Nishiguchi's stance of engaging with the concerns and curiosities of his readers.

5. Puratonsha and Hakata Shunjū

Nishiguchi joined the Puratonsha company in March 1926. The head office was in Osaka at the time, but moved to Tokyo in January 1927 the following year. His editing work began with the magazine, *Engeki, Eiga* ('Plays and Films'), then from December 1926 to May 1928, worked on the magazine *Kuraku* ('Pain and Pleasure') as editor-in-chief.

Kuraku, published in December 1923, along with *Josei*, another publication from the Puratonsha company, were two of the leading general and literary magazines of their time. *Kuraku* was more of a general magazine with a stronger entertainment emphasis, but as it was promoted in in the advertisement section of the *Bakan Mainichi Shimbun* on March 17, 1924, "Reading *Kuraku* won't make you feel tight around the shoulders; it keeps reader interests at its core without losing its refinement", it was not simply a matter of high-brow and low-brow literature.[9] On the topic of advertisements, you can also find ads for flagship

---

8) Tierney, Robert Thomas (2010). *Tropics of Savagery: The Culture of Japanese Empire in Comparative Frame*. Berkeley and Los Angeles: University of California Press, p.103. See also: Zhu Weihong, "Satō Haruo sakuhin kenkyū" (Shanghai Jiao Tong University Press, 2016), pp.21-2.

products from Puratonsha's parent organization, Nakayama Taiyōdō, like *Kurabu sekken* ('Club soap'), *Kurabu oshiroi* ('Club face powder') and *Kurabu bihatsuyō pomādo* ('Club pomade for beautiful hair') in the February and March editions in 1924. Though only analogical reasoning, it was likely around this time that Nishiguchi and the Puratonsha company's paths intersect.

Be that as it may, there is no conclusive evidence to prove this at the present time. The following provides a more detailed sequence of events surrounding Nishiguchi's work at the Puratonsha company and his editorial work in magazines.

> Shimei worked as an editor on *Kuraku* and *Engeki, Eiga* under Kawaguchi (Matsutarō: annotated by the author), and after a meagre four months at the company, succeeded Kawaguchi to assume position of editor-in-chief of both *Kuraku* and *Engeki, Eiga*. For him it would have been an unexpected development. However, his role as editor-in-chief came with conditions set by company president Toyozō (Nakayama: annotated by the author) to "refrain from all creative writing and focus all attention on making *Kuraku* a better magazine". Shimei was originally drawn to literature and though he was in high spirits at the prospect of using Puratonsha as a foothold into the literary world like Naoki (Sanjūgo: annotated by the author) and Kawaguchi, but after much deliberation he accepted the company president's conditions.[10] (p.80)

The cessation of *Kuraku* came in May 1928 with the closure of Puratonsha. Following this, Nishiguchi went to Fukuoka where he launched the *Fukuoka Mainichi Shimbun* newspaper and the *Nikkan Katei Mainichi Shimbun* newspaper. In 1933 he established the Hakata Shunjūsha company and launched

---

9) Also in this edition are works by Nagai Kafū and Satomi Ton, and in the 'Supplementary Appendix' to the same volume under the heading, 'Kindai jōwa senshū' (Selection of Modern Human Interest Stories), are five works by authors Tanizaki Junichirō, Satomi Ton, Osanai Kaoru, Kume Masao, and Izumi Kyōka.

10) Ono Takahiro, Nishimura Mika, Akeo Keizō. *Modanizumu shuppansha no kōbō – Puraton-sha no 1920 nendai* (Tankōsha, 2000).

the magazine, *Hakata Shunjū*. *Hakata Shunjū* was an exceedingly large magazine of roughly B4 size and each volume featured illustrations of women on the cover, either a '*modan gāru*' (modern girl) dressed in Western clothes with bobbed hair or a woman dressed in Japanese clothing that drew the eye of the reader (see Figure 1). One of the artists that provided the illustrations was Yamana Ayao, who also worked on the magazine *Kuraku*.

Figure 1

Also worth noting is the work of Yamana Ayao, a designer who worked with Nishiguchi at Puratonsha and who has illustrated covers for a number of volumes. For a large part of his career Yamana worked as a designer for Shiseidō, but he was also simultaneously an instrumental figure in the rise of photographic journalism. His designs for the propaganda magazine aimed at foreign markets, *NIPPON*, in particular have gone down in Japanese graphic design history. The cover designs of *Hakata Shunjū* are not exactly outstanding, but they are designs that are little known as Yamana's works.[11] (p.112)

The company advertisements that frequently appeared in the corners of the cover illustrations are also worthy of attention. These included advertisements for major liquor, confectionary and insurance companies, as well as local businesses. The back cover similarly featured advertisements for various local companies.

At a glance, the magazine appears to be a women's magazine or a magazine for women's fashion; however, in addition to articles about 'beautiful daughters' ('*bijin reijō*') and women who work in cafes and traditional performing arts centers ('*kenban*'), there were also commentaries on local parliamentarians, Kyushu

---

11) *Shinshū fukuokashi-shi tokubetsuhen: Katsuji media no jidai– Kinda fukuoka no insatsu to shuppan* (Fukuokashishi henshuiinkai, 2017); citation from Arima Manabu.

Imperial University, local newspaper companies and the local municipality, and also published local rumors and stories of the bizarre and the strange, so it more closely resembled a tabloid magazine. Although this point creates some discrepancies, it is possible to infer that the curiosity with the grotesque and the fascination with the exotic from the Taiwan era was manifest in the same way in the manners and customs of city culture and offered up to readers. At *Kuraku*, Nishiguchi was working under the inclinations of the Puratonsha company and so his own intentions were likely not so obvious, but with *Hakata Shunjū* being his own magazine, it can be argued that Nishiguchi pursued his desire to please readers in his own way, sustaining fascination with the erotic and the grotesque whilst also retaining the ethos and format of the fashion-leading Puratonsha.

On inspecting the *Hakata Shunjū* magazine for the first time, I recall being personally surprised at the dissonance between the cover and the actual contents and somewhat perplexed at how to make sense of it. However, in connecting the dots between Nishiguchi's activities in Taiwan, his work with the newspaper in Shimonoseki, and his time at Puratonsha, I finally felt like I acquired a clue to its understanding. Though the level of investigation at each locale of his activities is insufficient and further research is required, one of the major fruits of this study has been the confirmation that a historical figure traversed Japan's newspaper and magazine industry in such a fashion. Furthermore, if we can conclude that Nishiguchi wasn't simply catering to the times with his adherence to erotic and grotesque content that at times created friction with censorship authorities, then it would be meaningful to compare his situation with the life and works of Satō Haruo[12] whose novel *Machō* reveals the limitations of the difficult tactic of allegory with which he criticized Japanese society at the time.[13]

---

12) One study reveals that Satō Haruo and Nishiguchi met in Taiwan in 1920, which suggests the need to explore the relationship between the two further. Kōno Tatsuya "Satō Haruo no taiwan taizai ni kansuru shinjijitsu – Tainan suisenkaku to taipei ongakukai no koto" (*Jissen kokubungaku*, Vol.85, March 2014).

13) Tierney, 2010, p.107.

Works Cited

Arima, Manabu and et al, *Shinshū fukuokashi-shi tokubetsuhen-Katsuji media no —jidaiKinda fukuoka no insatsu to shuppan*, Fukuokashishi henshuiinkai, 2017.

Isoda, Kazuo, "Shokuminchi taiwan ni okeru nihongo haiku no juyō to kadai— Shokuminchi chōsen haidan to hikaku shite", *Kokyō: Nihongo bungaku kenkyū*, Vol.3, June 2016.

Kōno, Tatsuya, "Satō Haruo no taiwan taizai ni kansuru shinjijitsu – Tainan suisenkaku to taipei ongakukai no koto", *Jissen kokubungaku*, Vol.85, March 2014.

Ono, Takahiro, Nishimura, Mika, and Akeo, Keizō (Eds.), *Modanizumu shuppansha no kōbō – Puraton-sha no 1920 nendai*, Tankōsha, 2000.

Sakaguchi, Hiroshi, "Nichinichi kore kōjitsu – Nishiguchi Shimei no shōgai", *Hon no techō*, Vol.4, December 2007.

Shen, Meixue, "Haiku ni okeru 'taiwan shumi' no keisei–Meijiki taiwan ni okeru haiku no juyō to tenkai wo tōshite–", *Taiwan nihongo bungaku*, Vol.25, June 2009.

Shinohara, Masami, *Araragi no Kajin – Kanō Shokakka – Taiwan no Uta*, Zhiliang Publishing, 2003.

Tierney, Robert Thomas, *Tropics of Savagery: The Culture of Japanese Empire in Comparative Frame*, University of California Press, 2010.

Zhu, Weihong, *Satō Haruo sakuhin kenkyū*, Shanghai Jiao Tong University Press, 2016.

1930年代台日シュルレアリスム詩／絵画におけるアダプテーション

—— 楊熾昌と東郷青児、饒正太郎と古賀春江を例として ——

頼　　怡　　真

LAI, Yichen

Abstract

　　Koga Harue (1895-1933) exhibited his painting "Umi" in the 16th Nikaten, a famous art exhibition in Japan, in 1929. It is almost the same time when *Shi to Shiron*, a journal on poetry, began to be published from 1928 and surrealism poems in Japan became to evolve. In the same exhibition, Togo Seiji (1897-1978), an artist who was called "a genius of western paintings," also exhibited his painting "Chogenjitsuha no Sanpo" (Surrealistic Stroll). The most important point of this painting is that its title is quite similar to that of "Nichiyo teki na Sanposha: Korera no Yume wo Tomo・S kun ni" (*Tainan Shimpo* Mar 12, 1933) by Yang Chih-chang who was one of the representative poets of "Fusha Shisha," a surrealist poets group in the 1930s Taiwan. It is possible to say that the counterpart of Yang is Gyo Shotaro, a Taiwanese surrealist poet who worked as a poet in the center of literary circle in Japan. Hence we can interpret their poems in the relationship between poems and paintings or Taiwan and Japan. The aim of this article is to argue about the adaptations from paintings to poetry such as Yang Chih-chang/Togo Seiji and Gyo Shotaro/Koga Harue in the context of surrealist poetry in the 1930s Taiwan and Japan.

一、問題の端緒

　2016年に出版された陳允元・黄亞歴編『日曜日式散歩者——風車詩社及其時代』Ⅰ・Ⅱ（行人、2016年9月、以下『日曜日式』と略記）では、1930年代の台湾において日本のシュルレアリスム運動を「横移植」[1]した楊熾昌の作品（1908-1994）及びそのシュルレアリスム結社「風車詩社」（1933年10月-1934年12月）に関する先行研究・メディア資料が収録されている。この本のタイトルの由来となった日本語原題は楊の「日曜日的な散歩者——これらの夢を友・S君に——」（『台南新報』1933年3月12日付、ペンネーム「水蔭萍人」で発表、以降『日曜

日的な散歩』と略記）であり、風車詩社に関するドキュメンタリー映画[2]も公開され、脚光を浴び、「日曜日的な散歩者」は楊熾昌及び台湾シュルレアリスムの代名詞のような存在となったのだった。しかし、「風車詩社」の特徴でもあるシュルレアリスム風の作品は、当時、日本占領下の台湾文壇においては反抗精神や政治性が欠けると批判され、楊逵（1905-1985）や頼和（1894-1943）といったプロレタリア作家の作品とは一線を画していたため、異端的な存在と見なされていた[3]。「風車詩社」や楊熾昌を当時の台湾社会のコンテクストで考察してみると異端の存在に見えるかもしれないが、角度を変えて当時の日本の文壇、さらに画壇に注目して検証してみると、そこに日本の文壇／画壇との共通点がいくつもあることに気づかされる。

　陳平浩によれば、1930年代の「日曜日的な散歩者」の水蔭萍は「以腳思考（足を持って思考する）」タイプの詩人であり、1950年代の台湾シュルレアリスム詩の代表者の一人である商禽（1930-2010，本名羅顯昌）が発表した『用腳思想』（『足で思考する』漢光文化公司、1988年9月）との共通性から、ここには1930年代／1950年代の台湾シュルレアリスムにおける「ジャンプカット」(jump-cut) があるという[4]。すなわち、商禽が「我們用頭行走／我們用腳想」（我らは頭で歩く／我らは足で考える）と述べたように、「逆さま、反転的」な知性の姿勢で世界に反逆にすることで、我々は新しい感受性を獲得するのだという。

　一方で、村野四郎（1901-1975）の「近代修身」（『新領土』第2巻第7号、1937年11月）において、「君らは手で歩くべきだ／青空を蹴り／つねに墜落のポーズを作り／雲雀を臀部の上方で歌はせよ」というように倒立歩行が描かれており、それが「近代の比喩としての"墜落"」[5]であると評されているのは、

1）楊熾昌の「風車詩社」のシュルレアリスム詩運動が日本の『詩と詩論』（1928年9月-1931月12日）などのシュルレアリスム運動を「横移植」をしたものであると最初に指摘したのは、劉紀蕙「超現實的視覺翻譯：重探台灣現代詩「橫的移植」」（『中外文學』第8期第24卷、1996年1月）であった。劉によれば、30年代の台湾において楊熾昌らによって引き起こされたシュルレアリスム運動は、30・40年代の中国におけるモダニズムから影響を受けた50年代の台湾シュルレアリスム絵画とともに台湾シュルレアリスム運動の前駆と言えるという。そして文学のみならず、視覚芸術もまた、フランスの文芸思潮の影響を直接的に受けたものなのではなく、日本の芸術思潮を通して間接的に輸入されたものであると指摘している。

2）ドキュメンタリー映画『日曜日式散歩者 Le Moulin』（黃亞歷監督、台湾、2015年8月）。

台湾文学との通時的共通性のみならず、日本文学との同時代的共通性があることを物語っている。一方には台湾シュルレアリスム[6]における1930年代／1950年代の「ジャンプカット」があり、その一方で日本のシュルレアリスム運動においては村野四郎が同じような詩を書いているのだ。

周知のようにシュルレアリスムはアンドレ・ブルトン（André Breton, 1896-1966）によって提唱されたものだが、台湾におけるシュルレアリスムの起源は

3）陳允元によると台湾の先行研究では、「風車詩社」はこれまで、「失敗現象の見本」、「怪異の花」、「異常為」、「孤岩的な存在」と評されてきたが、前衛的な風車詩社は中国の新文学運動とは異なる新しい運動であり、さらに1950年代に台湾モダニズム詩の中心となった中国詩人、紀弦（1913-2013）が起こした「現代派」の運動を超えた運動として、中国モダニズム詩の発展より早い時期から、台湾文学史においても先駆的な存在であったという（Ⅰ、20-21頁）。陳芳明は、彼らが帝国の洗礼を受け、作品内で都会空間を創造し、抑圧された植民地文学の新境地を開いたとし、「植民地台湾には風車が存在しない。それは純粋に帝国の舶来品であり、あまりにも異国情緒的すぎる」と指摘している（『日曜日式』Ⅰ、147-149頁）。このように、「風車詩社」の同人たちは長い間、「無批判、無抵抗」という評価をずっと背負ってきたが、このように異なる見解も指摘されるようになった。東京の「市区改正」（1888）は、パリの都市改革（1850）を参考にして行われ、そしてその都市改革は植民地期台湾でも実施され、台北では1905年、そして台南では1911年に台湾総督府によって市区改正が行われた。蘇碩斌によれば、1933年に日本留学を終えて帰国した楊熾昌は、市区改正によってインフラが整った台南の街を目のあたりにし、詩篇「破壊の都市 Tainan Qui Dori」（「台南新報」1936年5月）においてその市区改正への痛烈な批判を行っているという（『日曜日式』Ⅰ、172-175頁）。一方、印卡によれば、楊熾昌の詩「青白い鐘楼」（「台南新報」1933年1月16日）にある椰子の詩句が、日本の南方熱帯実験室の一端（台湾では「台北苗圃」「恒春熱帯植物植育場」「嘉義苗圃」が設置）として台湾のエコロジー環境が変えられた証拠でもあるという（『日曜日式』Ⅰ、180頁）。また、劉紀蕙は、1933年から1937年までの楊の作品に娼婦と性愛の主題が頻繁に登場している理由について、それが戦争の勃発に直面した楊が唯一採ることのできた、サディスティックで美学的な策略であったことを指摘している（横路啓子訳「変異の悪の必要 楊熾昌の「異常」な表現法」（『植民地文化研究』第6号、2007年7月）177頁）。

4）陳平浩「陳平浩考克多的手，水蔭萍的脚－黄亞歷「日曜日式散歩者」裡的重演與再現」（コクトーの手、水蔭萍の足－黄亞歷『日曜日の散歩者』における再演と再現）」（『日曜日式』Ⅱ、183頁）。

5）中井晨「鮎川信夫と『新領土』（その1）」（『言語文化』第2巻第4号、同志社大学言語文化学会、2000年3月）511-512頁。

6）商禽は中国四川籍であるが、1949年、20歳の時に部隊とともに台湾に渡って以降、台湾で活躍的な文芸活動をし続け、台湾のシュルレアリスムの代表者の一人となる。

ヨーロッパにあるのではなく、春山行夫や西脇順三郎らが主催した『詩と詩論』(1928年9月-1931年12月) からの「横移植」にあったと言ってもよい[7]。本論文では日本／台湾間での詩／絵画間のアダプテーションを「横断的」に論じていく。

1928年に刊行された『詩と詩論』において日本のシュルレアリスム詩は発展を見せることになる。これとほぼ同時期の1929年に開催された、第16回二科展には、古賀春江 (1895-1933) の絵画「海」なども出展されていた。この「海」が出展されたのと同じ年に「洋画の鬼才」と呼ばれる東郷青児 (1897-1978、本名東郷鉄春) もまた、第16回二科展に「超現実派の散歩」(Surrealistic Stroll) を出展していた。ここで重要なのは、楊熾昌の「日曜日的な散歩者」と「超現実派の散歩」が鏡合わせのように似た題目であることである。

また、台湾出身で日本への留学を経て台湾を拠点にシュルレアリスム運動を展開した楊熾昌[8]と好対照を成す詩人として、日本の中央の文壇で活躍していた台湾出身の詩人、饒正太郎 (1912-1941)[9]を挙げることができよう。饒

---

7) 劉紀蕙の「横移植」説の他には、陳采玉「陳千武譯詩之研究」(輔仁大學跨文化研究所博士論文、2011年5月) においては、「陳千武は台湾の本当のシュルレアリスムについて、それは日本の『詩と詩論』から影響を受けて結社された楊熾昌らによる「風車詩社」のようなものであり、外省人たちが提唱しているような、政治などに無干渉的な「現実離脱」のようなものではない」(44頁) とされており、また、「西脇順三郎はヨーロッパ伝来のシュルレアリスムに潜在意識を重んじる主知主義を加え、そこにまた老子の「玄」の思想や東方特有の「無」や「感傷」といった要素も取り入れて」、一時的に日本の詩壇においてもブームとなり、周りが競って真似している間に、植民地であった台湾においても紹介されるようになった。その中で、楊熾昌が率いたシュルレアリスム色の強い風車詩社は雑誌を四期出版した後にその雑誌は廃刊を迎えることになるのだが、戦後の台湾においては、「創世紀」、「藍星」、「笠」といった三大詩社にそのシュルレアリスムの傾向が継承されるようになったという (80-81頁)。
8) 楊熾昌 (1908-1994) は、台南地方の名士、楊宜綠の息子であり、1930年に日本へ留学をするが、(旧制) 佐賀高等学校 (現・佐賀大学) の受験に失敗したという。黄建銘によれば、楊がのちに入学した学校は「文化学院」(1921-2018) と「大東文化学院」(1923-) の二説があるが、羊子喬が楊熾昌に行ったインタビューにおいて、「楊熾昌と文化学院の創立者であった西村伊作との出会い」(「移植的花朶」——深受超現實主義影響風車詩社)『蓬莱文章台灣詩』遠景、1983年9月) とあることから、楊の留学先が文化学院であるはずだという (黄建銘『日治時期楊熾昌及其文學研究』(台湾国立成功大学歴史学系修士論文、2002年6月)。黄の論文はのちに『日治時期楊熾昌及其文學研究』(台湾台南市立文化中心、2005年) として出版されるが、本発表においては、黄の2002年の修士論文から引用することにする (21頁)。

は1912年、花蓮地方の名士、饒永昌の長男として生まれるが、1936年に早稲田大学政治経済学部を卒業し、日本の拓務省[10]大臣官房秘書課に就職したという典型的なエリートであった。饒は詩誌『20世紀』（1934年12月-1936年12月）や『新領土』（1937年5月-1942年1月）などに一連の同名詩篇「青年の計畫」を発表していた。本論文では、この詩と当時の絵画の関係を論じ、1930年代台湾／日本のシュルレアリスム運動における楊熾昌と東郷青児、そして饒正太郎と古賀春江のシュルレアリスム詩／絵画におけるアダプテーションの問題について論じたい。

二、楊熾昌「日曜日的な散歩者 ── これらの夢を友・S君に ──」と東郷青児「超現実派の散歩」

まずは「日曜日的な散歩者」の本文を引用してから、楊と東郷の関係について論じたい。

　　僕は静かな物を見るため目をとぢる……
　　夢の中に生まれて来る奇蹟
　　回轉する桃色の甘美……
　　春はうろたへた頭腦を夢のやうに ──
　　砕けた記憶になきついてゐる。

　　青い輕氣球
　　日蔭に浮く下を僕はたえず散歩してゐる。

　　この呆けた風景……
　　愉快な人々はゲラゲラと笑つて實に愉快ぶつてゐる
　　彼等は哄笑がつくる虹の空間に罪惡をひいて通る。

9）紀旭峰「戦前期早稲田大学の台湾人留学生」『早稲田大学史記要第44号』（2013年2月、167頁）
10）旧内閣各省の一。日本の植民地行政を統轄した中央官庁。昭和4年（1929）に設置され、昭和17（1942）年、大東亜省の設置に伴い廃止された（「拓務省」デジタル大辞泉, JapanKnowledge, 2018年6月24日閲覧）https://japanknowledge-com.anywhere.lib.kyushu-u.ac.jp)

それに僕はいつも歩いてゐる。
この丘の上は輕氣球の蔭で一パイだ、聲を出さずに歩く……聲でも出すとこの精神の世界が外の世界を呼び醒ますだらう！

日曜でもないのに絶えず遊んでゐる……
一本の椰子が木々の葉の間に街をのぞかせてゐる

繪も描けん僕は歩いて空間の音に耳を傾ける……
僕は僕の耳をあてる
僕は何か悪魔のやうなものを僕の體のうちに聞く……

地上は負つてはいないだらう！
附近の果樹園に夜が下りると殺された女が脱がれた靴下をもつて笑ふといふのに……
白いその凍つた影を散歩する……

さようならをする時間。
砂の上に風がうごいて ── 明るい樹影、僕はそれをイリタントな幸福と呼ぶ……

一八年三月稿[11]

ここで、楊の「日曜日的な散歩者」と東郷の「超現実派の散歩」を結びつけるものとして次のようなものを挙げることができるだろう（【図1】）。まず、「超現実派の散歩」の当時のタイトルが「《Déclaration》（超現実派風の散歩）」[12]であったということ。楊の「日曜日的な」という「〜的な」の使い方は、東郷の「超現実派

図1

---

11) ここにおける「日曜日的な散歩」の引用は陳允元・黃亞歷編『日曜日式』のカバーによるものである。傍線・波線引用者、以下同。
12)「東郷青児記念 損保ジャパン日本興亜美術館」ホームページ「解説」を参照。2018年6月22日閲覧。http://jmapps.ne.jp/togoseiji/det.html?data_id=388

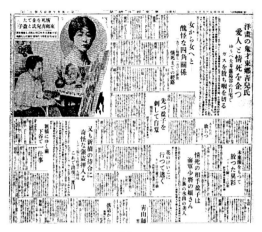

図 2

風の」における「〜風の」と呼応していると言ってもよい。また、楊の詩篇のサブタイトルには「――これらの夢を友・S君に――」とあるが、ここにある「S君」とは、「東郷青児」の絵画の署名「seiji togo」の「S」なのではないだろうか。さらに楊の詩に登場する「青い輕氣球」に関しては、ここで登場しているのが、詩論「炎える頭髪 "詩の祭禮" のために……」[13]に登場する「赤い風船」ではなく、「青」の輕氣球なのは、東郷青児の「青」を意識したからではないかと思われる。さらに、楊の「日曜日的な散歩者」においては「附近の果樹園に夜が下りると殺された女が脱がれた靴下をもつて笑ふといふのに……」とあるが、この箇所における「殺された女」に注目したい。楊の詩を、東郷の絵画を詩へとアダプトした作品として見なした場合、東郷青児がその年に起こした愛人心中未遂事件も見逃すことができないだろう（【図2】）[14]。

　1929年3月、東郷は妻子を持ちながらも、愛人の西崎盈子（1908-？）と一緒に頸動脈を切ってガス自殺を果たすも未遂で終わっている。東郷はその後、

13）楊熾昌は水蔭萍のペンネームで『風車』第3号（1934年3月）に「炎える頭髪 "詩の祭禮" のために……」を発表し、のちに『台南新報』1934年4月8日、4月19日に転載。転載される際に部分的な修正がある。以降「炎える頭髪」と略記。

14）この論文における『東京朝日新聞』の引用はすべて『聞蔵Ⅱデータベース』によるものである。

作家の宇野千代（1897-1996）と同棲することになるのだが、宇野が1933年9月、『中央公論』に発表した「色ざんげ」においては、まさにモデルとなった東郷の心中未遂事件の一部始終が描かれている。そして奇しくも同じ年の1933年3月12日に、楊熾昌もまた、「殺された女」という言葉が用いられた「日曜日的な散歩者」を『台南新報』に発表していたのだった。楊の詩篇においては、「殺された女が脱がれた靴下」とあるが、東郷「超現実派の散歩」においても黒い手袋をし、黒い靴下を履き、月に仰向きながら、宙に浮いているように見える人物が描かれている。この黒い靴下のモチーフは東郷のその後の少女を描いた絵画においても継承されていく。

　もう一つ付け加えれば、楊の「日曜日的な散歩者」における「繪も描けん僕」という言葉もまた、画家の東郷青児を意識して書かれた言葉ではないかと思われる。東郷の「超現実派の散歩」についての自作解説によると、「超現実派の散歩とは、散歩のつもりで超現実主義の試運転をやった意味である。僕は超現実派の中に含まれている時間、空間、nostalgie などを一番鋭敏に感じる。理論は嫌ひだが、唯純粋にそれだけを摘出してみたい」（『東郷青児画集』第一書房、1931年）[15]　という。つまり、「繪も描けん僕」は、シュルレアリスムの実験として、東郷青児「超現実派の散歩」を詩篇へとアダプトしたのではないかと思われる。また、楊の詩篇の冒頭に「僕は静かな物を見るため目をとぢる」とあるが、それは東郷が1930年に第13回二科展に出品した「静物（ゆりの花）」（Still Life（Lilies））のタイトルと重なっているのではないだろうか。

三、楊熾昌と東郷青児――「手術室」をとおして繋がった詩／絵のアダプテーション

　上述したように、楊熾昌と東郷青児の作品間ではシュルレアリスム詩／絵画のアダプテーションが行われていることがわかるが、二人の作品の間では実はもう一作品のアダプテーションが行われていることを指摘できる。東郷は1930年の第17回二科展に「手術室」（Operating Room）を出展している（【図3】）[16]。そして、楊は1932年3月22日に『台南新報』に「手術室」を発表し

15）前掲「東郷青児記念 損保ジャパン日本興亜美術館」による「解説」を参照。
16）「大分県立美術館 収蔵品検索システム」の引用である。2018年6月22日閲覧。
　　http://opamwww.opam.jp/collection/detail/work_info/7969;jsessionid=A4B4C15FB4DB428E32C0A5E677846B0C?artId=528&artCondflg=1

ている。次にその「手術室」を引用する。

<u>白と</u>
<u>そして灰色なコントラスト。</u>
<u>冷たく磨き上げられた手術台。</u>
<u>あ……抜ガラの女がねている。</u>
夜……
真空にされた空間に脈はく打つロボット。
胸に月の反面がかかつている。
華々しく贋造され行く肉層の實驗である……
最短時間の享樂。
科學者の贅沢な料理場。
凄惨な美……
女は陰影と精神に失念して
月光で心臓の刺青をしはじめる
透明なる夜の化粧だ
一九三二・三・十四[17]

図3

　この詩の題目からして、楊が東郷の「手術室」をそのまま踏襲していることがわかる。詩の冒頭に「<u>白と／そして灰色なコントラスト</u>」とあるのは、東郷「手術室」で描かれた白と灰色の制服を着ている看護婦の姿と重なり、「<u>冷たく磨き上げられた手術台</u>」もまた、東郷の絵画に登場する白くて幾何学的なラインを持つ手術台を再現したものではないかと思われる。そして「<u>あ……抜ガラの女がねている。</u>」とあるのは、東郷の絵において放心状態で首を垂れて俯き、目をつぶっている患者らしき女性を指しているだろう。もう一つ注目すべきなのは、東郷の「手術室」における制服姿の女性が、「超現実派の散歩」で描かれている人物と同じように、片方だけ靴下を履いているということだ（黒い手袋もしている）。
　陳平浩が指摘しているように、シュルレアリストとして知られるジャン・

---

17) ここにおける「手術室」の引用は黄建銘『日治時期楊熾昌及其文學研究』（32頁）によるものである。

コクトー（Jean Cocteau, 1889-1963）が映画『詩人の血』（Le Sang d'un poète, 1932年）から『オルフェ』（Orphée, 1950）に至る一連の映画において「手」の描写が特徴的であることはよく知られているだろう[18]。東郷の絵画における少女の絵においても、少女が片方の手や足に黒い手袋や靴下を履いており、身体の器官を特徴的に描くのは、コクトー的であると言ってもよい。そのような特徴的な表現は楊の詩句「殺された女が脱がれた靴下をもつて笑ふ」においても同様に見られる。

また、東郷青児は1930年に白水社からジャン・コクトーの『怖るべき子供たち』（Les Enfants Terribles, 1929）を翻訳して出版しており、西川正也によれば、東郷訳『怖るべき子供たち』の出版は、日本の読者に対してコクトー文学の新たな一面を示したという点で大きな意味を持つものであった[19]。楊が自身の作品においてたびたび「ジャン・コクトー」[20]に言及していることから、楊がジャン・コクトーの作品を翻訳した東郷青児に注目していても不自然なことではない。

楊熾昌と東郷青児の直接的な接点については現段階では確認できないが、北園克衛（1902-1978）が1939年に出版した詩集『火の菫』（昭森社）の装幀は東郷青児が手かけたものであり（【図4】）[21]、このことが東郷と楊の接点の手がかりになるのではないだろうか。言うまでもなく、北園は『詩と詩論』の中心人物なのであり、楊の「炎える頭髪 "詩の祭禮"のために……」の一部分が北園「天の手袋」（春秋書房、1933

図4

---

18) 前掲陳平浩、179頁。
19) 西川正也「コクトーと日本の芸術家達—ジャン・コクトーの日本訪問（5）」（『共愛学園前橋国際大学論集』第3号、2003年3月）49頁。
20) 楊「炎える頭髪」において、「無色透明であるといふとはジャン・コクトォの聡明とスケイルであるレイモン・ラディゲの硝子質の眼球」とあるように、しばしばジャン・コクトーの名前の言及がある。また、佐藤朔（1905-1996）はジャン・コクトーについて、「鳩と貝殻と薔薇と夢と天地とアルルカンの詩人コクトオ」と評しているが、黄建銘によれば、楊熾昌の詩において頻繁に登場している「パイプや首飾り、蛇、穀物、薔薇、革靴、雄鶏、古琴、カボチャ、イチジク」といった言葉はジャン・コクトーから直接的に影響を受けたものなのか、あるいは佐藤朔のジャン・コクトー論を経由して影響を受けたかは定かでないが、楊がジャン・コクトーの詩論に肯定的であることは間違いないという（前掲論文、51頁）。

年7月）と非常に似ていることから[22]、楊熾昌が北園を通して東郷青児のことを知った可能性があるだろう。

四、饒正太郎「青年の計畫」――「海の魚類」と「陸のファシスト」

　これまでは楊熾昌と東郷青児の詩／絵画間のアダプテーションについて論じてきたが、次に、台湾／日本というコンテクストの差異において、楊熾昌と好対照をなす饒正太郎について論じたい。楊熾昌を筆頭とした台湾出身の風車詩社の同人たちは、日本への留学を経て、植民地であった台湾にシュルレアリスムを紹介したのだった[23]。それとは逆に、ほぼ東京を拠点にして活動をしたのが、台湾出身の饒正太郎であった。饒が『20世紀』第8号（1936年10月）に発表した「青年の計畫（2）」には次のようにある。

　　郵船の如き雲が動きつゝある
　　おお！　スタディアム（註4）[24]
　　あのコバルト・グリン色の中に集る
　　数萬の青年が
　　新しい生活のために
　　ドラムの如き太陽を謳歌する
　　文化の巨像は
　　彼等の林の如き合唱を浴びて
　　おお　海の魚類よ
　　陸のファシストよ

---

21) 引用は「株式会社小宮山書店」ホームページの特集「北園克衛④最終回『VOU8人集』、『火の菫』」によるものである。2018年6月22日閲覧。http://www.book-komiyama.co.jp/bookblog/?p=26063
22) 前掲黃建銘論文、56-57頁。
23) 楊熾昌の他に、風車詩社同人の中には日本留学経歴を持つ者として、林永修（林修二、1914-1944）や李張瑞（利野蒼、1911-1952）などがいる。林永修は台南出身で、1933年に慶応義塾大学予科に、1936年に慶応義塾大学文学科（英文科）に入学し、西脇順三郎からの影響を受けていた。李張瑞も台南出身で、1930年に東京農業大学に留学。楊熾昌と同じように『詩と詩論』からの影響が強い。
24) 「（註4）」は原文のママであるが、これは恐らく詩人（饒正太郎）自ら加えた注釈であるが、該当する注釈の説明文が見当たらない。ベルリン・オリンピックのことを指しているのではないかと推測される。

諸君の尖つた頭の上に葡萄色の夕暮れが近づいた
シトロンの秋
茶色の馬よ
「セヴィラの理髮師」の國へ急げ
諸君の青年は堕落したアボロを捨てゝ
新しい生活のために口笛を吹き鳴らす
善良なる市民のために
諸君　トロンボンを吹け
西へ　西へ　青年よ
ピレネー山脈（後略）[25]

　ここでは「郵船の如き雲が動きつゝある／おお！　スタディアム」とあるが、この箇所については、陳允元が「郵船の如き雲は雲ではなく、第一次世界大戦において飛行武器として使われていた「ツェッペリン飛行船」のことであろう」とし、また、「スタディアムというのも当時の1936年に行われたベルリン・オリンピック」のことを指しているのではないかと指摘している[26]。

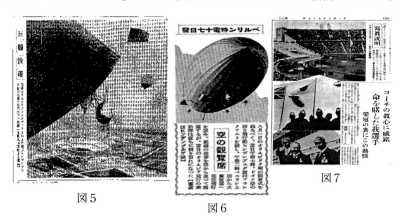

図5　　　　　　図6　　　　　図7

---

[25] 『20世紀』第8号。本発表における『20世紀』の引用はすべて（和田博文編集・監修『コレクション・都市モダニズム詩誌　第28巻 モダニズム第二世代』（ゆまに書房、2014年3月）によるものである。58-59頁。

[26] 陳允元「殖民地前衛─現代主義詩學在戰前台灣的傳播與再生產」（「植民地前衛─戦前の台湾におけるモダニズム詩学の伝播と再生産」、政治大学台湾文学研究所博士論文、2017年7月）、392頁。

しかしながら、「郵船のごとき雲」とは、単にドイツの「ツェッペリン飛行船」を指すのではなく、正確にはツェッペリン (Graf Ferdinand von Zeppelin, 1838-1917) が発明した硬式飛行船の一つである「ヒンデンブルグ号」(LZ129 Hindenburg, 1936年3月4日–1937年5月6月) のことを指しているだろう。

1936年にドイツのベルリンで行われていたオリンピック、及びヒンデンブルク飛行船に関する記事には次のようにある。

- 『東京朝日新聞』1936年4月18日付朝刊においては、「伯林オリムピック・スタディアムの上を飛ぶヒンデンブルグ號の横腹と前方はツエ伯號」とある（【図5】）。
- 『東京朝日新聞』1936年7月18日付朝刊における「空の觀覽席」と題された記事には、「八月一日のオリムピック晴の開會式を飾るべく、當日午前七時、ドイツ空の誇り飛行船ヒンデンブルク號はフランクフルトを發し、午後二時ベルリン上空から大競技場へ低空飛行を試み、祝福の挨拶を空から送つて歸還するが、當日のオリムピア飛行の乗船券は直ちに賣り切れとなつた【写真はヒンデンブルク號】」とある（【図6】）。
- 『朝日朝日新聞』1936年8月11日付夕刊においては、ベルリン・オリンピックの開会式の様子が報道されているが、そこには三枚の写真が掲載されており、そのキャプションには「【上】オリムピック開會式を終へて退場する日本選手團」、「【中】スタヂアム上空のヒンデンブルク號と日本國旗」、「【下】スタヂアムの平沼團長（右）副島伯（左）」とある（【図7】）。
- 『東京朝日新聞』1936年8月12日付朝刊の「「君が代」大合唱／期せずして總立ち」と題する記事においては、8月11日の日本人選手の水泳競技の様子が報道されるが、その記事では「プールの上を飛ぶヒンデンブルク號」という写真が載せられている（【図8】）。

図8

このように、当時、巨大な「ヒンデンブルグ号」がベルリン・オリンピックの開幕式で上空を飛んだ様子が、メディアを通して世界中の人々に広く伝えられていたのである。

そして注目すべきところはもう一箇所ある。それは饒の詩に「おお　海の魚類よ／陸のファシストよ」とある箇所である。すなわち、この箇所は、同年4月29日付夕刊の『東京朝日新聞』の「伸びるナチスの翼　空に躍る巨鯨群　誕生近き空港」という記事の題目と重なっているのである（【図9】）。ドイツの飛行船事業の拡大は、単なる交通網の拡大だったのではなく、ファシズムの拡大でもあった。饒の詩のコンテクストとしては、明らかにヒンデンブルク号に関する報道とナチスの勢力拡大が読みとれるのだ。また、「巨鯨群」や「郵船の如き雲」「海の魚類」といった言葉が「ヒンデンブルク号」の隠喩であるように、当時、「飛行船」と「魚」、「船」の相関関係がすでに成立していたという時代背景がここにあったことにも留意しなければならないだろう。次の節では、饒正太郎「青年の計画」（『新領土』、第1巻第4号、1937年8月）と1929年、第16回二科展に出展された古賀春江の「海」の関係性について論じたい。

図9

五、饒正太郎「青年の計画」に隠されたシュルレアリスム絵画 —— 古賀春江「海」

古賀春江の「海」（【図10】）[27]においては、空を指差すモダンガールが描かれており、その左上には工場が見える。また、ここで描かれている飛行船のモデルとなったのは、当時の東京に寄港したツェッペリン伯号（LZ127）であ

27）この絵画の引用は「独立行政法人国立美術館 所蔵作品総合目録検索システム Union Catalog of the Collections of the National Art Museums, Japan」によるものである。2018年5月9日閲覧。(http://search.artmuseums.go.jp/records.php?sakuhin=4596)

1930年代台日シュルレアリスム詩／絵画におけるアダプテーション　　89

図10

ろう。古賀はコラージュの方法を用いて数枚の絵や写真を組み立てることで、それを一枚の絵に仕上げているのである。具体的には、1929年の『科学画報』に掲載された帆船やツェッペリン号、ドイツの潜水艦の図解と、『原色写真新刊西洋美人スタイル』第九集における絵葉書の中のグロリア・スワンソン（Gloria Swanson, 1899-1983）の水着写真をコラージュしたものだとされている[28]。また、「海」がコラージュしたと思われる工場図版については、ドイツの科学愛好者雑誌『知と進歩 Wissen und Fortschritt』1927年10月号に記事「高炉にて」（Peter Bünge）の高炉写真ではないかと指摘されている[29]。ここで重要なのは、同年11月号の『知と進歩』のある記事において、「恐竜＝起重機、キリン＝港湾起重機群、魚＝飛行船など、「海」を構成するのと同様の、生物と機械の相似関係を示す対写真」[30]と書いてあることである、古賀の「海」が描かれた1929年の夏において、日本の新聞上でツェッペリン号と他の乗り物を比較する記事がいくつも見られるように、「飛行船＝水上飛行機＝豪華客船」という「隠喩」が同時代的に生成していたのである。長田謙一が指摘しているように、古賀の「海」が発表される以前から、「広範な人々の許に既に届けられていたシュールリアリスム的イメージ経験の端緒」[31]が存在したのである。このように、饒の詩における「郵船如き雲」や「海の魚類」がヒンデンブルク号の隠喩として使われていた背景にはその時代の共通認識及び当時のシュルレアリスムで用いられた手法の問題があったの

28) 速水豊『シュルレアリスム絵画と日本』（NHKブックス、2009年5月）においては、古賀春江「海」の引用元はそれぞれ以下のように指摘されている。「飛行船」および「鉄塔」は『科学画報』1928年12月号（846頁）、「潜水艦」は同誌1928年5月号（900頁）、「帆船」は同誌1928年5月号（867頁）、「工場」のような建物は『科学知識』1927年12月号（55頁）。また、水着女性の絵は『原色写真新刊西洋美人スタイル第九集』（青海堂）によるものではないかと指摘されている（64-74頁）。
29) 長田謙一「古賀春江「海」（一九二九）と〈溶ける魚〉―プロレタリア美術／マックス・エルンスト／バウハウスと転回する「機械主義」―」（『美学』第57巻第2号、美学会、2006年9月）30頁。
30) 同前、30頁。
31) 同前、39頁。

である。
　次に、饒正太郎が1937年8月に『新領土』（第1巻第4号）に発表した「青年の計畫」について考えたい。

　　工場の如き會話
　　ポマードの頭、
　　郵船が着いた、スペイン行かね、
　　貝殻の如く笑ふ、馬車が来たね、
　　彼女の服装は
　　<u>黒麥藁の帽子にクレープ・アフターヌーン</u>
　　菫色の海
　　<u>右に見える輕氣球はモラ將軍の死亡廣告らしい</u>、
　　南方の村の青年たちが集まり[32]。

　ここでは、「工場の如き會話／ポマードの頭、／郵船が着いた、スペイン行かね、／貝殻の如く笑ふ、馬車が来たね、／彼女の服装は／黒麥藁の帽子にクレープ・アフターヌーン／菫色の海／右に見える輕氣球はモラ將軍の死亡廣告らしい」とある。ここで描かれた風景には菫色の海や工場があり、その右には軽気球があり、黒い帽子をかぶってモダンな洋服を着こなしている「彼女」（女性）がいる。この構図はまさに古賀春江「海」の構図そのものとも言えよう。さらに、古賀春江の「海」の自作「解題詩」（『古賀春江画集』第一書房、1931年2月）において「透明なる鋭い水色　藍　紫」とあるように、古賀自身も海の色への言及を行っていた。饒の詩に「菫色の海」とあるのは、古賀の絵画「海」における紫色の海を詩へとアダプトしたからではないだろうか。

六、饒正太郎「青年の計畫」──「ヒンデンブルク号」の爆発事故とモラ将軍の飛行機事故

　これまでは、饒正太郎が『新領土』第4号に発表した「青年の計畫」と古

---

[32] 『新領土』第1巻第4号（8月号）、1937年8月。本発表における『新領土』の引用はすべて春山行夫監修『『新領土』復刻版 第1巻』（教育企画出版、1990年5月）によるものである。234頁。

賀春江「海」におけるアダプテーションについて論じてきたが、次は、この詩篇において「死亡広告」であるとされる「輕氣球」の背景について論じたい。スペイン内戦（Guerra Civil Española, 1936-1939）を背景とする「青年の計畫」には「右に見える輕氣球はモラ將軍の死亡廣告らしい」とある。この箇所に関しては、当時、世間を賑わしたヒンデンブルク号の爆発事故及び、スペイン内戦中に人民戦線政府と対立した反乱軍のモラ将軍（Emilio Mola Vidal, 1887-1937）の飛行機事故が結びつけられていると言ってもよい。

「ヒンデンブルク号」は1937年5月6日、大西洋定期横断航路を飛行してアメリカのレークハーストに着陸する際に炎上しており、それ以降、飛行船は世界の空から消えることになる[33]。この事故によってかねてから危険視されていた水素ガスの使用という構造上の欠陥が露呈したのだが[34]、現在ではこの事故は水素への引火にのみ原因があるのではなく、飛行船の外皮素材に問題があったとする説が有力になっているようである[35]。ヒンデンブルク号の事故が起きた当時、世界初のラジオによる実況中継もされており、爆発した際の様子も実際に中継されたのだった[36]。日本で報道されたのは二日後の『東京朝日新聞』5月8日付朝刊においてのことであり（【図11】）、『東京朝日新聞』1937年5月22日付夕刊においては、その爆発した瞬間の写真も掲載されている（【図12】）。

また、ここで注目すべきなのは、5月8日に、日本で初めて報道された当日の新聞において、すでにこの爆発事故に関する「陰謀説」が報道されている点であろう（【図13】）[37]。この陰謀説は、『東京朝日新聞』5月26日付朝刊における「強力的な電氣花火が混合氣體に引火／サボ・陰謀説は薄弱」（【図14】）と題する記事、及び『東京朝日新聞』7月23日付夕刊の「人為でない／ヒ號

---

33) 項目佐貫亦男「ツェッペリン」（『日本大百科全書（ニッポニカ）』、JapanKnowledge、2018年6月6日閲覧）https://japanknowledge-com.anywhere.lib.kyushu-u.ac.jp
34) 松井宗彦「安全システムの科学（Ⅳ）」（『茨城大学教養部紀要』第17号、1985年3月）44-45頁。
35) 墜落したドイツのヒンデンブルク号は当初ヘリウムで浮上させる計画であった。ところが、ドイツにおけるナチス党の台頭により独米関係が悪化し、アメリカからのヘリウムの輸入が難しくなった結果、浮揚ガスとして水素を使うことになり、大爆発事故へとつながったと言われている（百瀬英毅「ヘリウムの供給の見通しについて（続報）」『大阪大学低温センターだより』第162号、2014年7月、25-26頁）。
36) 中沢弥「飛行する詩・序説——一九三〇年代の機械と芸術—」（『湘南国際女子短期大学紀要』第12号、2005年2月）20頁。

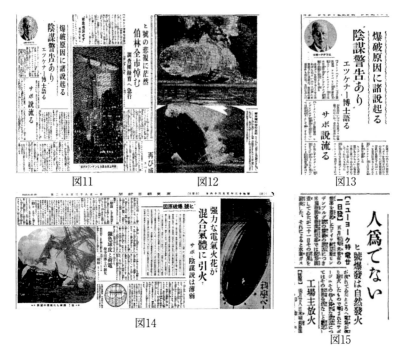

図11　図12　図13
図14
図15

爆發は自然發火」(【図15】)と題する記事で否定されているが、ヒンデンブルク号に関する人為的な陰謀説が払拭されたわけではなかった。

　ヒンデンブルク号の爆発事故は1937年5月6日のことであり、その約一ヶ月後の6月2日には、スペイン内戦の反乱軍のモラ将軍が飛行機事故で死亡している(【図16】)。スペイン内戦は内戦開始の1936年7月からモラ将軍の飛行機死亡事故までの約一年間行われていた。『東京朝日新聞』にはモラ将軍の

---

37)「ヒンデンブルク号」の爆発事故を伝える記事の左側に大きく載せられたのが「爆破原因に諸説起る／"陰謀警告あり"／エツケナ博士語る」と題された記事である。次にその記事を引用する。「ツエツペリン建設會社支配人フーゴー・エツケナ博士は六日夜半過ぎヒンデンブルク號遭難の悲報に愀然として語る／水素ガスを使用することを止めねばならぬ(ママ)といふことが新たに實證された次第だ、航空船の爆發事件も既に四、五回に及んだが原因はいつでも水素ガスの爆破ではないか、自分は從來から水素ガスの代りに不燃性のヘリウムガスを使用せねばならぬとの意見だつた米獨兩國間の航空路が具體化すればヘリウムガスを使用できることにならう／さらにエツケナ博士は次の驚くべき事實を暴露した／ヒンデンブルク號を破壊する計畫があるからといふ警告を匿名で再三貰つてゐるが中にアメリカには上陸しないやうにと注意してくれた人もあつた」。

1930年代台日シュルレアリスム詩／絵画におけるアダプテーション　　93

図16

顔写真付きの記事が四回にも及んで掲載されていたこともあり、スペイン内戦の反乱軍の将軍として日本でも名が知られていた。

そして、もう一つ言えるのは、「輕氣球」と「死亡廣告」という言葉の意味についてである。『東京朝日新聞』1936年12月7日付朝刊や『東京朝日新聞』1937年2月28日付夕刊を参照すると（【図17】【図18】）[38]、当時のドイツでは、1940年の第12回東京オリンピック（日中戦争などの影響によって実際開催に至らなかった）の運動場の上空でヒンデンブルグ号ほどの大きさの飛行船を飛ばす予定があり、また、その船室の定員50人のチケットはすぐに売り切れたという報道がなされていた（『東京朝日新聞』1937年4月3日付朝刊[39]を参照。【図19】）。以上のように、饒の詩句にある「輕氣球」の「死亡廣告」という言葉が、東京オリンピックのために予約が行われた「ヒンデンブルグ号」の広告とパラレルな関係にあることがわかる。

図17　　図18

[38]『東京朝日新聞』1936年12月7日付朝刊においては、「早くも豫約の申込」と題される記事で、「ツエッペリン運送組合は一九四〇年の東京オリンピック大會に際しオリンピック見物人のためにヒンデンブルグ號級の飛行船をドイツから東京へ飛ばすことに決定した、それによるとドイツから東京オリンピック見物の旅客を乗せて何處にも寄らないで一氣に東京へ飛び東京着の上は十四日間東京滞在、滞在中は旅客のためホテルの用をつとめるが晝の中は東京の人達を乗せて一日は六回東京の上空を飛ぶ計畫である（後略）」とある。また、『東京朝日新聞』1937年2月28日付夕刊においても「極東航路を開拓／東京大會には巨姿」と題する記事がある。

図19

更に言えるのは、「青年の計画」という題名がまた、ヒンデンブルク号の「陰謀説」、つまり同時代に噂されていた人為的な爆破工作の噂と呼応していることである。饒のこの「青年の計画」は連作となっており、『20世紀』第8号（1936年10月）においては「同人募集」の広告が出され[40]、そこには「僕等の青年グループ」という言葉があり、また第9号（1936年12月）においては《青年論》[41]の特輯が組まれていた。このことを踏まえると、饒の「青年の計画」の連作が『20世紀』の編集方針と共鳴する詩作であったことは明白である。

そもそも『20世紀』が立ち上げられた目的は旧世代との決別、つまり、三好達治（1900-1964）や丸山薫（1899-1974）、北川冬彦（1900-1990）といった『四季』や『日本浪曼派』（1935-1938）のメンバーたちへの違和感に由来している[42]。

39）新聞記事には次のようにある。「船室既に賣切れ／東京に格納庫計畫」「ツエッペリン飛行船組合が東京オリムピックに際しヒンデンブルグ級の飛行船を無着陸で東京まで飛ばす計畫を發表した所、オりんピック見物の旅客似寄り五十の船室が最早賣切れとなつた。写真は、ベルリン・オリンピックの際に運動場の上空を通過したツェッペリン伯号（LZ127号）である。」

40）その広告における「新しい同人に対する僕等の主なる主張」とは、一つは「国際的文学を離れてもおはや日本文学はあり得ない」ということであり、更に、「僕等の青年グループは組織的なる芸術集団である」ことや、最後に「僕等のグループは在京の人たちによつて組織されてゐる」とある（前掲『コレクション・都市モダニズム詩誌 第28巻 モダニズム第二世代』818頁）。

41）永田助太郎は「後記」において、「9号は《青年論》特輯号とでも云ふべきで、同人が各自《青年》をテエマに、多角的に分担して論評する事になつてゐる」と記している。それは「VUE欄」の、「ヤンガアジエネーションの運動に就て」（永田助太郎）や、「ヤンガー・ゼネレーションの立場から」（高荷圭雄）、「青年論」（今田久）などである（前掲『コレクション・都市モダニズム詩誌 第28巻 モダニズム第二世代』819頁及び『20世紀』第9号目次を参照）。

42）饒正太郎は「日本浪曼派の詩人たちへ」（『20世紀』第4号、1935年7月）において、「描くのではなく歌ふ。内容は事物の抒情を要求する」という保田与重郎の言葉について、「心情の抒情を求める詩人や魂で詩を書く詩人たちは完全なアマチュアの詩人たちであり、デイレッタンテイズムと四つにとりくむ感傷的な人物である。感傷的な人物は不完全なる芸術家であるとエリオットは云ふ」と批判している（前掲『コレクション・都市モダニズム詩誌 第28巻 モダニズム第二世代』13頁）。

『20世紀』を継承した『新領土』もまた、萩原朔太郎に代表される抒情詩人への反抗から登場した新しい世代によって作られた詩誌であり、村野四郎は彼らを「新しいゼネレーション」と呼び、当時の詩壇においては「青年論」がブームとなっていた[43]。その一連の流れの中で、饒正太郎は『20世紀』と『新領土』の両方において「青年の計畫」の連作を発表していたのだ。このように、饒が『新領土』第4号に発表した「青年の計畫」は、当時の詩壇でブームとなっていた「青年論」と呼応していると同時に、ヒンデンブルグ号の爆発とモラ将軍の飛行機事故ともパラレルな関係にあることがわかる。

七、結論

　楊熾昌の創作の傾向として、トリスタン・ツァラ（Tristan Tzara, 1896-1963）の提唱した「カットアップ」（cut-up）、つまり新聞記事を切り抜いて袋の中に集め、恣意的にその中から記事を取り出して単語を並べて詩を作る（または「帽子の中の言葉」と呼ばれる）方法が特徴的だと言ってもよい。例えば、詩論「檳榔子の音楽——ナタ豆を喰ふポエテツカ」（『台南新報』1934年2月17日、3月6日付）のタイトルは西脇順三郎の『シュルレアリスム文学論』（天人社、1930年）における「ナタ豆の現実」及び、『輪のある世界』（第一書房、1933年6月）における「檳榔子を食ふ者」から採られていることがわかる。このような創作方法は「日曜日的な散歩者」にも見られ、そのタイトルからして東郷青児の「超現実派の散歩」を想起させるのだ。また、東郷青児の名前「S」や「青児」の「青」は、楊の詩句にある「友人S」や「青い輕氣球」と重なっており、東郷の絵画「静物」が詩の冒頭の「静かな物を見るため」という言葉と重なっている。さらに、楊の詩句にある「殺された女が脱がれた靴下」という言葉は、東郷の心中未遂事件と、その絵画の特徴である黒い靴下を履く女を想起させる。このように、楊熾昌「日曜日的な散歩者」においては、言葉の「カットアップ」というシュルレアリスムの方法を用いることで、東郷の絵画「超現実派の散歩」がアダプトされていることがわかる。

　一方で、饒正太郎の「青年の計畫」の連作における「輕氣球」への言及に関しては、『新領土』創刊号（第1巻第1号、1937年5月）においては「議會擁護の輕氣球が山脈の下で輝いてゐるね」とあり、また、同雑誌第4号（1937

43）前掲中井晨「鮎川信夫と『新領土』（その1）」494-495頁。

年8月）においては「右に見える輕氣球はモラ將軍の死亡廣告らしい」とある。ここでは同年に起きたヒンデンブルク号の爆発事故とモラ將軍の飛行機事故が結びつけられていることがわかる。この詩においては、「工場の如き會話」や「郵船」、「彼女の服裝」、「菫色の海」、「右に見える輕氣球」といった言葉が羅列されているが、これらは1929年二科展に出展された古賀春江の「海」の構図とそのまま一致しているのだ。このように、饒正太郎の「青年の計畫」におけるシュルレアリスム的な表現が古賀春江の「海」のアダプテーションとなっていることがわかる。饒は、シュルレアリスムの手法を用いることで、モラ将軍に代表されるファシズムへの批判を、自分たちの「青年の計畫」として提示したのだった。

図版出典

1．「東郷青児記念　損保ジャパン日本興亜美術館」(http://jmapps.ne.jp/togoseiji/det.html?data_id=388　閲覧日2018年6月22日)
2．『東京朝日新聞』(1929年3月31日朝刊)
3．「大分県立美術館　収蔵品検索システム」(http://opamwww.opam.jp/collection/detail/work_info/7969;jsessionid=A4B4C15FB4DB428E32C0A5E677846B0C?artId=528&artCondflg=1　閲覧日2018年6月22日)
4．「株式会社小宮山書店」ホームページの特集「北園克衛④最終回『VOU8人集』、『火の車』」(http://www.book-komiyama.co.jp/bookblog/?p=26063　閲覧日2018年6月22日)
5．『東京朝日新聞』(1936年4月18日朝刊)
6．『東京朝日新聞』(1936年7月18日朝刊)
7．『東京朝日新聞』(1936年8月11日夕刊)
8．『東京朝日新聞』(1936年8月12日朝刊)
9．『東京朝日新聞』(1936年4月29日夕刊)
10．「独立行政法人国立美術館　所蔵作品総合目録検索システム Union Catalog of the Collections of the National Art Museums, Japan」2018年5月9日閲覧。(http://search.artmuseums.go.jp/records.php?sakuhin=4596)
11．『東京朝日新聞』(1937年5月8日朝刊)
12．『東京朝日新聞』(1937年5月22日夕刊)
13．『東京朝日新聞』(1937年5月8日朝刊)
14．『東京朝日新聞』(1937年5月26日朝刊)
15．『東京朝日新聞』(1937年7月23日夕刊)
16．『東京朝日新聞』(1937年6月5日夕刊)
17．『東京朝日新聞』(1936年12月7日夕刊)
18．『東京朝日新聞』(1937年2月28日夕刊)
19．『東京朝日新聞』(1937年4月3日朝刊)

参考文献

- 紀旭峰「戦前期早稲田大学の台湾人留学生」(『早稲田大学史記要第44号』、2013年2月)
- 黄建銘『日治時期楊熾昌及其文學研究』(台湾国立成功大学歴史學系修士論文、2002年6月)
- 「拓務省」(『日本大百科全書(ニッポニカ)』, JapanKnowledge, 2018年6月24日閲覧) https://japanknowledge-com.anywhere.lib.kyushu-u.ac.jp
- 陳允元・黄亞歷編『日曜日式散歩者──風車詩社及其時代』Ⅰ・Ⅱ(行人、2016年9月)
- 陳允元『殖民地前衛──現代主義詩學在戰前台灣的傳播與再生產』(国立政治大学台湾文学研究所博士論文、2017年7月)
- 陳采玉「陳千武譯詩之研究」(輔仁大學跨文化研究所博士論文、2011年5月)
- 陳平浩「陳平浩考克多的手, 水蔭萍的脚──黄亞歷「日曜日式散歩者」裡的重演與再現」(『日曜日式』Ⅱ、行人、2016年9月)
- 「ツェッペリン」(『日本大百科全書(ニッポニカ)』, JapanKnowledge, 2018年6月6日閲覧) https://japanknowledge-com.anywhere.lib.kyushu-u.ac.jp
- 中井晨「鮎川信夫と『新領土』(その1)」(『言語文化』第2巻第4号、2000年3月)
- 中沢弥「飛行する詩・序説──一九三〇年代の機械と芸術──」(『湘南国際女子短期大学紀要』第12号、2005年2月)
- 長田謙一「古賀春江「海」(一九二九)と〈溶ける魚〉──プロレタリア美術／マックス・エルンスト／バウハウスと転回する「機械主義」──」(『美学』第57巻第2号、美学会、2006年9月)
- 西川正也「コクトーと日本の芸術家達──ジャン・コクトーの日本訪問(5)」(『共愛学園前橋国際大学論集第3号』2003年3月)
- 百瀬英毅「ヘリウムの供給の見通しについて(続報)」『大阪大学低温センターだより』第162号、2014年7月)
- 速水豊『シュルレアリスム絵画と日本』(NHKブックス、2009年5月)
- 春山行夫監修『『新領土』復刻版 第1巻』(教育企画出版、1990年5月)
- 松井宗彦「安全システムの科学(Ⅳ)」(『茨城大学教養部紀要』第17号、1985年3月)
- 劉紀蕙「超現實的視覺翻譯:重探台灣現代詩「横的移植」」(『中外文學』第24巻第8期、1996年1月)
- 劉紀蕙(横路啓子訳)「変異の悪の必要 楊熾昌の「異常」な表現法」(『植民地文化研究』第6号、2007年7月)
- 和田博文編集・監修『コレクション・都市モダニズム詩誌 第28巻 モダニズム第二世代』(ゆまに書房、2014年3月)

第二部　文学の翻訳と東アジア

『鐵世界』論

―「報知叢談」欄における共同翻訳の可能性を中心に ―

趙　薬　羅
CHO, Yera

Abstract

　　In this paper I examine *Tetsusekai* (The world of iron, 1887), a Japanese translation of Jules Verne's *Les Cinq cents millions de la Bégum* (1879), to see how Verne's works were translated in the Meiji 20s period. At first, I indicate the possibility of cooperative translation of *Tetsusekai*, which previous research discussed on the premise that Shiken Morita (1861-1897) translated it by himself. However, since he used 删潤 ('sanjun', meaning revision or emendation) not 'translate' I suggest to interpret the text without assuming Morita to be the only translator. Based on this idea I did a comparative analysis with *The Begum's Fortune* (1879), an English translation of Verne's text, on which *Tetsusekai* was based. On this basis I postulate that there are three directivities of translation of the Japanese text: (1) emphasizing the conflict of 'life vs. war', (2) removing a flagrant anti-French sentiment of Schultz, (3) adding explanations about European history or the contemporary state of the world. From then, I show that (1) and (2) are based on Morita's view of Verne and his works, but (3) was caused because *Tetsusekai* was published in the newspaper's serial novel section to predominately teach the general public about the West. Finally, I interpreted the ending of *Tetsusekai*, one of the major changes compared to the English text, and insisted that a conflict among those three directivities led to a didactic novel.

一．森田思軒とジュール・ヴェルヌ

　『鐵世界』は、1887年3月26日から5月10日まで『郵便報知新聞』(以下、『報知』)の翻訳小説欄「嘉賓通信報知叢談」(以下、「報知叢談」)に「仏、曼、二学士の譚」(以下、「二学士の譚」)という題目で連載された。のちに改題され、序文と凡例が付けられて、1887年9月集成社書店によって単行本化された。新聞連載と単行本の表紙には「紅芍園主人」訳と記されているが、奥付に「森田文

蔵訳」[1]となっていることや、「のちに同訳者名〔紅芍園主人：引用者注〕で「炭坑秘事」（ママ）（後出）が訳出された際、紅芍園主人宛の抱一庵の評に返事を書いているのが思軒である」[2]ことなどから、『鐵世界』の訳者は森田思軒（1861-1897）であると言われている（2節で後述する）。原作はジュール・ヴェルヌ（Jules Verne, 1828-1905）の『ベガンの五億フラン』（*Les Cinq cents millions de la Bégum*, 1879）である。『報知』新聞記者だった思軒は、「報知叢談」欄を機に文学翻訳に打ち込むようになるが、その小説欄で多くのヴェルヌ翻訳を発表している。「二学士の譚」は思軒の初ヴェルヌ翻訳である[3]。フランス語原文からではなく、W・H・G・キングストン（W. H. G. Kingston, 1814-1880）が英訳した『ベガンの遺産』（*The Begum's Fortune*, 1879）から重訳したといわれている[4]。

原作者のジュール・ヴェルヌは、1878（明治11）年初めて『新説八十日間世界一周』が邦訳されて以来、明治日本において最も多く翻訳され読まれていた西洋作家のひとりである[5]。明治におけるヴェルヌ翻訳の意味について、川戸道昭は、「明治十年代の翻訳文学を生み出した主な原動力として考えられるのは、人々の〈政治熱〉と〈文明への憧れ〉（もう少し限定すれば〈科学熱〉）の二つ」であり、ヴェルヌの翻訳は後者、つまり「人々の〈文明への憧れ〉

1）森田文蔵は思軒の本名である。
2）藤井淑禎「森田思軒の出発―「嘉坡通信報知叢談」試論」（『国語と国文学』第54巻第4号，1977）p.33.
3）「印度太子舎魔の物語」（『報知』1886年10月12～20日）の一部が、ヴェルヌ『三人のロシア人と三人のイギリス人の南アフリカ冒険』（*Aventures de trois Russes et de trois Anglais dans l'Afrique austral*, 1872）の翻訳であるが、抄訳でありまた他の小説とつなぎ合わせたものであるため、排除した。
4）陳宏淑によると、「森田思軒が1887年に日本語訳を上梓する以前にあった英訳本は2種類」であり、「テクストの比較、人名の比較をしたところ」、「鐵世界」の底本となった英訳本は1879年ロンドンの Sampson Low 社より刊行された *The Begum's Fortune*（W. H. G. Kingston 訳）であると「ほぼ確定した」という。本稿では、ロンドン版が入手できず、同じ W. H. G. Kingston 訳のフィラデルフィア J. B. Lippincott and Co. 版を参照したが、陳も J. B. Lippincott and Co. 版を参照しており、フィラデルフィア版は Sampson Low 社版のコピーだという。（陳宏淑「ヴェルヌから包天笑まで―『鉄世界』の重訳史」（『跨境／日本語文学研究』第3号，2016）pp.116-117.）
5）小笠原幹夫は、「ヴェルヌの作で日本訳されたものは、柳田泉の『明治初期翻訳文学の研究』によると、明治十一年から二十年までの十年間に十編を数えている。これは、シェイクスピアの十一編についで多い」と述べている。（小笠原幹夫「ジュール・ヴェルヌの日本文学に及ぼした影響」（『文芸と批評』第6巻第8号，1988）p.22.）

〈科学熱〉を背景に生まれた」[6]という。また富田仁は「ヴェルヌの小説に盛りこまれていた科学万能思想と功利思想が近代国家として急速に発展していかなくてはならなかった当時の日本の社会ではきわめて魅力的なものに受けとめられた」[7]という。二人の指摘に、ヴェルヌ小説に盛られている資本主義社会を指摘した栗本鋤雲の評言——「この小説〔『八十日間世界一周』：引用者注〕はすべて金によって窮境を脱出している。日本の社会は今後ますますこういう風に金本位になるであろう」[8]——を加えれば、明治の人々がヴェルヌ小説を求めていた心情は一通り指摘できる。一言でまとめるならば、明治の人々はヴェルヌの小説から〈近代国家としての日本の未来像〉を見いだしていたといえる。ヴェルヌの小説は、近代科学に象徴される近代文明社会を描いており、明治の人々はヴェルヌ小説を読むことで、その中に盛り込まれている西洋文化や思想を学んでいたのである。

森田思軒のヴェルヌ翻訳は、明治10年代におけるヴェルヌ翻訳の延長線上に立っていると考えられる。ヴェルヌ翻訳に西欧を学ぶという啓蒙的意図があったことは、翻訳が発表されたのが新聞であり、その新聞の小説欄が啓蒙性・娯楽性を重視していたことからも推測できる。思軒は1885-86年に欧州旅行をしており、そのとき購入した英語本が帰国後に発表した翻訳の底本となっていると言われている。思軒が1887年から1896年において最も多く翻訳したのがヴェルヌであったことを考えると、明治10年代におけるヴェルヌ翻訳の人気を経験した思軒が井上などの翻訳に触発されて欧州旅行でヴェルヌの英訳本を多く購入したとも考えられる。

思軒は「報知叢談」欄にヴェルヌ翻訳を多く翻訳しており、この小説欄で発表されたヴェルヌ翻訳が明治20年代日本におけるヴェルヌ翻訳のほとんどを占めている。したがって、「報知叢談」におけるヴェルヌを論じることは、明治20年代におけるヴェルヌ翻訳を論じることとなる。この時期のヴェルヌ翻訳が何を底本にしているかについてはまだ調査が必要であるが、思軒が入

---

6) 川戸道昭「原書から見た明治の翻訳文学—ジュール・ヴェルヌの英訳本を中心に」（川戸道昭・榊原貴教編『明治翻訳文学全集《新聞雑誌編》ヴェルヌ集Ⅰ』東京：大空社，1996）p.354.
7) 富田仁『ジュール・ヴェルヌと日本』（東京：花林書房，1984）p.7.
8) 木村毅「日本翻訳史概観」（木村毅編『日本文学全集7 明治翻訳文学集』東京：筑摩書房，1972）p.389.

手したと思われる書籍と比較する方向で研究が進められており、ある程度の成果もあることから、暫定的ではあるが「報知叢談」におけるヴェルヌ翻訳作品の選定と底本の入手は思軒であったと想定できる。

しかし、翻訳作品の選定を担当したのが思軒であったということが、思軒がその作品を翻訳したことにはならない。従来の先行研究では、「報知叢談」に連載されたほとんどすべての連載小説は思軒訳とみなされてきたが、馬場美佳も指摘している通り、「他の社員が全く関わっていないとも言い切れない」、「そもそも「匿名」とは、社員たちが「小説」にかかわるための仕掛けにもみえる。それは大新聞の記者たちに意識転換させるための目論見でもあったのではないかと考えられる」[9]のである。柳田泉も早くから「報知叢談」欄の小説は「新聞に出る際に思軒の手で徹底的に刪潤されたものと見られ」[10]ると述べ、〈翻訳〉ではなく〈刪潤〉と表現している。

本稿では、今まで思軒の単独翻訳という前提で論じられてきた「報知叢談」欄の翻訳小説が、思軒翻訳だと断定できないということを問題提起することから論を始めたい。2節で「報知叢談」欄の翻訳事情を考察し、この小説欄の翻訳が思軒の単独翻訳ではない可能性を指摘する。その上で3節では『鐵世界』訳者が未定であると想定し、英訳との比較分析を試みる。それと同時に、英訳との分析から見える『鐵世界』翻訳の方向性を確認し、その方向性がどれほど思軒の文章と関わり合っているのかを確認する。最後に、『鐵世界』分析を通じて、3節で確認した翻訳の方向性が、物語構造にどのように関わっているかを確認する。

二．「嘉坂通信報知叢談」における共同翻訳の可能性と「仏、曼、二学士の譚」『鐵世界』の訳者問題

「報知叢談」は1886年10月から1890年8月まで『報知』に設けられていた翻訳小説欄である。この小説欄について詳しく論じた先行研究がすでに存在するが、本節では、先行研究の指摘を検討しつつ、「報知叢談」欄の翻訳事情を確認しながら、「二学士の譚」の訳者として名を載せている紅芍園主人と思軒

---

9) 馬場美佳「新聞編集者・森田思軒と漂流する物語─『郵便報知新聞』掲載、原著不明作の調査から」(『日本近代文学』第97集, 2017) p.110.
10) 柳田泉『明治文学研究 明治初期翻訳文学の研究 第5巻』(東京：春秋社, 1961) p.123.

『鐵世界』論　　　　　　　　　　　　　　　　103

【表1】「報知叢談」欄連載小説目録。原著については、桑原丈和（2009）、馬場美佳（2017）などを参考にした。

No.	題名	訳者名	連載期間及び回数	原著
0	新嘉坡通信		1886年10月1日	（小説欄設定の紹介）
1	志別土商人の物語	天峯居士	1886年10月2～8日（6回）	不明
2	印度太子舎魔の物語	笠山樵客	1886年10月12～20日（8回）	序盤：Eugene Sue, *The Wandering Jew*, 1844 中盤：Jules Verne, *The Adventure of Three Englishmen and Three Russian in South Africa*, 1872 終盤：不明
3	志々利譚	空々生	1886年10月29日～11月7日（8回）	Alain-René Lesage, *Gil Blas*, 1715~1735
4	金驢譚	不語軒主人	1887年1月18日～2月2日（14回）	Lucius Apuleius, *Asinus aureus*, 2C
5	英国士官の物語	（なし）	1887年3月1～3日（3回）	不明
6	仏、曼、二学士の譚	紅芍園主人	1887年3月26日～5月10日（39回）	Jules Verne, *Les Cinq Cents Millions de la Bégum*, 1879
7	天外異談	大塊生	1887年5月26日～7月23日（51回）	Jules Verne, *Hector Servadac*, 1877
8	貧福	薔薇園主人	1887年8月6～12日（6回）	不明
9	煙波の裏	獨醒子	1887年8月26日～9月14日（17回）	Jules Verne, *Les Forceurs de blocus*, 1865
10	盲目使者	羊角山人	1887年9月16日～12月30日（87回）	Jules Verne, *Michel Strogoff*, 1876
11	夢中夢	覚後庵主	1888年1月2～25日（20回）	William Collins, *Mr Percy and the Prophet*, 1877
12	大叛魁	静廬外史	1888年2月7日～4月18日（49回）	Jules Verne, *Le Pays des Fourrures*, 1872
13	幻影	笠峯居士	1888年4月27日～7月19日（71回）	Hugh Conway, *Called Back*, 1883
14	定数	蕉陰散史	1888年7月31日～8月22日（20回）	不明
15	炭鉱秘事	紅芍園主人	1888年9月4日～10月28日（45回）	Jules Verne, *Les Indes noires*, 1877
16	女旅客	臥禅居士	1888年11月25～28日（3回）	Richard P. B. Davey, *A Queen's Adventure*, 1874
17	右足	臥禅居士	1888年11月29～30日（2回）	Heinrich Zschokke, *Das Bein*, 1811
18	密封書	臥禅居士	1888年12月1～4日（3回）	新聞記事〔無署名〕"Marrying a Convict", *The Osage County Chronicle*, Kansas (USA), Nov 17, 1886.
19	元日	臥禅居士	1888年12月8～11日（3回）	新聞記事〔無署名〕"The New Year's Case", *The Queenscliff Sentinel*, Victoria Queenscliff (Australia), May 30, 1885.
20	猫	臥禅居士	1888年12月12～15日（4回）	新聞記事〔無署名〕"Staying Late at the Office", *Western Star and Roma Advertise*, Toowoomba (Australia), May 16, 1888.
21	倫敦辻馬車	臥禅居士	1888年12月18～23日（4回）	新聞記事〔無署名〕"A Pound a Minute", *Kilmore Free Press*, Kilmore (Australia), Nov 11, 1897.
22	時計獄	臥禅居士	1888年12月25～27日（2回）	不明
23	探征隊	西語生	1889年1月2日～3月30日（51回）	Jules Verne, *Les Enfants du capitaine Grant*, 1865
24	代言人	臥禅居士	1889年4月30日～5月2日（3回）	新聞記事〔無署名〕"The Lawyer's Story", *Maryborough Chronicle*, Maryborough (Australia), Jan 21, 1888.
25	狼声	臥禅居士	1889年5月4～8日（3回）	新聞記事〔無署名〕"Trapped by Telegraph", *Yorkshire Gazette*, York (England), Jun 30, 1888.
26	一大奇術	臥禅居士	1889年5月11日（1回）	不明

27	まちがひ	臥禅居士	1889年5月23~24日（2回）	新聞記事 C. G. Furley, "An Error in Judgement", *Maryborough Chronicle*, Maryborough (Australia), Aug 8, 1887.
28	是はソモ	臥禅居士	1889年5月25~26日（2回）	新聞記事〔無署名〕" A Queer Situation", *Australian Town and Country Journal*, Sydney (Australia), May 26, 1888.
29	月珠	省庵居士	1889年6月28日~11月10日（79回）	Wilkie Collins, *The Moonstone*, 1868

との関係を論じる。

1886年8月に外遊から戻ってきた矢野龍渓（1851-1931。本名は文雄）は、同年9月16日、彼の経営する『報知』紙上に「改良意見書」を発表する。改良の内容は主に「①価格の引き下げ、②紙面の縮小、③記事の精選、④責任ある論説の掲載、⑤文章の平易化等々」であり、龍渓はこの改革を通じて「記事の徹底した平易化・大衆化を図ろうとした」[11]。「内容的には「海外の事情」「理科の学」「海事に関する事柄」の三項が、そうした啓蒙的姿勢の徹底と相俟って重視されることが約束され」、「その三項の啓蒙と婦女子のための娯楽という意味とを兼ねて」[12]、同年10月1日から「報知叢談」欄が始まった。

【表1】は「報知叢談」欄に連載された小説をまとめたものである。これらを訳者と翻訳作品の性格を中心に分類すると、次の三つに分けることができる。一つ目は①「新嘉坡通信」という設定を守っていた初期翻訳（No.0~5, 8）、二つ目は②中長編小説翻訳（No.6~7, 9~15, 23, 29）、三つ目は③臥禅居士名義の1~4回読切り連載（No.16~22, 24~28）である。

③は、同じ訳者名が繰り返して用いられていることと、主に新聞記事からの翻訳であることから、以前とは翻訳の性格が大きく異なることがわかる。馬場美佳は「これまで〔原著が：引用者注〕判明しなかった多くが、各国新聞の Miscellany（雑録）や Supplement（附録）に掲載されている記事と一致する」[13]と述べているが、新聞の Miscellany や Supplement の記事を翻訳したものは、以上の分類から考えるとすべて③に属する。「臥禅居士」を訳者名として用いているものの中では「女旅客」と「右足」だけが小説の翻訳であるが、これらも新聞に掲載されたものが原典である可能性がある。

馬場が「一覧に揚げた新聞記事は原典ではなく原著のサンプルの一つとし

---

11) 森田思軒研究会編『森田思軒とその交友―龍渓・蘇峰・鷗外・天心・涙香』（東京：松柏社，2005）p.42.
12) 藤井淑禎、前掲書、p.30.
13) 馬場美佳、前掲書、p.107.

て考えてほしい」[14] と断っているように、【表1】でまとめた③の〈原著〉目録は〈原典〉を意味するわけではない。原典はおそらく「定期刊行物である雑誌や新聞からの日本における無許可転載、無許可翻訳」[15] であろう。「報知叢談」欄の翻訳小説の多くは、思軒が欧米外遊の際購入した書籍が原典であるとみるのが通説であることから考えると、③は翻訳原典をどのように入手したのかという側面から見ても①②とは翻訳事情が異なることがわかる。

　①②の場合、同じ訳者名が二回以上用いられたのは「紅芍園主人」しかなく、すべて異なる匿名が用いられている。匿名の中でいくつかは訳者が特定されており、No.1「志別土商人の物語」訳の天峯居士は龍渓[16]、No.3「志々利譚」訳の空々生は龍渓の弟である小栗貞雄[17]（1861-1935）、No.4「金驢譚」訳の不語軒主人は思軒[18] であることがほぼ確定されている。No.2「印度太子舎魔の物語」と No.4「金驢譚」の中でどれが思軒の最初の翻訳であるかについては異論があるが[19]、「金驢譚」説の藤井淑禎も「印度太子舎魔の物語」の訳者名に思軒の郷里「笠岡」にちなんだ「笠山樵客」が用いられていることから思軒訳である可能性が強いと指摘しており[20]、「金驢譚」と「印度太子舎魔の物語」が「ほぼ同じ表現構造と物語形式をもっている」[21] ことから、「印度太子舎魔の物語」を最初の思軒訳と見なしていいと考えられる。

　つまり、No.1から No.4までは矢野兄弟と思軒が〈交代で〉翻訳を担当した

---

14) 馬場美佳、前掲書、p.109.
15) 馬場美佳、前掲書、p.109.
16) 東京の成文堂書屋（「発行人　佐藤乙二郎[ママ]」となっているのは、佐藤乙三郎のことであろう）から1888年に刊行された『志別土商人の物語』の表紙には「龍渓　夫野文雄先生訳述[ママ]」、本文には「龍渓学人訳」、奥付の訳述者には「矢野文雄」とある。
17)『志別土商人の物語』と同じ発行人である佐藤乙三郎によって1889年に刊行された『色是空』（「志々利譚」の改題）の表紙と本文には「小栗貞雄先生訳」とあり、奥付の訳者も「小栗貞雄」となっている。
18) 藤井は、『報知』記者であった遅塚麗水が1906年5月『文章世界』に載せた「森田思軒氏」の中で「金驢譚」を思軒訳としていることと、思軒の弟である森田章三郎か著した『思軒森田文蔵小伝』の思軒全集目録に「金驢譚」が挙げられていることから、「思軒訳と推定せざるをえない」と述べている。（藤井淑禎、前掲書、p.33.）
19) 柳田泉（前掲書、p.123.）や谷口靖彦（『明治の翻訳王―伝記森田思軒』岡山：山陽新聞社, 2000, p.110.）は「印度太子舎魔の物語」としており、藤井淑禎（前掲書、p.31.）は「金驢譚」としている。
20) 藤井淑禎、前掲書、p.33.
21) 小森陽一『構造としての語り・増補版』（東京：青弓社, 2017）p.234.

といえる。もともと「報知叢談」欄は、報知新聞社の記者数名が交代で短い小説を翻訳するという企画であった。「藤田鳴鶴、箕浦青洲、加藤城陽、枝元虹岳、矢野三峡、井上孤山、森田思軒、尾崎学堂、矢野龍渓　右社友九名更る〴〵三四日読切りの小説を訳述し、又は自作し、匿名にて之を本紙上に載する」[22]予定であったのである。No.1からNo.4までは1〜2週間分の読切り小説を「更る〴〵」「訳述」するという当初の計画を実践していたと考えられる。

　しかし、No.6「二学士の譚」から訳者事情が変わる。のちに単行本となった『鐵世界』を見ると、「鐵世界序」は「思軒居士撰」、「凡例三則」は「紅芍園主人識」、そして本文には「紅芍園主人訳述／思軒居士刪潤」となっている。ここで思軒ははじめて「刪潤」という字を用いている。思軒は「鐵世界序」において「頃日吾友人紅芍園主人ジュルーヴェルーヌ氏ノ「ヂ、ベガムス、フィルテュン」訳述シ題シテ鐵世界ト曰フ。余略ボ之ヲ刪潤シ且ツ序シテ曰ク」[23]と述べており、この証言からすれば「二学士の譚」翻訳は、紅芍園主人という匿名を用いる報知新聞社の社員が訳したものを、思軒が修正する形で行われたことになる。

　「報知叢談」欄は訳者名をすべて匿名で記しているため、訳者の特定が難しい。ただし、単行本化される際の序文や凡例などからみると、他の社員との共同作業として翻訳が行われた可能性が浮かんでくる。例えば、1888年に報知社によって刊行された『瞽使者』[24]も、奥付には「森田文蔵」が訳者兼発行人となっているものの、本文には「羊角山人訳述／思軒居士刪潤」とある。なお、序文に当たる「題瞽使者」の文責は「思軒居士」、「例言四則」は「羊角山人識」となっている[25]。「原本に拠り其遺を補加し更らに思軒居士に乞ふて其の文章を刪潤し乃ち此書を成す」[26]、「適マ瞽使者ヲ改修シ終ハル」[27]な

---

22)『郵便報知新聞』1886年9月19日。引用は、森田思軒研究会編（前掲書、p.43.）による。
23) 思軒居士「鐵世界序」（森田文蔵訳『鐵世界』（東京：集成社書店，1887) p.10.）
24) 1887年9月16日から12月30日まで、羊角山人名義で連載された「盲目使者」を改題し単行本化したものである。
25) 思軒死後である1904年にも国民書院によって『瞽使者』が単行本化されている。しかし国民書院版では「例言四則」が削除されており、本文にも「思軒居士訳」となっている。
26) 羊角山人「例言四則」（『瞽使者』東京：報知社，1888) p.1.

どの文章から、「盲目使者」の翻訳も「二学士の譚」と同じように、羊角山人という匿名を用いる報知新聞社の社員が訳したものを、思軒が修正する形で行われたと推測できる。

　以上のように、思軒の筆名の一つと考えられてきた紅芍園主人と羊角山人は、思軒の筆名ではなく別人である可能性があるのであるが、今まであまり指摘されてこなかった。「二学士の譚」に限って言えば、その理由の一つは、原抱一庵の以下のような証言のためである。

> 時に思軒居士森田文蔵、年状に気鋭に、而して才名未だ顕はれず、窃かに脾肉の歎なき能はず、吾が技倆の程を示すは此時なりと思ふて、或はヴェルヌの骨髄なりと思ふ所の一節を剥ぎ来りて、此れにアラビアンナイト中の最も微妙なる章句を加味し、拮据経営、是ならば天下の喝采受合なりと信じて、之を紙上に揚げたるに、豈図らんや、世間の評判甚だ香ばしからず、啻に香ばしからざるのみならず、現に一地方などよりは『思軒居士とか云ふ人の文は、固陋迂文にして面白からざること此上なし、斯る編輯人を置かれては、報知新聞の不為なり、速かに放逐せられて然るべし』との注文状すら到来し、矢野社長よりは小説中止の厳命下り、居士の狼狽一と方ならず、それより大に工夫を仕替へ、言はんと欲する所を言ひ扣へ、書かんと欲する所を内端にし、文字なども成るべくは平凡普通のものを使ひ、経営惨憺小心翼々、程経たる後『英曼二学士の話〔ママ〕』即ち後に『鐵世界』と題して今日世に流布する小説を、新嘉坡通信中に翻訳するに及びて、始めて矢野社長の信用も幾分か加はり来り、放逐注文状の到来も漸やくに稀れになれり。是れ思軒居士自から屡々余に語り、共に一笑する所の話柄なるが、単り思軒居士に限らず、今日世に多少の文名を博し、文壇の幾戦場を閲みし来れる人には必ず此種の珍談あらざるはなきなり。[28]

　抱一庵の証言からすると、「二学士の譚」は、「印度太子舎魔の物語」や「金

---

27) 思軒居士「題瞽使者」（『瞽使者』前掲）p.8.
28) 原抱一庵「王子村舎雑話」（『少年園』1894年1月）。引用は、森田思軒研究会編（前掲書、p.44）による。

驢譚」翻訳の失敗を克服すべく、思軒が自ら翻訳に工夫を凝らして書き上げたものである。「二学士の譚」の成功は、「報知社内随一の漢文の使い手である思軒が、ありあまる漢文の素養と読者大衆の要望・好みとの調整をはかるべく試みた方針の一大転換」[29]でもあり、これを機に思軒は矢野にも認められるようになる。

　以上のような同時代人物の証言のため、「刪潤」の問題はあまり論じられてこなかった。なお、思軒が他の人の訳を刪潤したとしても、翻訳の最終責任者は思軒であり、新聞連載前に思軒が細かく改稿していたと考えれば、刪潤の問題はひとまず片付くと思うかもしれない。

　一般的に、翻訳は起点言語（source language）を目標言語（target language）に移す作業であり、その作業を行う過程において翻訳者は起点言語を〈解釈〉し、目標言語へ〈転換〉して〈再生産〉するプロセスを踏むと言われている。〈解釈——転換——再生産〉の三つの段階において最も核心となるのは〈転換〉である。アルベルト・ノイベルトは翻訳能力を大まかに5つ——(1)言語能力（language competence）、(2)テクスト能力（textual competence）、(3)主題能力（subject competence）、(4)文化的能力（cultural competence）、(5)転換能力（transfer competence）——に分け、その中でも(5)転換能力が「他のすべての能力を支配する（"In this profession, competence (5) dominates over all the other competences."）」[30]と指摘する。クォン・ウニとソン・チョリムはノイベルトの理論を翻訳実行段階に当てはめても同じ結果が得られるという。つまり、「翻訳者が、出発語テクスト理解段階における言語能力、テクスト能力、主題能力、文化的能力と到着語テクスト生産段階における同一の4つの能力を備えた状態で、これらを基に転換段階を経て翻訳物を産出するに至る」[31]のである。そしてこのプロセスの中で核心となるのは転換段階であり、2人以上が共同翻訳をする際、この転換作業を誰が担当するかが問題となる。

---

29) 森田思軒研究会編、前掲書、p.45.
30) Neubert, Albrecht. "Competence in Language, in Languages, and in Translation"（*Developing Translation Competence*. Edited by Christina Schäffner, Beverly Adab. Amsterdam: John Benjamins Publishing Co. 2000）p.6.
31) 권은희 Kwon, Eunhee & 성초림 Seong, Cholim「한국문학번역의 2인 공동번역체제에 관한 고찰 Co-translation system in the translation of Korean literature into foreign languages」（『스페인어문학 *Estudios Hispanicos*』Vol. 81, 2016) pp.34-35. 日本語訳は引用者による。

以上の議論を踏まえると、思軒の刪潤が〈再生産〉段階に留まっているのか、それとも起点言語の〈解釈〉と目標言語への〈転換〉にまで及んでいるのかは、「二学士の譚」の訳者を考える上で重要な問題と考えられる。言い換えれば、紅芍園主人が〈解釈──転換──再生産〉の過程を経て産出した翻訳物を、思軒が日本語文章を整えるくらいの修正を行ったのか（〈再生産〉のみ）、それとも紅芍園主人の訳を基に思軒が再度〈解釈──転換──再生産〉する過程を経たのかという問題である。紅芍園主人の存在を肯定しつつ、「二学士の譚」を思軒訳とする抱一庵の証言も肯定できるのは後者であろう。前述した「紅芍園主人宛の抱一庵の評に返事を書いているのが思軒」という指摘も二人の共同翻訳であったとすれば説明はつくが、一見非効率的にも見えるやり方を明治20年代で行っていたかはやや疑問が残る。

　これ以上の決め手がないため、刪潤が具体的にどのように行われていたかについては別稿に譲らざるを得ない。ただし、以上から『鐵世界』、さらに「報知叢談」欄におけるヴェルヌ翻訳が思軒の単独翻訳ではない可能性があることは十分理解できたと考える。次節では、今まで思軒の単独翻訳として論じられてきた『鐵世界』を〈訳者未詳〉と想定し、その翻訳の特徴を考察する。

三．『鐵世界』における〈フランス／ドイツ〉対立の翻訳

　「二学士の譚」と『鐵世界』の本文を比較してみると随所に相違点が発見でき、単行本化する際、思軒が全体的に目を通して細かく手を入れたことがわかる。ただし、修正の主な目的は誤訳の修正[32]や表現を細かく整えることであり、読みが変わるほどの大きな変更はない[33]。所々削除または書き加えられた個所も見当たるが、これらの削除・添加は日本語表現を整えたものか、または39回にわたって連載された新聞小説を15章の単行本に変えるための修正であると考えられる。つまり、単行本化による本文移動は〈再生産〉段階

---

32) 例えば、「二学士の譚」では1ヶ月遅くなっていた日付が『鐵世界』で修正されている。

33) 紙面関係上、「二学士の譚」と『鐵世界』本文移動については割愛する。ただし、本稿における『鐵世界』引用には、「二学士の譚」からの本文移動の様相がわかるようにふりがなを付けている。『鐵世界』引用にふりがなが付けられているものはすべて「二学士の譚／本文『鐵世界』本文」を意味する。なお、「二学士の譚」の本文は、川戸道昭・榊原貴教編（前掲書）を参考した。

における修正であって、再度〈解釈——転換〉が行われたわけではない。
　〈解釈——転換〉と関わる変更は題目である。新聞連載時の「仏、曼、二学生の譚」という表題は「仏、曼」の対立を前面に出すことで、両国の対立に読者の注意を向けさせている。「二学士の譚」の前置きで「仏国」の武官らしき人物が登場し、昨今の仏曼関係を言及することから物語が始まっていることから考えても、読者に連載当時のフランスとドイツの関係を意識させていることは明らかである。
　藤井や桑原が指摘している通り、「報知叢談」欄に連載された小説は、『報知』の掲載記事や社説と密接な関係にあった。「二学士の譚」連載が始まって間もない1887年3月30日の『報知』には「仏曼若し開戦する時の手続の事」という社説があり、「「列国の近状」という総タイトルのもとに欧州状勢は刻々と報知され、そうした社説欄の動向との密接な関わりの中から作品が選択・訳出されているわけで、「仏、曼、二学士の譚」という表題自体がそうした背景の端的な現われだった」[34]。
　一方、『鐵世界』という題目は、この物語が〈鐵＝大砲＝武器〉の世界を舞台にしていることに読者の注意を向けさせる。ここで〈鐵世界〉とは、ドイツ人化学者の忍毘（ニヒト）（＝Schultz）が建設する理想都市、つまり巨大な武器工場を意味する。大量虐殺を可能にする武器を、近代的工場システムで大量生産する世界が前景化されるわけだが、武器の大量生産が向かうところは言うまでもなく戦争である。〈鐵世界〉は戦争が存在の根拠となっている社会、近代的戦争が日常となっている世界を意味するといえる。
　単行本化によって、フランスとドイツという個別国家の対立から近代的戦争そのものに注意を向けさせる方向へ題目が変更されたのであるが、前述した通り、新聞連載と単行本の間に大きな本文移動はなく、題目が変更されただけである。この場合、新聞連載時は小説欄の性格に合わせるべく〈仏曼〉対立を前面に出したが、単行本化する際、当初の翻訳意図に戻ったと考えるのが自然であろう。英訳底本と「二学士の譚」を比較してみても、「二学士の譚」が翻訳される当初から〈フランス／ドイツ〉対立の強度を軽減させる形で翻訳が進められていたと考えられる。結論を先に言うならば、両国の対立構図は、①〈生命／戦争〉対立の前景化と②Schultzの露骨な反フランス感

---

[34] 藤井淑禎、前掲書、p.31.

情の排除という形で微妙に強度が弱化している。

　〈生命／戦争〉対立の前景化は、〈長寿村／錬鉄村〉という都市の名前に端的に表れている。両都市の名前は、英訳においてはそれぞれ Frankville[35] と Stahlstadt であった。Stahlstadt は〈stahl（鋼鉄）+ stadt（都市）〉からなる合成語であり、錬鐵村と訳したのは妥当とも言える。ただし、都市名を漢字にすることで都市名の発音によるドイツのイメージは後退し、〈鐵〉に象徴される〈武器＝大量虐殺〉が前景化する。原著の France-Ville は英訳では Frankville となっているが、フランス人の Sarrasin 博士（＝佐善）が「私の国にちなんだ名前にしましょう。Frankville と呼ぶことにしましょう！（"let it be named after my country. Let us call it Frankville!" p.42. 拙訳、以下同）」という部分があり、Frank が France を意味することは言うまでもない。Frankville が「長寿村」に訳されることで〈フランス／ドイツ〉対立は後景化され、〈長寿／錬鉄〉＝〈医学／武器〉＝〈生命延長／大量虐殺〉という対立が前景化される。なお、物語の冒頭で Sarrasin 博士が読んでいる自分の論文が「血球計算機（"blood-corpuscle computator" p.2.）」から「人は何を以て不死の術を得さるや」[36] に書き換えられていることも、「二学士の譚」の翻訳段階においてすでに〈生命延長／大量虐殺〉対立が認識されていたことを裏付ける。

　原著と英訳において両国の対立構図を成り立たせているのは、Schultz の露骨な反フランス感情である。Schultz が強い反フランス感情を抱いており、またその感情に左右されやすい人であることは語り手によって説明される場合が多い。例えば、Sarrasin の遺産相続記事を読んだ Schultz が弁護士を訪ねて自分の相続権を要求する場面で、その目的は「フランス人の手から遺産を奪いとるため」（"His object in putting forward a claim to this inheritance was chiefly that it might be snatched from French hands"）であり、Sarrasin がフランス人ではなくドイツ人であったならば干渉しなかった（"What he hated in his rival was his nationality. Had he been a German he certainly should not have interfered"p.49）という部分。または、Schultz の Frankville 攻撃計画を暴くため Max（＝馬克）が彼を挑発する場面で、「私たちは発明能力に欠けていま

---

35) 英訳本のローマ字表記とフランス語原本のローマ字表記が異なる場合がある。以下、ローマ字にローマ字のふりがなが付けられているものはすべて「英訳本表記」を意味する。

36)「仏、曼、二学士の譚」p.7、『鐵世界』p.2.

す。私たちは何も発見できません。しかしフランス人はそれをするのです（"we lack any genius for inventing. We discover nothing, and the French do"）」という Max の挑発に乗った Schultz に対して「こんな屈辱を耐えなければならないのか（"Must he endure such a pitch of humiliation ?" p.114）」と語り手が Schultz の内面に迫る部分。最初の攻撃が失敗した後、Max からの手紙を読んだ Schultz が最初はプライドに傷つきへこむが、まだ砲弾が残ってあることを思い出して次回の攻撃計画に熱中する場面（13章）などなど。

　以上で例として挙げた部分、つまり Schultz の反フランス感情が露骨に表れている部分はすべて、『鐵世界』では省略されている。Schultz が自分の遺産相続権を主張する目的は「彼の間違ひの相続者佐善より一億五百万圓の遺産を取返へさんか爲め」[37]となっており、Max が Schultz を挑発する場面は馬克と忍毘の会話文で物語が進められ、忍毘の内面描写は省かれている。Max の手紙を読んだ後の忍毘についても、「如何なる感を作したるや固より枢密閣中の事なれは絶て之を知る者」[38]はないと変えられている。

　とはいえ、〈忍毘／佐善〉＝〈ドイツ／フランス〉という対立がなくなったわけではない。徳富蘇峰がいう通り、『鐵世界』は「如何に解するも、到底一篇の大精神は、曼と仏人とを其の心情行径人物事業の上に於て対照比較して、以て仏人の心を快くしたるに外」[39]ない物語として読まれていた。本節で指摘したいことは、英訳と原著に比べて、『鐵世界』の忍毘は Schultz のような〈露骨な〉反フランス感情を抱いてはいない人物となっていること、言い換えれば、〈フランス／ドイツ〉の対立関係は存在するが、その対立を支えている反フランス感情は弱化しているということである。

　Schultz が非論理的で差別的な反フランス感情を露骨に表現することは、逆説的に、ヴェルヌの反ドイツ感情を露呈させる。ドイツ人を悪と仕立てることが、むしろフランス人作家の反ドイツ感情を露にするのである。思軒も「鐵世界序」において「此著盖シ普佛之戦ノ後ニ成リ。其意大ニ佛国人ノ心ヲ快ニスルニ在リ。其ノ曼国人ノ刻薄厳冷ノ風ヲ模スルニ至テハ殊ニ怨毒ノ深キヲ見ル」[40]と述べている。Schultz の人物造形にヴェルヌの反ドイツ感情が込

---

37)「仏、曼、二学士の譚」p.12、『鐵世界』p.22.
38)「仏、曼、二学士の譚」p.45、『鐵世界』p.150.
39) 大江逸「鐵世界」(『国民之友』12号，1887) p.24.

められていることを思軒は見抜いていたのであろう。『鐵世界』における反フランス感情部分の削除は、思軒が読み取ったヴェルヌの反ドイツ感情を意識した結果かもしれない。

　『鐵世界』において、佐善に対する忍毘の敵対心の根底にあるのは人種間の対立である。具体的にいえば、ラテン人種からサクソン人種へ権力が移動していくという歴史認識である。遺産相続の問題が解決した後、家に戻った忍毘は一人で書斎にこもり考え事をする。忍毘によれば、「今日世界の大勢を観に羅旬人種は日に衰へ、薩遜人種は日に盛なるの有様」[41]であり、ラテン人種の衰退はローマ帝国とスペイン帝国の崩壊をみればわかる。サクソン人種の「盛なる有様」については特に言及がないが、当時の大英帝国とドイツ帝国を念頭にいれていることは言うまでもない。すでに滅びたラテン人種の帝国と、1887年当時まだ勢力を伸ばしつつあるサクソン人種の帝国を比較することで、忍毘は「造物主の意は薩遜人種をして益々蕃衍せしめ羅旬人種をして伝々消滅せしめ遂には此の世界を挙げて薩遜人種の有と為すに在る」[42]と信じるのである。

　忍毘が人種の歴史について考えるこの部分は、訳者が書き加えたものである。ラテン族はサクソン族に負けるとする考え方は英訳と原著からも見受けられるが、〈歴史的に〉ラテン人種からサクソン人種へ権力が移動してきたという言及は、英訳や原著からは見当たらない。

　ちなみに、原著と英訳にもSchultzが人種を問題にする部分はある。しかし、彼がラテン族は衰退しサクソン族に敗北すると考える理由は、人種の比較研究を基にしている。イェーナ大学の化学士であるSchultzは、人種研究に関しても多くの業績を残しており、その中には、ゲルマン族が他のすべての人種を吸収することを証明した研究もある。彼が遺産を相続することになったのは、ゲルマン族が他人種を吸収すべきであるという事実を否定しようとする者たちを絶滅するために選ばれたためである（4章）。この部分は『鐵世界』では省略されている。

　話を戻すと、『鐵世界』における〈佐善／忍毘〉の対立は、反フランス感情

40）思軒居士「鐵世界序」前掲書、p.10.
41）「仏、曼、二学士の譚」p.13、『鐵世界』p.26.
42）「仏、曼、二学士の譚」p.13、『鐵世界』p.27.

ではなく、ヨーロッパの歴史や同時代情勢が基になっている。そして、両者の対立にヨーロッパ歴史や同時代情勢を持ち込む部分の多くは、訳者によって〈創作〉されたものである。

　訳者がヨーロッパ歴史や同時代情勢を書き加えようとしたことは、他の訳者〈創作〉部分からも見受けられる。『鐵世界』では、原著と英訳には存在するSarrasin博士の息子（Octavius）と娘（Jeannette）が削除されている。娘については後述する。息子のOctaviusの削除によって、訳者は〈創作〉に迫られることになる。というのも、MaxとSarrasin博士がお互い強い信頼関係を結ぶようになるのはOctaviusを介してのことであったからである。MaxはOctaviusの友人である。Octaviusは「阿呆ではないが天才でもなく、ブサイクではないがハンサムでもなく、背が高くも低くもなく、茶髪も金髪でもなく（"neither a blockhead nor a genius, neither plain nor handsome, neither tall nor short, neither dark nor fair."）」、「中産階級の平均的標本（"an average specimen of the middle class" p.16）」といえる人物である。他人に影響されやすいOctaviusはMaxと出会い、強い絆を結ぶこととなる。Sarrasinは息子の性格をよく知っていたため、息子に対しては何の期待も持っていなかったが、Maxと出会って変わっていく息子を見て、Maxに強い信頼を抱くようになる。邦訳では、このようなMaxとOctaviusとの関係が削除されており、したがってSarrasinとMaxとの関係を再構築しなければならなくなっているのである。以下は、『鐵世界』における佐善と馬克の関係を説明している部分である。

　　今より数年前彼の仏曼の大戦起り曼国の兵進て巴里を囲むに及び馬克は巴里の府中に在りて他の校友と共々に自から義勇兵となりしか隅々左手に創を負ひ病院に入ひたり時に佐善は其病院の職員に備はり居りしか馬克の年尚ほ二十に充つるか充たぬの妙齢を以て健気にも国の為めに率先して戦ひたる膽勇を愛し殊に意を用いて療養せる中次第に親しむに従て馬克が理科の学才あるを知りて益々之を愛する程に他に恃むへき縁者もなき馬克なれは馬克は佐善を仰くと猶ほ父の如く又別に倚るへき姻戚もあらさる佐善なれは佐善は馬克を視ると猶ほ子の如く互に相敬愛するの情は日を逐て傳々深くなれり[43]

---

43)「仏、曼、二学士の譚」p.11、『鐵世界』pp.16-17.

今より数年前に起こった「仏曼の大戦」というのは、言うまでもなく普仏戦争（1870-1871）である。この戦争によってフランスはドイツ（プロイセン）に負け、アルザス地方を割譲することになるが、馬克はこの「アルサース州」の出身なのである。戦争が起こった時パリにいた馬克は義勇兵に入り、戦場で負傷して送られた病院で佐善と出会う。二人は普仏戦争によって、そして二人とも独り身であったことによって、疑似父子関係を作ることになる。

英訳と原著にも上の引用文に相当する部分はあるが、Max の普仏戦争経験は Octavius と Max の性格を対比させるものであった。「1870年の戦争（"The war of 1870"）」が起こり、戦況を知った Max は「愛国的な悲しみに満ちて（"full of patriotic grief"）」急いで入隊するが、Octavius は Max について行った（"Otto, ... followed his example." p.19）だけである。二人ともパリで戦い、Max は右腕には銃傷を、左肩には勲章を飾ることになったが、Octavius は負傷も勲章を受けていない（"At Champigny Max received a ball in his right arm, at Buzenval an epaulet on his left shoulder. Otto received neither wound nor decoration." p.19）。

戦争が終わった後、「フランスがアルザス＝ロレーヌを失ったことは、Max の性格を男らしく成熟させた（"The recent misfortunes of France,- the loss to her of Lorraine and Alsace, had matured the character of Max he felt and spoke like a man."p.19）」。Max は敗戦した後、「父親の誤りを直すことは、フランスの若者の召命だ（"It is the vocation of the youth of France, ... to repair the errors of their fathers."p.19）」と思うようになる。この部分から、『ベガンの遺産』が普仏戦争に負けた父親世代の誤りを直す息子世代の物語であることが読み取れる。『鐵世界』では、「父親の誤りを直す」という台詞は削除されているが、普仏戦争を背景にしていること、馬克がアルザス出身であること、佐善と疑似父子関係を作っていることなどから、普仏戦争のトラウマを克服する息子世代の物語として読まれる要素は残しているといえる。『ベガンの遺産』では露骨に書かれている〈フランス／ドイツ〉対立の強度を弱化しながら、普仏戦争というほぼ同時代のヨーロッパ情勢が読み取れる要素は残していることがわかる。

以上をまとめると、『鐵世界』翻訳には三つ方向性があることが指摘できる。一つ目は『鐵世界』という題目や都市名の翻訳から確認できる〈生命／戦争〉対立の前景化であり、二つ目は〈フランス／ドイツ〉対立を支えてい

た Schultz の反フランス感情（＝ヴェルヌの反ドイツ感情）の弱化であり、三つ目は物語の随所に見られる同時代情勢の〈書き加え〉である。二つ目は思軒のヴェルヌ観に影響された可能性があると指摘した。三つ目の同時代情勢の〈書き加え〉は「報知叢談」という小説欄の性格によるものであろう。次節では一つ目の方向性について考察し、この三つの方向性が物語にどのような影響を与えているかについて論じる。

四．〈科学小説〉として翻訳すること

　『鐵世界』翻訳の特徴を探る上でよく指摘されるのは、Jeannette（Jeanne）と Max の恋愛話が削除されていることである。恋愛話削除の問題について、藤井は「佐善の娘と」「馬克青年との恋愛を削除し、あるいは錬鉄村に潜入した馬克の下宿先の可兒母子にまつわる〈人情〉的挿話を切り捨てることによってその啓蒙性を保持しえていた」[44]と解釈する。盧連淑（ノヨンスク）は「鐵世界序」での思軒の発言と関連づけて「不必要な恋愛談を削除することで、科学小説としての正体性（アイデンティティー）を確保できると見込んだのであろう」[45]としている。陳は原作における二人の恋愛話の持つ意味を分析し、「森田が科学小説が表現する新世界、新発明、新しい視点を重視する一方で、小説が本来持つ隠蔽された意味を見逃している」[46]と指摘する。

　「凡例三則」にあるように、二人の恋愛話は「其の恋愛の事柄至て淡泊にして有るも無きも少しも本題に関係な」[47]いといっても過言ではない。『ベガンの遺産』は Max の冒険が主な物語となっており、Jeannette は Max が冒険から成功的に帰還した後のトロフィー的存在である。Jeannette と Max が相思相愛の関係であるという指摘はあるが、彼女が Max の冒険や Frankville と Stahlstadt の対立と関わることはない。すべての冒険が終わった後、貧しさのゆえ結婚を申し出ることもできない Max に、Sarrasin 夫婦の方から娘と結婚するように申し出され、二人が結ばれることで物語は終わる。Jeannette が登

---

44) 藤井淑禎、前掲書、p.34.
45) 노연숙 Roh, Yeon Sook「1900년대 과학 담론과 과학 소설의 양상 고찰 A Study of the science discourse and the science novel in 1900's」（『한국현대문학연구 The Journal of Koirean Modern Literature』Vol. 37, 2012）pp.50-51. 日本語訳は引用者による。
46) 陳宏淑、前掲書、p.121.
47) 紅芍園主人「凡例三則」『鐵世界』p.1.

場するのは物語の冒頭と結末だけであるため、「本題に関係な」いとして削除するのも無理はない。

したがって、Jeannette との恋愛話の削除を訳者の起点テクスト解釈能力不足と解釈するのは妥当ではない。この削除は、「鐵世界序」に表れているヴェルヌ観との関係から論じるべきだと考える。つまり、「彼レ時ニ恋愛ヲ點セリ而レトモ尋常小説家カ爲スカ如ク之ヲ以テ本題トナスヲ肯テセス。定メテ餘波トシ末節トシテ輕々點去。却テ未全免俗、聊復爾爾、ト曰フカ如キナリ」[48]という部分である。新島進が指摘しているように、ヴェルヌ小説において「女性は——あらゆる意味で都合よく——排除されているか、婚姻という枠組みのなかに囲われているか」[49] である。ヴェルヌ小説で女性が物語の主人公になることはなく、女性との恋愛が「本題」となることもない。

思軒はむしろヴェルヌ小説における恋愛の扱われ方をよく理解していたともいえよう。思軒は、恋愛が本題となることがないところに、「等シク恋愛」を描く「陳々腐々ノ群小説」とは異なるヴェルヌ小説の特色があるとした。「恋愛」と代わってヴェルヌ小説の「本題」となっているのは科学文明である。思軒は「鐵世界序」において、ヴェルヌの小説を以下のように説明している。

> 十九世紀ノ文明ノ歴史ハ科学適用ノ歴史に過キス。科学闡明ノ歴史ニ過キス。而シテ其ノ闡明セル眞理ヲ把リ其ノ適用セル事實ヲ把リ。鎔鑄シテ之ヲ想像ノ型ニ納レ。以テ一等出色ノ小説ヲ造レルハ。則チジュールヴェルーヌ氏ナリ。彼レハ文明鏡中ノ花タリ。彼レハ科学水中ノ月タリ。ジュールヴェルーヌ氏ハ独リ文明世界ノ事實ヲ影出セルノミナラス。毎ネニ科学世界ノ眞理ヲ以テ文明世界ニ事實ニ先駆セリ。（pp.7-8.）

文明の歴史は科学の歴史であり、その科学を用いて文明世界を描くところにヴェルヌ小説の特色がある。技術などの近代科学の成果ではなく、科学によって明らかになった〈真理〉を用いて〈文明世界の事実〉を描くというの

---

48) 思軒居士「鐵世界序」前掲書、p.6.
49) 新島進「ヴェルヌとルーセル、その人造美女たち」『人造美女は可能か？』（東京：慶応義塾大学出版会，2006）p.43.

であるが、『鐵世界』に即して言うならば、近代医学によって可能となった長寿村や、武器製造技術や工場システムなどによって可能となった錬鉄村が〈文明世界の事実〉の比喩であると考えられる。恋愛は「陳々腐々」とし、「文明世界ノ事実ヲ影出セル」ことにヴェルヌ小説の特徴があるとする思軒のヴェルヌ観は、『鐵世界』という題目の変更や、〈医学／武器〉といった近代科学文明が前景化されるような翻訳スタイルと一致するところがある。

　英訳と『鐵世界』を比較してみると、恋愛話だけではなく、修正または削除されている部分が多いことがわかる。当時としては完訳の方が珍しかったことを考えると、明治初期翻訳文化における時代的限界だと考えられる。多くの修正・削除部分の中でも、結末の大幅な修正は注目に値する。恋愛話が削除されることによって、邦訳においては Jeannette との結婚で物語を結ぶことはできなくなった。『鐵世界』は Jeannette との結婚話である19章以後はすべて削除し、18章で物語を結んでいる。18章は、Max が Schultz の死を Sarrasin に報告する部分である。ただし、18章の翻訳においても大幅な削除が見受けられる。以下、『鐵世界』では削除された英訳18章の終わりの部分と、『鐵世界』の結末を続けて引用する。

　　"That is true," answered Max; "but now, doctor, let us leave the past and think only of the present. Although the death of Herr Schultz gives peace to us, it causes the ruin of <u>the wonderful business he created</u>. Blinded by his success, and his hatred of France and you, he had supplied large numbers of cannon and weapons to anyone who might be our enemy, without getting sufficient guarantees. In spite of this, and although the payment of all his debts would take a long time, <u>I believe that a strong hand could set Stahlstadt on its legs again, and turn to a good purpose all that has been hitherto used for an evil one. Herr Schultz has only one likely heir, doctor, and that is you.</u> His work must not be allowed to fall to the ground entirely. It is too much the belief of this world that the only profit to be drawn from a rival force is in its total annihilation. This is not really the case, and I hope you will agree with me that, on the contrary, <u>it is our duty to endeavour to save from this immense wreck all that can be used for the benefit of humanity</u>. Now, I am ready to devote myself entirely to this task."

"Max is right," said Otto, grasping his friend's hand, "and here am I, ready also to work under his orders, if my father will give his consent."
"I certainly approve, my dear lads," replied Doctor Sarrasin. "Yes, Max, there will be no want of capital, and, thanks to you, I shall hope to have in the resuscitated Stahlstadt such an arsenal that no one in the world will ever henceforth dream of attacking us! And as we shall then be the strongest, we must at the same time endeavor to be also the most just, we must spread the benefits of peace and justice all around. Ah, Max! what enchanting dreams! And when I feel that, with you to help me, I can at least accomplish a part, I ask myself why -- yes, why have I not two sons! Why are you not the brother of Otto! We three working together, it seems as if nothing could be impossible!" (pp.231-232.)

アレ程までに己れを愛し己れの人種を愛し他人他人種を視るとは畜生にも劣りたりとせる剛愎我慢の日耳曼学士か其の平生珍重して世界億兆の人種の上第一に置きたりける自分の名忍毘をは半は書きさし完くは得留めすして終りしは左こそ無念にありつらん平生至珍至重せる忍毘の名さへ切〳〵に完くは得も留めす此の世界を去りたりし日耳曼学士の憫れの果ては此の如くに候なり」と述へ立てた馬克の詞に佐善は暫し聴きとれ居たりけり

暫くして佐善は長き息を吐き乍ら俯したる頭を擡け更らに両人の方に向へり「両君見給へ邪は正に勝たぬなり忍毘の自ら定めたる天地の大法は忍毘の私言にして真の天地の大法には非るなり是よりは長寿村は萬々歳繁昌すへきなり羅甸人種は萬々歳繁昌すへきなりイザ給へ共に晩餐の膳に就き賀盃をは挙け申さん」[50]

英訳からの引用部分は、『鐵世界』においてはすべて削除されている。『鐵世界』の結末については後述するとして、まず英訳18章の終わりを削除したことの意味を分析する。

Schultzの死亡を確認した後、Frankvilleに戻ってきたMaxは、Sarrasinに

---

50)「仏、曼、二学士の譚」p.57、『鐵世界』pp.199-200.

Stahlstadt を引き受けるべきだと主張する。Schultz が作り上げた巨大な武器工場は、Schultz が私的占有し独裁したため破産するようになったが、武器工場自体は「素晴らしい事業（"the wonderful business"）」であり、それを誰が引き受けるかによって「これまで邪悪なものに使われてきたすべてを良い目的に向ける（"turn to a good purpose all that has been hitherto used for an evil one"）」ことができるというのである。Schultz の遺産を相続できるのは Sarrasin 博士しかなく、「この巨大な難破船から、人類の利益のために使われうるすべてを救い上げようと努力することは、我々の義務である（"it is our duty to endeavour to save from this immense wreck all that can be used for the benefit of humanity"）」とまで述べている。Stahlstadt を引き受けることが、Sarrasin 博士が Schultz の唯一の相続者であること、武器工場自体が良い事業であること、また人類のためという道徳的使命によって正当化されている。

　杉本は、ヴェルヌが「科学技術の未来には不安を感じつつも、軍事技術を除く同時代の科学技術には信頼感を失っていない」として、「不安と信頼のはざまで」「揺れていたと考えるのが、ヴェルヌの物質文明観の正確なところ」[51]と指摘する。なお、ヴェルヌは「軍事科学技術と未来の科学技術が人類に害を及ぼしかねない危険を解消する手だてを、そのような科学技術そのものの放棄ではなく、科学技術を創造し使用する個人の心のありように求め」ていると述べ、その代表的な作品として『地球から月へ』と『ベガンの五億フラン』を挙げている。そして『鐵世界』では省略されている原著の結末（20章）を引用し、「事故死したシュルツの悪の都「鋼鉄都市」がマルセルによって改造され、「フランス市」とともに人類の物質的生活の改善に貢献する未来」[52]が語られることで幕が閉じると指摘する。

　上で引用した18章の終わりの部分も、杉本のいう「軍事科学技術と未来の科学技術が人類に害を及ぼしかねない危険を解消する手だてを」「科学技術を創造し使用する個人の心のありように求め」る心情を表しているといえる。『鐵世界』は英訳18章の終わりと20章が削除されたことによって、軍事科学技術に対する不安を解消する手立てを個人の心のありように求めるメッセージ

---

51) 杉本淑彦『文明の帝国――ジュール・ヴェルヌとフランス帝国主義文化』（東京：山川出版社，1995）p.232.
52) 杉本淑彦、前掲書、p.232.

が削除され、科学技術への不安は解消できないまま終わっている。Schultz 死亡後の Stahlstadt をどう処理するかの問題はすべて削除され、「邪は正に勝たぬ」が端的に示しているように、勧善懲悪的結末と書き換えられている。

　一方、Frankville が Stahlstadt を吸収するという結末は、科学技術への不安の解消だけの問題ではない。前述した通り、この物語は普仏戦争を背景としており、Frankville ＝フランスが Stahlstadt ＝ドイツを吸収するという結末には、ヴェルヌの反ドイツ感情と普仏戦争のトラウマを克服しようとする意図が相混ざっている。『鐵世界』でも普仏戦争が暗示されており、長寿村による錬鉄村の吸収は原著・英訳と同じように読まれうる。『鐵世界』における結末の変更は、ヴェルヌの露骨な反ドイツ感情や普仏戦争のトラウマを省くためであったといえよう。普仏戦争という文脈を残しておいたことによって結末の読解が限定され、結末の読解に含まれている反ドイツ感情を省こうとする意図によって結末が削除され、またその結末の削除によってヴェルヌの科学観まで削除されることによって、軍事科学技術と未来の科学技術への不安の問題は野放しにされ、勧善懲悪的結末として締めくくられたのである。

五．まとめ

　明治20年代におけるヴェルヌ翻訳はほぼ思軒訳と断定されてきた。しかし、「報知叢談」欄で連載された中長編小説の翻訳は思軒と他の社員との共同翻訳である可能性があり、思軒訳と断定できるわけではない。「報知叢談」欄の訳者問題については、各翻訳作品を個別に分析し、それを基に他の翻訳作品と比較分析することで、訳者を思軒の単独翻訳と断定するか、それとも他の訳者との共同翻訳であるかもしれないが他の訳者の存在は重要ではないと判断するか、または思軒も翻訳に参加はしたが別の訳者の存在がより重要であると判断するかなどを検討する必要がある。

　「報知叢談」欄には多くのヴェルヌ作品が翻訳されており、この小説欄が明治20年代のヴェルヌ翻訳のほとんどを占めていることから、「報知叢談」欄のヴェルヌ翻訳を論じることは、明治20年代におけるヴェルヌ翻訳を論じることにもつながる。本稿は、以上のような問題意識から、「報知叢談」における初ヴェルヌ翻訳である『鐵世界』を分析した。まず「二学士の譚」と『鐵世界』と英訳を比較分析し、「二学士の譚」と『鐵世界』との間に本文移動がほとんどないことを指摘した上で、『鐵世界』翻訳の特徴を分析した。本稿で確

認できた翻訳の特徴は三つある。〈生命／戦争〉という対立の前景化と、反フランス感情（＝ヴェルヌの反ドイツ感情）の弱化、そして同時代情勢の〈書き加え〉である。〈生命／戦争〉という対立の前景化は、科学を用いて文明社会を描写するという思軒のヴェルヌ観と通じるところがあり、反フランス感情の弱化も、ヴェルヌの反ドイツ感情を省こうとする思軒の意図と一致することを確認した。ただし同時代文脈を小説の中に盛り込もうとするところは思軒の文章からは確認することが難しく、このような訳者による〈創作〉は新聞小説という性格に起因すると考えられる。『鐵世界』における結末の変更は、以上の三つの翻訳の方向性が衝突し合った結果であった。結末の変更によって科学技術に対するヴェルヌの考え方は翻訳されることができず、大衆に受けられやすい勧善懲悪物語と読まれることになったのである。

参考文献
大江逸（1887）「鐵世界」『国民之友』12号．pp.22-24.
川戸道昭（1996）「原書から見た明治の翻訳文学 ── ジュール・ヴェルヌの英訳本を中心に」川戸道昭・榊原貴教編『明治翻訳文学全集《新聞雑誌編》ヴェルヌ集Ⅰ』東京：大空社．pp.345-372.
川戸道昭・榊原貴教編（1996）『明治翻訳文学全集《新聞雑誌編》ヴェルヌ集Ⅰ』東京：大空社．
木村毅（1972）「日本翻訳史概観」木村毅編『日本文学全集7　明治翻訳文学集』東京：筑摩書房．pp.375-394.
桑原丈和（2009）「「報知叢談」論 ── メディアとしての小説」『文学・芸術・文化』第21巻第1号．pp.17-36.
紅芍園主人訳「仏、曼、二学士の譚」『郵便報知新聞』1887.3.26.-5.10.
小笠原幹夫（1988）「ジュール・ヴェルヌの日本文学に及ぼした影響」『文芸と批評』第6巻第8号．pp.22-30.
小森陽一（2017）『構造としての語り・増補版』東京：青弓社．
杉本淑彦（1995）『文明の帝国 ── ジュール・ヴェルヌとフランス帝国主義文化』東京：山川出版社．
谷口靖彦（2000）『明治の翻訳王 ── 伝記森田思軒』岡山：山陽新聞社．
陳宏淑（2016）「ヴェルヌから包天笑まで ── 『鉄世界』の重訳史」『跨境／日本語文学研究』第3号．pp.111-130.
新島進（2006）「ヴェルヌとルーセル、その人造美女たち」『人造美女は可能か？』東京：慶応義塾大学出版会．pp.36-72.
富田仁（1984）『ジュール・ヴェルヌと日本』東京：花林書房．
藤井淑禎（1977）「森田思軒の出発 ──「報知叢談」試論」『国語と国文学』第54巻第4号．pp.27-42.
馬場美佳（2017）「新聞編集者・森田思軒と漂流する物語 ──『郵便報知新聞』掲載、

原著不明作の調査から」『日本近代文学』第97集. pp.104-112.
森田思軒研究会編（2005）『森田思軒とその交友 —— 龍渓・蘇峰・鷗外・天心・涙香』東京：松柏社.
森田文蔵訳（1887）『鐡世界』東京：集成社書店.
森田文蔵訳（1888）『瞽使者』東京：報知社.
柳田泉（1961）『明治文学研究 明治初期翻訳文学の研究　第5巻』東京：春秋社.
권은희 & 성초림 (2016)「한국문학번역의 2인 공동번역체제에 관한 고찰」『스페인어문학』 Vol. 81, pp.31-52. Kwon, Eunhee & Seong, Cholim (2016). Co-translation system in the translation of Korean literature into foreign languages. *Estudios Hispanicos*. Vol.81. pp.31-52.
노연숙 (2012)「1900년대 과학 담론과 과학 소설의 양상 고찰」『한국현대문학연구』 Vol. 37, pp.33-67. Roh, Yeon Sook (2012). A Study of the science discourse and the science novel in 1900's. *The Journal of Koirean Modern Literature*. Vol.37, pp.33-67.
Neubert, Albrecht (2000). "Competence in Language, in Languages, and in Translation". *Developing Translation Competence*. Edited by Christina Schäffner, Beverly Adab. Amsterdam: John Benjamins Publishing Co. pp.3-18.
Verne, Jules (1879). *The Begum's Fortune*. Translated by W. H. G. Kingston. Philadelphia: J. B. Lippincott and Co.

日本語民間新聞『朝鮮日報』の
文芸欄と日露戦争

── コナン・ドイル作〈ジェラール准将シリーズ〉の翻訳を中心に ──

俞　　在　真

YU, Jaejin

Abstract

　　This article introduces the Japanese-translated version of Arthur Conan Doyle's The Exploits of Brigadier Gerard. Witch was on the front page of the Japanese Non-government Newspapers "Chosun-Ilbo" published in Pusan in 1905, and considers the context of this translation through the Propensity of newspaper and Conan Doyle's translation in Japan. In interconnection with the series of military novels that occurred in Japan during the Russo-Japanese War, Doyle's Brigadier of Gerard series were published as a military novel, and this trend reached to Korea through the Japanese Non-government Newspaper such as "Chosun-Ilbo".

1．朝鮮の開港と日本語民間新聞

　1876年、江華島条約（日朝修好条規）締結直後に開港された釜山に続き、1880年に元山が、1883年には仁川が其々開港された。開港により商人、政治家をはじめとする多くの日本人が玄界灘を渡り、朝鮮半島の各地で日本人居留地を形成した。そして彼らは、情報交換や権益主張の為に多種多様な新聞を発刊し始めた。最初に創刊された『朝鮮新報』（釜山：1881.12.1. ～ ？）を皮切りに、日韓併合以前からすでに約61種[1]に上る日本語民間新聞が朝鮮半島の各地で刊行されていたのである。

　これら日本語民間新聞は、統治のため植民地政策を上から下へ伝達することに重きを置いた統監府や朝鮮総督府の機関紙とは異なり、朝鮮に渡り住ん

---

[1] 金泰賢（2011）「〈表-1〉日本人経営新聞の発行状況（1881年-1945年）」『朝鮮における在留日本人社会と日本人経営新聞』神戸：神戸大学博士学位請求論文、pp. 21-22を参照。

だ民間人自らが発行したもので、彼らの実状や植民地に対する認識が如実に窺える貴重な歴史的資料と言える。これら日本語民間新聞に関する研究の必要は、早くから指摘はされていたが[2]、資料の散在と劣悪な保存状態によりあまり研究が進んでいないのが、現状である。

　日本語民間新聞は、民間レベルでの在朝日本人の実状と日常生活を知る上で最も重要な史料であるのみならず、これらの新聞には必ずといっていいほど多様なジャンルの文芸作品が大量に掲載されていたゆえに、文学研究領域においても貴重な資料であると言える。日本語民間新聞の文芸作品を通して、日本語文芸が植民地に如何に移植・受容されたのか、また文芸という名の下で如何に創作されていたのかが窺える。日本帝国という磁場の周辺にあった植民地朝鮮で日本語で書かれた文芸が、植民地に住んでいた人々 ── 日本人は勿論のこと朝鮮人においても ── に如何なる作用をしたのか、植民地における帝国文芸の役割はなんだったのか。

　本稿では日露戦争期、釜山の開港地で刊行された日本語民間新聞『朝鮮日報』(1905.1.15～11.3)の文芸物を研究対象に日露戦争と新聞文芸との関連と同時代の日本との関わり方を考察する。具体的な対象として『朝鮮日報』が看板翻訳小説として掲げ、また最も長く連載されたアーサー・コナン・ドイル（Arthur Conan Doyle）の歴史小説〈ジェラール准将シリーズ〉を翻訳した「仏蘭西騎兵の花」(1905.1.20.～3.27. 総56回連載)の考察を行う。「仏蘭西騎兵の花」に関しては、管見のかぎり先行研究での言及はないようである。『朝鮮日報』に掲載された日本語翻訳「仏蘭西騎兵の花」が日本のコナン・ドイル翻訳年表[3]で漏れているのは、掲載紙『朝鮮日報』が文学研究の死角地帯におかれていたからであろう。焦点化を植民地の日本語文芸に移すことによ

---

2) 水野直樹著、金ミョンス訳（2007）「植民地期朝鮮の日本語新聞」『歴史問題研究』18号、ソウル：歴史問題研究所、pp.253-254。この論文で水野氏は、研究の必要性と実状について以下の様に言及している。「日本の朝鮮侵略と植民地支配の実態、それを裏付けていた朝鮮在住日本人の政治経済活動及び文化活動、日本人の生活状況などを解明するに当たって、朝鮮で刊行された日本語新聞は必要不可欠な資料である。(中略)しかし、朝鮮で刊行された（或いは配布されていた）日本語新聞に関してはほとんど研究されていない。如何なる新聞が発行されていたのか、という基礎的なデーターさえも整備されておらず、またどの新聞がどの程度現存しているのかに関しても充分な調査がなされていないのが現実だ。」

3) 川戸道昭・榊原貴教編集（1997）「明治翻訳文学年表　ドイル編」『明治翻訳文学全集《新聞雑誌編》8 ドイル集』ナダ出版センター。

り、日本文学の新たな側面を浮き彫りに出来ると思われる。

2.「仏蘭西騎兵の花」の紹介

　日本語民間新聞『朝鮮日報』は、開港地釜山で居留日本人によって1905年1月15日に創刊された。『朝鮮日報』は創刊号の第一面に「本紙の特色」という記事を設け、『朝鮮日報』の特色として八つの項目[4]を挙げている。その特色のひとつとして「小説文芸」[5]を掲げるほど、『朝鮮日報』は毎号ごとに連載小説及び多様なジャンルの文芸を多数掲載し、文芸を通じて読者との疎通を図っていた新聞であったと言える。

　文芸に重きを置いた『朝鮮日報』の第一面下段に1905年1月20日から3月27日まで総56回に渡って連載された小説が「仏蘭西騎兵の花」である。表題として「翻訳小説」と明記され、「英国　コーナンドイル作、日本　梅村隠士訳」になっている。

---

4)『朝鮮日報』は「本紙の特色」として「社説」、「寄書」、「実業調査」、「小説文芸」「諺文付録」、「各地通信」、「商況」、「本紙の体制」などを挙げている。「本紙の特色」『朝鮮日報』1905.1.15（1面）。

5)「小説文芸　吾徒は此欄に於て韓国に於ける在来の伝奇小説を翻訳紹介し韓国の人情風俗を活写すると同時に文中朝鮮固有の名詞及地名其他注意す可き語句は特に片仮名を以て韓音を及し語学学習の便に供し以て一翼彩を数たんことを期す、其他内地作家の小説講談等を連載すると欧米新奇の小説類を掲載す可きは勿論也。」「本紙の特色」『朝鮮日報』1905.1.15（1面）。

「仏蘭西騎兵の花」はコナン・ドイルの歴史小説〈ジェラール准将シリーズ〉のうち、二つのエピソードを翻訳した作品である。〈ジェラール准将シリーズ〉は、フランス・ナポレオン軍の騎兵将校エティエン・ジェラール（Etienne Gerard）准将を主人公にした一連の軍事冒険談で、『ストレンド・マガジン（Strand Magazine）』に1894年12月から1895年9月まで計8回に渡って連載された後、1896年『The Exploits of Brigadier Gerard（ジェラルド旅団長の回想）』（George Newnes Ltd.）というタイトルで単行本化された。このシリーズに対する大まかな評価は、大体以下のようになる。

　　この呪われた（？ママ）時期〔シャーロック・ホームズシリーズをホームズの死をもって強制的に終え、ドイルの長年の望みでった歴史小説の執筆に取り掛かったが、読者の反響を得ることに失敗した時期：引用者注〕に例外的に成功を収め、今日までも変わらず読まれている作品が、まさに19世紀ナポレオンの騎兵将校であるエティエン・ジェラールを主人公にした一連の軍事冒険談である。（中略）ホームズが消えた世界に「肩の力をぬいて」書いてみたら、人間味が溢れすぎて滑稽でさえある―フランス騎兵将校が活躍する爽快な冒険小説が誕生したと言っても強ち短絡的ではなかろう。〔日本語訳は引用者に拠る〕[6]

　「仏蘭西騎兵の花」は「憂鬱城の探検」と「捕虜の賭博」という二つのエピソードで構成されている。「憂鬱城の探検」は、1905年1月20日から2月5日まで計13回に渡って連載された。原作は、1895年7月『ストレンド・マガジン』に発表された「How the Brigadier Came to the Castle of Gloom」である。このエピソードはドイルが『ストレンド・マガジン』に発表した〈ジェラール准将シリーズ〉の第五番目のエピソードであるが、単行本に収められた際、最初のエピソードとして収録されている。これは、〈ジェラール准将シリーズ〉が基本的に不連続的な回想の形態を取っているため、単行本化される時には、各エピソードの発表順ではなく、物語世界内の年代順に配列したため、物語内時間が一番早い「How the Brigadier Came to the Castle of Gloom」が最

---

[6] 金サンフン（2015）「解説　或るガスコーニュ人の肖像」『ジェラール准将の回想』ソウル：ブックスピア、pp. 344-349。

初に収録されたのである。このように「仏蘭西騎兵の花」が単行本の冒頭に収録されたエピソードを先に翻訳しているところから、訳者が元本にしていたのは初出の雑誌ではなく、単行本『The Exploits of Brigadier Gerard』である可能性が高いと言えよう。

　二つ目のエピソード「捕虜の賭博」は、1905年 2 月 7 日から27日まで計14回に渡って連載され、原作は1895年 4 月『ストレンド・マガジン』に発表された「How the Brigadier Held the King」であり、単行本には三番目のエピソードとして収録されている。

　「仏蘭西騎兵の花」は、コナン・ドイルの『The Exploits of Brigadier Gerard』に納められた二つのエピソードの翻案小説というよりも、なるべく原作に沿って翻訳しようとした翻訳小説である。小説文芸を「本紙の特色」として掲げるほど新聞の文芸欄に重きを置いた新聞であったから、『朝鮮日報』が第一面下段に掲載する最初の連載小説を選択するにあたって、慎重であったことは充分に推測することが出来る。そして、その看板小説としてドイルの作品を選んだのは、当時の日本でコナン・ドイルが〈ホームズ・シリーズ〉の成功によってすでに著名な作家であったからであろう。

　しかし、ここで一つ奇異な点は、今日でもそうであるが、「コナン・ドイル」と言えば、当時としてもまず、「シャーロック・ホームズ」が連想されたに違いない。日本で西洋探偵小説の翻案や翻訳が発表された主要な媒体が新聞の読み物欄であったことを踏まえると、読者の反応は、19世紀初頭の軍事冒険談よりも、名探偵が活躍する探偵小説の方が遥かに良いだろうということは、想像に難くない。『朝鮮日報』がドイルの名に肖って翻訳小説を連載するに当たってホームズシリーズではなく、〈ジェラール准将シリーズ〉を新聞の看板小説として選んだ背景と意図が何であるのか、次の章で『朝鮮日報』の発刊の背景を通して考察してみる。

3．『朝鮮日報』創刊の背景と新聞の性向

　『朝鮮日報』及び植民地期朝鮮半島で刊行された日本語民間新聞の影印本『朝鮮日報／京城新報／京城日日新聞／京城藥報』（韓国通計書籍センター、2003.10）に収録されている 鄭晋錫の解説「日本の言論侵略史料復元」[7)] によると、釜山で『朝鮮日報』が創行されたのは、釜山が日本との交流が頻繁な地域であり、日本人商人が他よりも早く居留地を形成したからである。『朝鮮

日報』は1905年11月3日『朝鮮時事新報』に題号を変え、1907年11月1日には社内組織を改変すると同時に題号を『釜山日報』に改めた。この時から、代表者兼主筆として芥川正が就任し、1928年1月芥川が死亡するまで在任した。また、『釜山日報』は1911年6月、日露戦争時の功労として日本政府から仁川の『朝鮮新報』、釜山の『朝鮮時報』と共に金トロフィーを授与している。『朝鮮日報』から『朝鮮時事新報』へ、そしてまた『釜山日報』へと名を変えながら続いたこの新聞は1945年に廃刊した。

　鄭晋錫の解説に加え、金泰賢は『朝鮮日報』の背後勢力と新聞の理念や方針に関する新しい報告をしているので、多少長くなるが以下に引用する。

　　『朝鮮日報』の創刊には対外強硬派の黒龍会が深くかかわっていた。まず黒龍会の幹部であった創刊者の葛生能久は、1893年に朝鮮に渡って釜山の大陸浪人の本拠地である梁山泊の一員として活動した。(中略)黒龍会の内田良平も外務省政務局長を務めていた山座円次郎に釜山での新聞創刊の必要性を訴えて葛生能久を支援した。／創刊に係わった人々の面々からも分かるように、『朝鮮日報』は日本の積極的な大陸進出を唱えていた対外強硬派、特に黒龍会の活動のための機関紙としての性格を強く帯びていたのである。つまり『朝鮮日報』は「本紙は韓国の実情を明かにして内地人の誤解を解き併せて在韓同胞の為めに我国力膨張に伴う可き適切の措置を誤る無からんことを○むる為めに公平にして慎重なる言論を為し以て我戦勝国民の対外策に資する所あらんとす」〔創刊号第一面「本紙の特色」：引用者注〕とあるように、大陸の実情や帝国日本が取るべき大陸経営策を現地から発信するために刊行された新聞であった。[8]

　金泰賢の研究により、『朝鮮日報』創刊の背後に帝国日本の海外進出を積極的に主張していた国家主義団体黒龍会が存在していたことが明らかになった。当時、朝鮮は帝国日本にとって大陸進出への入口であり、日露戦争での勝利は日本の覇権を拡張させるための前提条件であったのみならず黒龍会そのも

---

[7] 鄭晋錫 (2003)「日本の言論侵略史料復元」『朝鮮日報／京城新報／京城日日新聞／京城薬報』ソウル：韓国統計書籍センター、p. 1。
[8] 金泰賢 (2011) 前掲書、p. 33。

のの設立目的でもあったのである。

　『朝鮮日報』のこのような背後勢力と新聞の理念や方針を踏まえると、コナン・ドイルの作品中、公権力に勝る名探偵が活躍する〈シャーロック・ホームズシリーズ〉ではなく、帝王のために戦場で活躍する〈ジェラール准将シリーズ〉を新聞の看板小説として選んだのは、或る意味妥当であったと思われる。『朝鮮日報』の理念や方針は、「仏蘭西騎兵の花」のみならず、文芸欄の他の作品、例えば黒潮という『朝鮮日報』の記者による創作小説「戦勝」（1905.1.15～22）や「露探狩り」（1905.1.22～2.20）、或いは日露戦争時の軍人の話を扱っている「事實物語　日探大尉」（1905.3.18.～26）など日露戦争と関連する数多い文芸物や作品からも窺えられる。

　以上、『朝鮮日報』がシャーロック・ホームズではなく、ジェラール准将を選んだ背景を新聞の背後勢力と理念や方針から確認した。それでは、『朝鮮日報』の選択、すなわち戦争高揚と〈ジェラール准将シリーズ〉との関連性は、『朝鮮日報』のオリジナルな解釈であったのだろうか。ドイルの〈ジェラール准将シリーズ〉は、戦争を背景に書かれているが原作は決して英国民の戦意高揚を意図した作品ではないからである。この問いに答えるため、次章では、〈ジェラール准将シリーズ〉が同時代の日本で如何に読まれていたのかを確認してみよう。

4．日露戦争時の〈ジェラール准将シリーズ〉の流行

　『朝鮮日報』に「仏蘭西騎兵の花」が連載された1905年まで日本で翻訳されたコナン・ドイルの作品を概観すると、日本は「ホームズ大国（翻訳の質・量ともにそういえる）」[9]という表現が強ち間違っていないことが分かる。〈シャーロック・ホームズシリーズ〉は、明治期の日本の主要な新聞や雑誌に掲載されていたばかりでなく、千葉紫草訳「奇談／外交文書紛失」[10]『日露戦争写真画報』（1905年11月～12月）のようにイギリス本土で出版されて約九ヶ月後には日本の雑誌に翻訳掲載されるなど、ドイルの作品や書籍の流通と受容は緊密に行われていた。すなわち、『朝鮮日報』に「仏蘭西騎兵の花」が連

9）川戸道昭（1997）「明治時代のシャーロック・ホームズ――ドイルの紹介と初期の探偵小説――」『明治翻訳文学全集《新聞雑誌編》ドイル集』東京：大空社、p. 344。

10）原作は「The Second Stain」『The Return of Sherlock Holmes』1905年2月。

作される以前からドイルは、日本ですでに大衆的な人気を博していた作家であったと言える。そして、日露戦争が始まった1904年からホームズのみならず、〈ジェラール准将シリーズ〉も集中的に翻訳されだした。このような日露戦争期の現象について川戸道昭は、以下のように指摘している。

> 明治三十五年以後のドイルの受容の特徴としてまず第一に上げられるのは、三十七、八年の日露戦争を機に『ジェラール旅団長の功績談』(The Exploits of Brigadier Gerard) をはじめとする、彼のいわゆるジェラールものが流行を見たことである。その代表的な例は、三十七年七月、すなわち日本が仁川沖の奇襲によりロシアとの戦闘を開いてから五ヶ月ののち、有名な金港堂の「軍事小説」シリーズに『老将物語』が加えられたことである。（略）要するに、当時日本は挙国一致の臨戦態勢、人心をして戦闘気分へと駆り立てるような物語が好んで出版されていったのである。[11]

『老将物語』の書籍広告を見ると「有名なコナン・ドイルの書籍を翻訳した軍事小説」[12]という宣伝文句が掲げられている。当時有名な出版社であった金港堂が〈軍事小説シリーズ〉に如何に力を注いでいたのかは、原作者や翻訳者の面々を見るだけでも分かる[13]。川戸道昭氏が指摘しているように、ドイルのジェラールものは日露戦争を契機に国民の戦闘気分を利用し、煽るために、作家、訳者、出版社の知名度が相まって「軍事小説」として翻訳され、流行ったのである。

以上のように、日本でのコナン・ドイルの受容史を踏まえると『朝鮮日報』にドイルの〈ジェラール准将シリーズ〉が翻訳連作されたのは、日本本土で日露戦争を機に1904年からこのシリーズが「軍事小説」として流行し、その現象が玄界灘を渡って釜山の租界地にまで及んだからであることが分かる。

---

11) 川戸道昭（1997）前掲書、p. 357。
12) 「新刊各種」『朝日新聞』1904年8月8日7面。
13) 例えば、トルストイの『森林伐採』(1855) を二葉亭四迷が翻訳した『筒を枕』(1904) や小栗風葉の『海軍大尉』(1904) などが〈軍事小説シリーズ〉として刊行された。

5．「仏蘭西騎兵の花」の翻訳文

　「仏蘭西騎兵の花」の原作である「How the Brigadier Came to the Castle of Gloom」は、現在はもう白髪ひげを生やしている老いぼれた退役将校、エティエン・ジェラールがパリのと或るカフェーでオムレットを食べながら酒をちびちび舐めつつ周囲に座っているカフェの若い客たちに、自分がまだ中尉であった頃の冒険談を語り聞かせる場面から始まる。ナポレオン戦争の真っ只中だった1807年2月、ジェラール中尉はラシャ将軍の命令を受けて一人連隊本部に復帰している途中、偶然デュロク少尉に出会い、彼の手助けをするため一緒に「the Castle of Gloom（憂鬱城）」に行くことになる。そこで彼らは、城主の策略に嵌り命を落とす危機に陥るが、ジェラールの勇敢と機知によりその城を爆破し、また囚われの身であった女性を救出しながら危機一髪城から抜け出すという話である。このエピソードで戦闘場面は出てこないが、早く本部に復帰しようとする忠誠な軍人としてのジェラールの性向が物語の基調を成している。

　「仏蘭西騎兵の花」は、前述したように全体的に翻案小説というよりも翻訳小説に近く、ストーリー展開や描写など原作のニュアンスを生かした翻訳が成されている。しかし、当時の多くの翻訳小説がそうであったように、人名は皆日本人名に訳され、主人公のエティエン・ジェラールは「世良田一雄」に、デュロク少尉は「龍野少尉」に、城主のシュトラウルベンタル男爵は「外部男爵」に変えられているが、地名や実存した人物、例えばナポレオンは「那翁」に、ラシャ将軍（Antoine Charles Louis de Lasalle）は「羅箸大将」に漢字の音読で表記されている。

　「仏蘭西騎兵の花」の翻訳文と原作との一番大きな違いは、人称の変化にある。原作は、退役した老将であるジェラールが自分の過去を回想しながら叙述する一人称語りの枠小説であるのに反して、「仏蘭西騎兵の花」は三人称小説として翻訳されている。「仏蘭西騎兵の花」は原作の冒頭で冒険談を発話している退役将校ジェラールの発話の現時点が削除され、冒頭からジェラールが中尉であった頃の冒険談から語が始まる。

　原作の〈ジェラール准将シリーズ〉は、「人間味が溢れすぎて滑稽でさえある仏蘭西騎兵将校が活躍している爽快な冒険小説」と評価されているが、これはひとえに、現在退役した老将が往年の活躍ぶりを誇張しながら語っている一人称語りに起因するところが大きい。作品の随所でジェラールは、軍人

としての自負心と自らの勇敢さを誇張させながら吹聴しているが、原作は作品の冒頭でこのように誇張された冒険談が実は、現在は老いぶれた退役老将の自画自賛にすぎないんだ、ということを語りの現時点の提示することによって、示している。つまり、一人称語りゆえに話者の誇張ぶりが読者にしっかりフィルターリングされる構造になっている。それゆえ読者はこのような誇張ぶりも作品の醸し出す「ユーモア」として読めるのである。しかし、「仏蘭西騎兵の花」の冒頭は以下の様に始まる。

　　那翁の軍隊にて騎兵将校の世良田一雄と云へば那翁から一番寵愛を受けた者で佛國の軍隊否な當時那翁と戦争をした諸國の軍隊で其名を知らぬ者がないと云ふ程の有名なものであつた。／世良田が未だ騎兵中尉の時の事である。[14]

　上の引用文は原作にはない文章である。主人公世良田中尉がナポレオンに寵愛を受け、敵兵までもその名を知らないものがいない、と言うジェラールの人物設定が三人称で語られることによって不変的な「事実」となってしまう。このように「仏蘭西騎兵の花」は三人称小説に翻訳されることにより、老いぶれた老将の戯言から勇敢且つ有名な兵士の物語に変貌してしまった。これはこの小説が日露戦争を契機に翻訳され「戦気」高揚を狙った『朝鮮日報』の意図と符号するところでもあろう。

　しかし、この翻訳が戦意高揚のために意図的に三人称に翻訳されたと解釈するには、今一つ疑問が残る。それは、当時、日本で同じ理由 ―― 戦争雰囲気の高揚と煽動 ―― で流行った金港堂の『軍事小説／老将物語』（佐藤紅緑訳）が「仏蘭西騎兵の花」と同じ原作を翻訳しているが、こちらは、三人称小説ではなく、原作どおりの一人称小説に翻訳されているからである。

　　You do very well, my friends, to treat me with some little reverence, for in honouring me you are honouring both France and yourselves. It is not merely an old, grey moustached officer whom you see eating his omelette or draining

---

14) 英国コナン・ドイル作、日本梅村隠士訳（1905.1.20.）「仏蘭西騎兵の花」『朝鮮日報』1面。

his glass, but it is a fragment of history.[15]

> 兎に角余は諸君に感謝する、君等が怒して此の敗残の老夫を親切にして呉れるので実に嬉しく思ふ。けれどもだ、君等が単に君等の前で卵＊を肴にチビチビ飲つてる半白髭の老朽軍人の昔話を御情に聞てやるのだなぞと思ては了見違ひといふものだぜ、余は今まこそ如恁に見えても歴史の断片なんだぜ、だから君等が余を歓待するのは至底る処仏蘭西国即ち君等自身を優待するのだと思はねばならんて。〔下線は、引用者に寄る〕[16]

　上の引用文は原作と『老将物語』の冒頭の部分である。佐藤訳は過去を回想している「現在」の話者「余」による勇敢だった若き頃の「余」の冒険談を「現在」の聴衆である「君等」＝読者に語り聞かせるという原作の構造を一人称に訳することによって充実に採っている。引用文で、話者である退役した老将ジェラールは、ナポレオン戦争を経てきた自分を待遇することが、そのまま「君等仏蘭西人」と「仏蘭西」に対する「優待」であると語る。これは、作者の歴史小説に対する認識が窺える箇所で、コナン・ドイルがシャーロックホームズを「殺害」してまで歴史小説の執筆に執着した理由でもあった。ジェラールの活躍と勇敢さがそのまま仏蘭西の活躍であり、フランス国民皆の栄光であることを言及している〈ジェラール准将シリーズ〉が、日露戦争当時の戦意高揚を図った軍事小説として幾度も翻訳された由縁でもあるのだ。このように、原作を生かして一人称小説として翻訳しても軍事小説として読むには何の支障がないと言えよう。

　それでは、なぜ「仏蘭西騎兵の花」は一人称ではなく、三人称に翻訳されたのであろうか。「仏蘭西騎兵の花」での三人称は、所謂日本近代小説史において内面の発見を誘発した制度としての言文一致[17]と共に使用され始めた三人称——語り手は発話された対象との距離を通して言表対象の定住性を表す人称概念[18]——ではなく、むしろ原作の一人称の持っている叙述の装置と構

---

15) Arthur Conan Doyle(1896)「How the Brigadier Came to the Castle of Gloom」『The Exploits of Brigadier Gerard』ロンドン：George Newnes Ltd、p. 5。
16) 佐藤紅緑訳(1904)『軍事小説 老将物語』横浜：金港堂、p. 1。
17) 柄谷行人（1988）『日本近代文学の起源』東京：講談社、p. 76。

図を認識していない、或いはすることが出来なかった三人称であると言える。すなわち、近代的意味での三人称ではなく、高橋修が指摘している'非＝人称'的受容[19]であると言えよう。戦場で勇敢に活躍するジェラール中尉の姿を通して日露戦争の戦意高揚を図った「仏蘭西騎兵の花」の訳者において作品の冒頭は或る意味軍事物とは似つかない不必要な部分として認識されたのかも知れない。このように小説の人称、或いは叙述に関する理解不足が日本で出版された『軍事小説　老将物語』と開港地釜山で刊行された日本語民間新聞文芸物の違いを生んだと考えられる。

6．訳者、梅村隠士

「仏蘭西騎兵の花」の訳者梅村隠士は、瓜生寅の筆名と推定される。瓜生寅は、「瓜生三寅」（筆名ではなく、改名）という名や「於菟子」という筆名をよく使ったが、1858年から1911年に詠んだ漢詩を編んで自家出版した漢詩集『梅村枯葉集』で「梅村」という筆名を使っている。瓜生寅の翻訳書を概観すると、「瓜生寅」や「瓜生三寅」をよく使ったが、官職を辞した後は、翻訳書の端書に「梅村」を使用していた。例えば、1887年4月出版の翻訳書『西洋男女遊戯法』（普及舎）の最初の頁に訳者名が以下の様に明記されている。

【瓜生寅が翻訳した『西洋男女遊戯法』の表紙と冒頭の頁】

---

18) 高橋修（2015）「第一部〈人称〉の翻訳」『明治の翻訳ディスクール』東京：ひつじ書房、p.003。
19) 高橋修（2015）、上掲書、p. 15。

『西洋男女遊戯法』以外にも、1904年に出版された『国史の研究』(吉川弘文館)の中表紙にも「梅邨居士　瓜生寅誌」と表記され、1912年に出版された『まるこぽろ紀行』(博文館)にも「梅邨居士　瓜生寅譯補」とされている。彼の著作リスト[20]にも「仏蘭西騎兵の花」を翻訳したという記録は残されていないが、以上のような資料から「仏蘭西騎兵の花」の訳者「梅村隠士」を瓜生寅とみても間違いはないだろう。

　瓜生寅は、明治時代の英語学者、官僚、実業家であり、1842年2月24日福井藩の武士の家で生まれた。しかし、父親が未詳の事件に巻き込まれて士族の資格を剥奪され、財産も没収された後、瓜生に氏を変えてから長崎に渡り、漢学、蘭学、英語を習った後、江戸幕府の英語学校の教授となった。以後、文部省、大蔵省、工部省の各省の官僚を務め、1879年官僚を辞してから実業界に転向、外国船の船籍代理店瓜生商会を設立した後、下関の事業会議所の副会頭を歴任した。1920年、享年67歳で死去した。明治初期、瓜生は英語の実力を生かして啓蒙書、貨幣、地質学、測量、地理、家庭学、軍事学[21]、体育、教育などの多方面に渡る翻訳書及び著書を上梓し、1872年新しい学制を制定する時、政策立案の中心的なメンバーでもあった人物である[22]。

　瓜生寅が如何なる経緯でコナン・ドイルのジェラールものを翻訳し『朝鮮日報』に連載するようになったのかはまだ詳細は分からない。だが、瓜生は1864年軍事訓練の教科書『演習規範』や福井藩の南越兵学所の歩兵教育の教科書として使用された『英式歩操新書』(1866)という著書を発表するなど、兵学者としての業績を残している[23]。この様な兵学者としての経歴に彼の英語本の訳者としての経歴を加えて推測してみると、戦争への士気を高めるための軍事小説として当時流行ったコナン・ドイルのジェラールものの翻訳依頼を受けた可能性が高いだろう。それまで主に啓蒙書や学術書を翻訳してきた瓜生の著書目録に照らし合わせてみると小説の翻訳は異例と言えるが、一方で、瓜生のそれまでの翻訳書の傾向が前章で考察したような人称や叙述の構造に無意識的な「非＝人称」としての三人称語りの「仏蘭西騎兵の花」を

---

20)　渡辺宏（1979）「瓜生寅の履歴と著作」『日本古書通信』44(2)、pp. 21-22。
21)　綿谷章（1979）「学制以前の体育――福井藩における瓜生寅の果たした役割――」
　　『Proceedings of the Congress of the Japanese Society of physical Education』30、p. 98。
22)　山下英一（1994）「瓜生寅の英学」『若越郷土研究』39-1、pp. 1-15。
23)　綿谷章（1979）、前掲書、p. 98。

誕生させたのかも知れない。

　以上、本稿では、開港地釜山で居留日本人が刊行した日本語民間新聞『朝鮮日報』の看板翻訳小説として連載されたコナン・ドイルの〈ジェラール准将シリーズ〉を翻訳した「仏蘭西騎兵の花」の掲載背景と翻訳文体の分析、訳者を考察した。コナン・ドイルの〈ジェラール准将シリーズ〉は「現在」は退役した老将ジェラールがパリのとあるカフェーで若い客を相手に往年の自分の活躍ぶりを誇張しつつ物語る一人称枠小説の構図を取っている。だが、『朝鮮日報』に連載された「仏蘭西騎兵の花」は、このような原作の叙述構造の特色を生かせず、三人称小説に翻訳され、ジェラール中尉の勇敢さと兵士としての自負心が浮き彫りにされる冒険談として翻訳されていた。

　「仏蘭西騎兵の花」に見られる人称或いは叙述に対する認識の欠如は当時の日本文壇及び翻訳小説における一人称語りに対する関心と試み[24]との乖離を意味するとともに、これは、瓜生寅という訳者に起因するところが大きいだろう。瓜生の〈ジェラール准将シリーズ〉の翻訳は文学的接近ではなく、英語翻訳者でありまた近代初期の日本の軍事学の指南書を多数翻訳執筆した瓜生であったからこそ、日露戦争の雰囲気を高揚させるための軍事小説としての「仏蘭西騎兵の花」のような翻訳が誕生したのであろう。

参考文献
Arthur Conan Doyle（1896）『The Exploits of Brigadier Gerard』George Newnes Ltd。
コナン・ドイル作、梅村隠士訳（1905.1.20.〜3.27.）「仏蘭西騎兵の花」『朝鮮日報』。
コナン・ドイル作、佐藤紅緑訳（1904）『軍事小説　老将物語』金港堂書籍。
川戸道昭・榊原貴教編集（1997）「明治翻訳文学年表　ドイル編」『明治翻訳文学全集《新聞雑誌編》8 ドイル集』ナダ出版センター。
川戸道昭・新井清司・榊原貴教編集（2001）『明治期シャーロック・ホームズ翻訳集成』全三巻』ナダ出版センター。
金サンフン（2015）「解説　或る或るガスコーニュ人の肖像」『ジェラール准将の回想』ブックスピア。
金泰賢（2011）『朝鮮における在留日本人社会と日本人経営新聞』神戸大学博士学位請求論文。
小森陽一（1988）『構造としての語り』新曜社。
高橋修（2015）『明治の翻訳ディスクール』ひつじ書房。

24）小森陽一（1988）『構造としての語り』東京：新曜社、p. 261。

水野直樹、金ミョンス訳（2007）「植民地期朝鮮の日本語新聞」『歴史問題研究』18号、歴史問題研究所。
山下英一（1994）「瓜生寅の英学」『若越郷土研究』39-1。
綿谷章（1979）「学制以前の体育 —— 福井藩における瓜生寅の果たした役割 —— 」『Proceedings of the Congress of the Japanese Society of physical Education』30。
渡辺宏（1979）「瓜生寅の履歴と著作」『日本古書通信』44(2)。

愛爾蘭文學的越境想像與福爾摩沙的交會

—— 以「西來庵事件」的文學表象為中心 ——

吳　佩　珍
WU, Peichen

Abstract

　　Kikuchi Kan were influenced by Irish dramatic works, especially plays from the Abbey Theatre. Critics have noted elements of Lady Gregory's "The Goal Gate" in "The Son of the Rebel" (Boto no ko), published in the first issue of the journal *Shin shichō* in February 1916. However, "The Son of the Rebel" transposed the stage of "The Goal Gate" from the Irish countryside to colonial Taiwan, which had been paced under Japanese colonial rule in 1895 when Japan defeated China. Kikuchi focused on the Incident of Tabani in colonial Taiwan in 1915 in his play, in contrast to the Irish rebellion against England's rule in "The Goal Gate." Along similar lines, the Chinese thinker Liang Qi-chao, who went into exile in Japan in the late Qing period, also drew on the Irish independence movement to suggest a possible direction for the future of Taiwan when Lim Hien-tong, leader of the social and nationalist movement in colonial Taiwan, visited him to require the suggestions for leading the nationalist movement to fight against the Japanese colonial regime in Nara, Japan. Liang's idea on the Irish experience is seen to be inspired from the genre of political narratives called *seiji shōsetsu*. The purpose of this paper is to shed light on how the imagination of Irish literature traversed geographical boundaries as well as to show how Kikuchi Kan adapted Lady Gregory's play to represent the Incident of Tabani in colonial Taiwan. Finally, I examine how Liang Qi-chao adopted the Irish experience from the Japanese political narratives to encourage Taiwanese to create their own "Formosa experience."

1. 序言

　　眾所皆知，自十二世紀以來，愛爾蘭便受到盎格魯薩克遜英格蘭的支配，直到1922年獨立為止，經歷了英國七百多年的統治。愛爾蘭人的「詩人與劇作家之島」的美譽，從愛爾蘭裔的諾貝爾文學獎得主，先後有 W.B. 葉慈（W.B.Yeats）、蕭伯納（George Bernard Shaw）、王爾德（Oscar Wilde）、喬哀思

(James Joyce)、貝克特(Samuel Beckett)、奚尼(Seamus Heaney)，可見一班。[1]
愛爾蘭的獨立運動受到法國二月革命影響從一八五零年代開始逐漸成形，由「愛爾蘭共和主義同盟」組織，得到愛爾蘭移民至美國的愛爾蘭裔美國人支持，展開愛爾蘭共和黨兄弟會(Irish Republican Brotherhood)的運動。1879年提出回復土地所有權以及對佃農減租而發生土地戰爭。1916年的復活節蜂起遭到了武力的鎮壓，指導者遭到肅清，但也因英勇行為而喚起愛爾蘭人民的愛國心。1919年召開第一回國民會議，宣布獨立，但遭到英國反對而展開鬥爭，直到1922年才脫離英國獲得自治，建立了愛爾蘭自由國[2]。

此時期的愛爾蘭獨立運動逐漸蓬勃，從十九世紀末到二十世紀初，藉由推廣愛爾蘭文學運動，喚起了愛爾蘭的民族意識與愛爾蘭民族的文化意識，愛爾蘭開始以獨立為目標邁進，終於在1922年，愛爾蘭獨立終於實現。這群作家矢志發掘愛爾蘭特有的文學・藝術，以愛爾蘭為創作據點，以愛爾蘭(Irish)為文學身分認同進行文學活動。其中包含W.B.葉慈(William Butler Yeats, 1865〜1939)，約翰・沁孤(John Millington Synge, 1871〜1909)，葛雷戈里夫人(Lady Gregory 1852〜1932)，A.E.(George William Russul, Æ)，喬治・摩爾(George Augustas Moore, 1852〜1933)，鄧勳尼勛爵(Lord Dunsany, 1878-1957)，肖恩・奧凱西(Sean O'Casey, 1880〜1964) 等。他們取材自愛爾蘭的民間故事、民謠、傳統民間故事、神話，探索傳統，透過吸收民眾的風俗與地方風土進入自己的作品，進而在世界的文藝思潮與文學世界中發揮影響力。

愛爾蘭戲劇研究者杉山壽美子指出，「一八九一年的文學運動承襲了［民族主義的抬頭］，一八九九年興起演劇運動」，被稱為愛爾蘭文藝復興，其最「輝煌的成果、最值得誇耀的遺產」[3]便是艾比劇場(Abbey Theatre)。1911年至1912年，透過Abbey company在美國以及歐洲各地的公演，愛爾蘭演劇確立了其在國際上的評價。1913年之後，愛爾蘭因勞働爭議導致社會陷入混亂，獨立運動的動向更加激烈，直至1922年愛爾蘭自由國成立為止[4]。

從以上的時代背景可知，1912年之後的十年之間，以艾比劇場為中心，帶有濃厚的愛爾蘭民族主義色彩的戲劇運動，成為愛爾蘭獨立運動的一環，加速

---

1) 鈴木曉世《越境する想像力》(大阪大學出版會，2014年)，頁3。
2) 鶴岡真弓〈芥川龍之介的愛蘭土〉(《正論》314號，1998年1月)，頁133〜134。
3) 杉山寿美子《アベイ・シアター1904-2004：アイルランド演劇運動》(研究社，2004年)，頁5。
4) 同前揭書。

了愛爾蘭獨立運動。而艾比劇場也以愛爾蘭獨立運動的一環以及愛爾蘭文學誇耀的文化劇場著稱。也因為如此，愛爾蘭以及愛爾蘭文學自十九世紀後半開始，便被再現為帶有「反殖民地支配」訊息的形象。實際上，在這樣的國際情勢推波助瀾下，日本以及當時在其殖民地支配下的台灣，也藉由愛爾蘭文學以及戲劇，受其「反殖民地支配」思潮的洗禮。

艾比劇場同人的戲曲作品傳播至東亞，其與殖民地的相關議題—民族主體性與身分認同的主題，自一九二零年代便開始以日本為中心，向其周邊擴散發酵。特別是對於與愛爾蘭處於同樣處境的日本殖民地：台灣與朝鮮，愛爾蘭文藝復興運動所提倡的自治・獨立、以及主張克里特民族的民族性與主體性，同時成功地在1922年成立愛爾蘭自由國，是極大的鼓舞與刺激。特別在日本一九二零年代爾蘭文學大量譯介至日本的大正時期當時，滯日的朝鮮留學生，返國後紛紛成為推動愛爾蘭戲劇的前鋒。此外，1922年撰寫《愛爾蘭文學研究》的佐藤清至京城帝國大學英文科任教，其門人以及交遊關係者的白石、柳到真、金祐鎮，之後都成為愛爾蘭戲劇以及其翻案劇推手。透過愛爾蘭戲曲在朝鮮的上映，當中主張的鄉土色彩、民族主體性與身分認同便自「克里特」(Gelt)民族自動解讀同時轉換為為「朝鮮」民族。相對於韓國，台灣究竟如何回應這一波愛爾蘭的「反殖民支配」的思潮呢？

回應上述問題，本文主要目的如下：首先將以梁啟超以及林獻堂為中心，探究在「西來庵事件」之前，愛爾蘭經驗對台灣的影響，以及解明梁啟超如何透過日本政治小說《佳人之奇遇》，以其中的愛爾蘭經驗，來激發當時的台灣人對民族運動的想像，同時創造自己的「福爾摩沙」經驗。第二，透過比較菊池寬的《暴徒之子》與格雷戈里夫人（Lady Gregory）的《牢獄之門》，試圖解明愛爾蘭文學的想像如何越境，而菊池寬如何借用愛爾蘭經驗來呈現「西来庵事件」。透過爬梳以上問題，本文主要探究蘊藏於愛爾蘭文學的想像，如何越境與福爾摩沙交會，以「西來庵事件」為軸，觀察愛爾蘭經驗與台灣主體性[5] 二者

---

5)「福爾摩沙」原為十六世紀大航海時期，葡萄牙水手途經台灣時，發出「Ilha Formosa」的驚嘆，之後成為西洋對台灣的稱呼。參照翁佳音「『福爾摩沙』的由來」（中央研究院台湾史研究所檔案館 http://archives.ith.sinica.edu.tw/collections_con.php?no=25)。

日本殖民地期，台灣在日人統治下對「台灣主體性」的逐漸覺醒，所謂「福爾摩沙」意識型態（Formosa ideology）的萌芽時期為一九二零～一九三零年代。參照 Rwei-Ren Wu *The Formosa ideology: Oriental colonialism and the rise of Taiwanese nationalism, 1895-1945* (Doctoral Dissertation, University of Chicago, 2003)，Chapter 1.

之關聯。

2．愛爾蘭經驗與福爾摩沙——梁啟超與林獻堂的邂逅及對台灣議會設置請願運動路線的影響

安東貞美就任台灣總督之後不久，1915年台灣南部旋即發生了大規模武力抗日事件。首謀者余清芳在「西來庵」密謀蜂起，因而稱為「西來庵事件」，同時也稱為噍吧哖事件。余清芳利用宗教宣傳，台灣已經出現「神主」，須建立「大明慈悲國」，驅逐日人。日本警察察覺蜂起事件的首謀為余清芳，發出通緝，余逃入山中。1915年1月～8月之間，糾集同志襲擊噍吧哖附近的派出所。總督府出動軍隊與警察搜山，企圖捕捉余。同年8月22日余遭到逮捕，事件告一段落之後，於台南臨時裁判所進行審理。依「匪徒刑罰令」（1898年為懲罰抵抗日本統治的「匪徒」而制定的法令），1957人遭告發，1413人遭到起訴[6]。最後有八百餘人被判處死刑。由於死刑的判決過於草率，這樣的消息馬上便傳至日本「內地」，引起非議。在帝國議會對這樣的判決結果，進行了激烈的攻防[7]。台灣總督府屈服於輿論的壓力，在處置一百多人的死刑之後，便以大正天皇即位的名義，對其餘的「疑犯」進行大赦[8]。

事實上，以1915年的「西來庵事件」為分水嶺，台灣人對日本的抵抗從武力抗爭轉向非武力抗爭的文化啟蒙社會運動。對於反射於日本內部的愛爾蘭經驗的想像、模仿，之後企圖建構台灣主體性的「福爾摩沙意識形態」的時代思潮，其實與這個路線的轉換有關。而這個契機，則必須回溯至「西來庵事件」之前。愛爾蘭經驗事實上在「西來庵事件」以前，便曾經給予在日本統治下因思索台灣前途而焦慮的知識份子重要的線索。1920年與蔣渭水等人成立文化協會，主導非武力抗爭的文化社會運動，以及台灣議會設置請願動的林獻堂，正

6）參照康豹『染血的山谷—日治時期的噍吧哖事件』（三民書局，2006年），以及 Paul Katz, *When valley Turned Blood Red: The Ta-pa-ni Incident Colonial Taiwan*. (University of Hawai'i Press 2005).

7）「西來庵事件」發生當年，第三七帝國議會對此事件的調查，從臺灣人被告在法庭上異口同聲供述山林地調查的疏漏導致山林祖產被沒收，因而認定事件原因為林野問題的處理不當。對於小林勝民議員提出的質問，時任民政長官的下村宏則歸咎於「多數本島人的愚昧」，規避政治責任。

參照池田敏雄〈柳田國男と台湾—西来庵事件をめぐって—〉《日本民族文化とその周辺》（新日本教育図書，1980年），頁469～470。

8）同前揭書，頁461～462。

是其中一人。而林獻堂與愛爾蘭經驗的邂逅，又與梁啟超有關。

甲午戰爭後，清廷割讓台澎給日本成為殖民地時，梁啟超與代表上書，反對議和，同時主張台灣不可割讓，這是梁啟超與台灣的淵源起始[9]。1898年因戊戌政變失敗，梁啟超亡命日本，在橫濱創立《清議報》、《新民叢報》等報刊，提倡「民權主義」、「民族主義」，形成重要的論壇，與清廷政府對抗。亡命日本之後的梁啟超，其著作並未受到台灣殖民政府的禁止，在台灣也能流通，林獻堂因而成為梁啟超《清議報》、《新民叢報》的愛讀者[10]。

1907年林獻堂赴日本時，原預定到橫濱拜訪梁啟超，結果未果。之後，在奈良的旅館偶遇。林獻堂除了向梁啟超傳達自己的欽羨之情之外，也向梁啟超傳達台灣當時的情況：

「我們處異族統治下，政治受差別，經濟被榨取，法律又不平等。最可悲痛者，由無過於愚民教育。」[11]

對此，梁啟超答曰：

「三十年內，中國絕無能力可以救援你們，最好仿效愛爾蘭人之抗英。在初期，愛人如暴動，小則以警察，大則以軍隊，終被壓殺無一倖存。最後乃變計，勾結英朝野，漸得放鬆壓力，繼而獲得參政權，也就得以與英人分庭抗禮了。乃舉例說：英國漫畫家繪兩位愛爾蘭人，以一條繩索各執一端，將英首相絞殺。這意味著愛人議員在英國席次不多，但處在兩大黨間，舉足輕重，勢固得以左右英內閣之命運。你們何不效之。」[12]

由上述引文可知，自梁啟超處獲得仿效「愛爾蘭經驗」的忠告，可說是台灣的政治運動路線由激烈的武力抗日轉向溫和的文化啟蒙的社會運動路線的契機之一[13]。此外，林獻堂在訪問梁啟超之際，正值梁啟超開始著手準備中國的

---

9) 參照黃得時〈梁任公遊台考〉《台灣文獻》(1965年9月)，頁4-5與許俊雅〈論梁啟超辛亥年游台灣之影響〉《社會科學》第3期(2007年)頁152。
10) 葉榮鐘〈林獻堂與梁啟超〉《台灣人物群像》(晨星出版，2000年8月)，頁199。
11) 黃得時〈梁任公遊台考〉《台灣文獻》(1965年9月)，頁6。
12) 同前揭文。
13) 同前揭文，頁7。

國會開設運動，這個訪問或許並非偶然。文化協會在1920年創立之後，以林獻堂以及蔣渭水等成員為中心，自1921年至1934年，展開長達十五次的台灣議會設置請願運動，企圖讓台灣人透過獲得參政權，以提升台人的地位與待遇，與上述梁啟超提議的對抗路線，不謀而合[14]。

在一九二零年代，台灣民族自決運動的動向中，對愛爾蘭經驗的想像更進一步發揮了其效力。「西來庵事件」之後，武力抗日已經無法撼動日本日趨牢固的統治了，也可見主張台灣民族自決的運動路線的顯著變化。1922年4月發表於《台灣》的〈關於台灣議會設置請願〉便以愛爾蘭為例，向總督府陳情其主張。「**由於1801年愛爾蘭議會與英國議會併合，結果受到種種不平等的待遇，最後愛爾蘭選出的議員要求組成愛蘭自治黨，之後三十多年來，英國與愛爾蘭之間的難題並未如願獲得解決（中略）。在最近，終於成立了予以愛爾蘭自由國完全自治殖民地地位的協定。**」[15]

然而，梁啟超給予林獻堂乃至台灣今後面對帝國的抗爭路線，其來自「愛爾蘭經驗」的發想，到底從何而來呢？事實上，1898年戊戌政變失敗後，同年8月受日本政府庇護亡命至日本的梁啟超，登上日本軍艦大島艦。據同行的王照所言，梁啟超未攜帶任何書籍，因此艦長送給他《佳人之奇遇》，排遣鬱悶。梁啟超邊讀邊翻譯，即登上軍艦閱讀的同時，便開始著手翻譯[16]。《佳人之奇遇》全文刊載結束後一年，1898年12月，梁啟超在自己創刊的《清議報》，開始刊載中譯的《佳人之奇遇》（譯名作《佳人奇遇》）。直到第35期，刊載至第12卷中止，之後由矢野龍溪的《經國美談》取而代之。之後，梁啟超的《新中國未來記》被認為受到《佳人之奇遇》的影響[17]，由此可知，亡命當時所閱讀的《佳人之奇遇》給予梁啟超的深遠影響。而1907年梁啟超在神戶旅館給予林獻堂愛爾蘭經驗的建議，可推測是得自東海散士的《佳人之奇遇》的啟發。

《佳人之奇遇》為明治初期的政治小說，作者為東海散士（柴四朗），自明治十八（1885）年初篇刊行，至三十（1897）年刊行完畢，共計十三年，全篇為

---

14) 同時參照葉榮鐘〈初期台灣議會運動與日總督府態度〉《台灣人物群像》（晨星出版，2000年8月），頁187〜188。

15) 台灣雜誌社編輯員「台湾議会設置請願に就て」《台灣》第三年第一号，頁40。

16) 盧守助〈梁啟超訳『佳人之奇遇』及びその周辺〉《環日本海研究年報》no.20（2013年3月），頁1。

17) 山田敬三〈『新中国未来記』をめぐって―梁啓超における革命と変革の論理―〉《梁啓超―西洋近代思想受容と明治日本》（狹間直樹編、みすず書房、1999年）。

八篇十六卷,為明治期暢銷的長篇政治小說。[18]《佳人之奇遇》以作者東海散士為主人公,描寫其於美國留學期間在費城的獨立鐘邂逅兩名佳人,一為西班牙人幽蘭,一為愛爾蘭人紅蓮,以及清國老志士・范卿。幽蘭為西班牙的唐・卡洛斯黨的支持者,紅蓮則為愛爾蘭獨立運動的擁護者,范卿則為明朝名將羅氏部下的後裔,為支持反清復明的志士。主人公・東海散士出身的會津藩,幕末時期遭受薩摩、長州總力攻擊,「國破」人亡。由以上人物設定可知,這是一部強調弱者連帶,相互協力,具強烈政治意識形態的小說。其中關於愛爾蘭獨立運動的描寫部分,最主要集中於初篇～二篇。初篇描寫三人相遇之後,各自敘述自己國家的興亡史。第二篇以營救幽蘭之父為主。因幽蘭之父在西班牙遭到逮捕,幽蘭、紅蓮、范欽三人趕往營救。獨自被留下的散士,在紅蓮的介紹下,拜訪愛爾蘭另一位女志士・波寧流(パネール)女史,二人的答問中,仔細陳述了英國對愛爾蘭暴政的實況。之後接獲波寧流女史過世的消息,散士前往弔唁,在女史墳前與紅蓮再度相遇,紅蓮敘述如何營救西班牙的幽軍經過[19]。

　　東海散士為何矚目愛爾蘭問題,除了其本身的幕末親身經歷之外,也與其對國家的興衰過程的問題有高度的關心有關[20]。此外,東海散士在美留學期間,受教於愛爾蘭出身的經濟學者 Henry Carey 與 Carey 的弟子 Robert Thompson 的關係,對於愛爾蘭受到英國嚴苛的政治統治,以及英國強制於愛爾蘭的經濟政策所帶來的弊病有深刻的認識。而東海散士本身對於主張廢止自由貿易論的愛爾蘭出身的議員・帕內爾(Charles Stewart Parnell)頗有共鳴,因此在《佳人之奇遇》第二篇,安排另一位愛爾蘭的憂國佳人,這位帕內爾議員之妹・波寧流(パネール)女史的登場[21]。

　　由上述梗概可知,《佳人之奇遇》中的愛爾蘭表象主要藉由民族主義、殖民地問題以及主權獨立等政治因素。日本的政治小說原為宣傳自由民權運動的目的而逐漸形成,以政治目的宣傳為優先,而梁啟超對於政治改革的高度關心,提倡以文學為手段,企圖對中國政治與社會進行改革之處,可說是深受日本政

---

18) 高井多佳子〈『佳人之奇遇』を読む─小說と現実の「時差」〉《史窓》58卷(2001年2月),頁293。
19) 同前揭文,頁295～296。
20) 吳叡人〈「日本」とは何か:試論《佳人之奇遇》中重層的國／族想像〉(黃自進編《近現代日本社會的蛻變》,台北:中央研究院亞太區域研究專題中心,2006年12月)。
21) 高井多佳子〈『佳人之奇遇』を読む─小說と現実の「時差」〉《史窓》58卷(2001年2月),頁293。

治小說影響。梁啟超對於小說於國家與政治改革的功用，曾於〈論小說與群治之關係〉強力主張，其更具體指出日本維新之所以成功，日本小說扮演的角色極具關鍵性。梁啟超對日本的政治小說，曾如此評價：

「於日本維新之運有大功者，小說亦其一端也。明治十五六年間，民權自由之聲，遍滿國中……翻譯既盛，而政治小說之著述亦漸起，如柴東海之《佳人之奇遇》，末廣鐵腸之《花間鶯》、《雪中梅》，藤田鳴鶴之《文明東漸史》，矢野龍溪之《經國美談》……而其浸潤於國民腦質，最有效力者，則《經國美談》、《佳人之奇遇》兩書為最」[22]。

自以上引文可知，梁啟超對《佳人之奇遇》有極高的評價。他不僅是第一位將此小說介紹到中國，這部小說也可說是梁啟超滯留日本期間，所有思想與開展的出發點[23]。「西來庵事件」之後，台灣非武裝抗日運動重要的一環，可說是「議會設置請願運動」。「議會設置請願運動」主導者之一的林獻堂對於愛爾蘭經驗的援用，正如梁啟超的建言，是透過「議會設置運動」企圖達成愛爾蘭爭取民族獨立成功的結果，而與台灣的民族獨立運動進行連結。伴隨「議會設置請願運動」而來的文化啟蒙運動，在建構「民族想像」是不可或缺的。透過《佳人之奇遇》，梁啟超將「愛爾蘭經驗」的想像，傳播到台灣，對於一九二零年代台灣的民族運動路線，起了決定性的影響，成為「福爾摩沙經驗」萌芽的開端。透過被譽為「建國藍圖」的日本政治小說，台灣吸取愛爾蘭經驗，以為日本統治下台灣政治運動的借鏡。

3．作為觸媒的「西來庵事件」與對殖民地經驗的想像—菊池寬的《暴徒之子》與格雷戈里夫人的《牢獄之門》

「西來庵事件」在當時日本國內造成的震撼，除了上述註解中所設的小林勝民議員與台灣民政長官下村宏在日本帝國議會的攻防之外，柳田國男生平唯一一次到訪台灣，也與「西來庵事件」有關。柳田國男於1917年3月27日～4月10日期間來到台灣視察，除了因西來庵事件發生當時台灣總督安東貞美是柳田養家

---

22) 梁啟超〈飲冰室自由書〉，《清議報》（第二十六冊）(1899年)，引自陳平原、夏小紅編《二十世紀中國小說資料理論》第一卷，(北京大學出版社，1997年)，頁39。
23) 盧守助〈梁啟超訳『佳人之奇遇』及びその周辺〉《環日本海研究年報》no.20 (2013年3月)，頁25。

叔父之外，曾任農政長官的柳田國男對於強制徵收林野而引發的「西來庵事件」，極為關心。視察西螺一帶時，當地軍民有志為了歡迎柳田國男的到來，齊聚一堂。柳田則借題發揮，吟詠以「西來菴」為題的和歌：「正因天皇乃神祇，草民悲嘆也無所不知」，借天皇之名，訓誡殖民地台灣的日人，對西來庵事件引發的濫捕與草率判決提出抗議[24]。柳田晚年在傳記《故鄉七十年》如是回顧：「第一首，不知是台南還是台中，我到訪生蕃叛亂，被大量殺害的西螺鎮時，印象非常強烈，有機會的話，想要談談我感受的悲傷。」「〔吟詠完後〕，在場大家陷入沉默，事實上那正是我的目的。真的非常惶恐，我們人在東京，我們非常清楚大正天皇絕不會允許這樣的事發生的。這正是我吟詠的內容。我也大概因為是年輕氣盛的關係吧」[25]。之後一九三零年代普羅文學的全盛時期，伊藤永之介的〈總督府模範竹林〉再次聚焦山林徵收問題與「西來庵事件」，作為普羅文學的創作題材[26]。

　　愛爾蘭文學傳入日本境內時，「西來庵事件」意外成為其對愛爾蘭文學「反殖民地支配」想像的重要觸媒。菊池寬於1916年2月《新思潮》創刊號發表了戲曲《暴徒之子》，此雜誌同人久米正雄在刊載此戲曲同一號的〈編後記〉如此聲明：「草田[27]與原稿一起寄來的信中寫道：不想被人認為這部戲曲是得自武者小路氏的《商談》的構思，特此敬告。」那麼武者小路實篤的《商談》（ある相談）到底是甚麼樣的內容，為何菊池寬要特地說明：「不想被人認為這部戲曲是得自武者小路氏的《商談》的構思」呢？

　　武者小路實篤的戲曲《商談》發表於1916年1月的《中央公論》，內容是由甲、乙、丙三人的對話所構成。開場如下：

---

24) 此和歌原文如下：「西來菴 大君はかみにしませば民草のかかる嘆きも知ろしめすらし」。柳田國男訪台期間，以所參訪各地為題，留下了八首和歌，分別題為「日月潭」、「霧社歸途」、「濁水溪」、「阿緱」、「打狗」（二首）、「再（西）來菴」、「含笑花」。參照〈南遊詠草〉《台灣日日新報》（1917年4月8日）。

25) 柳田國男〈故鄉七十年〉《柳田國男》（1998〔1958〕年4月，日本図書センター），頁222。關於柳田國男將西來庵發生地點誤記為西螺，以及此事件為生蕃叛亂一事，池田敏雄在〈柳田國男と台湾―西来庵事件をめぐって―〉已有詳述。同時參照池田敏雄〈柳田國男と台湾―西来庵事件をめぐって―〉《日本民族文化とその周辺》（新日本教育図書，1980年）。

26) 伊藤永之介的〈總督府模範竹林〉《文藝戰線》第七卷第一一號（1930年11月），後收入《日本統治期台灣文學日本作家作品集 別卷》（綠蔭書房，1998年）。

27) 菊池寬曾經使用菊池比呂志、草田杜太郎等筆名。《暴徒之子》的署名為草杜太郎。

「從前，在某個國家，曾有個就人的性命討論的商談會，如下。三人不斷地抽著菸。」[28]（頁247）。三人就是否該判誰死刑，互相商量。「這如果是同一國人就麻煩了，因為對象是土人，就簡單了。」（頁248）。「罪名全都定成同一個好了。反正是土人，應該沒有人會囉嗦吧。」（頁250）「因為都是些只要逮到機會就想造反的傢伙呀，不過這也是沒辦法，畢竟忍受不了成為亡國之民嘛。」（頁250～251）。

　　從發表時間點以及內容來看，顯然便是以1915年當時在日本殖民地・台灣南部所發生的大規模抗日事件的「西來庵(＝噍吧哖)事件」為藍本。對於「西來庵事件」的鎮壓與判決首先提出質問與抗議的日人作家便是武者小路實篤。1915年11月號《白樺》中的〈六號雜記〉、評論〈八百人的死刑〉、〈編輯室報告〉以及1916年1月的《中央公論》的《商談》是他一連串針對「西來庵事件」的時勢反映。從上述引文，我們可以發現武者小路實篤對於殖民地官僚針對參與蜂起者以及被捲入事件的無辜者進行一視同仁的死刑判決，發出的嘲弄與諷刺。此外，在《商談》之前，武者小路已經發表了對日本統治層的抗議文〈八百人的死刑〉（《白樺》1915年10月）。事實上，日本殖民政府在以武力鎮壓這個蜂起事件之後，馬上開始了審判。第一次判決，對八百六十六人宣判了死刑，包括主事者余清芳、林少貓。武者小路實篤一連串針對西來庵事件的反響中，《商談》顯然是基於這個事件的即時戲曲創作，同時帶有針對性的批判意識。

　　由久米正雄的〈編後記〉可知，菊池寬不想讓人認為《暴徒之子》是來自武者小路實篤的影響，但也間接承認了《暴徒之子》是以「西来庵事件」為主題的作品。由《暴徒之子》的描寫開端，便能隨即連想當時在日本帝國議會掀起激烈攻防的「西来庵事件」：「**就在某國新領土上，本國人進行了燒打虐殺之後沒多久之時，發生慘事的一個村莊…**。」如果如菊池寬所述，《暴徒之子》的靈感並非得自武者小路實篤的《商談》，那麼，菊池寬透過《暴徒之子》想要描摹出怎麼樣的「西来庵事件」形象呢？同時，為何以戲劇《暴徒之子》來呈現「西来庵事件」呢？

　　菊池寬參加第四次《新思潮》運動[29]之初，其投稿同時被接受刊登的，幾乎都是戲曲作品，這些作品均受到愛爾蘭戲曲不少的影響[30]。根據菊池寬的自述傳記〈半自述傳〉可知，他自1913年9月進入京都帝國大學英文科之後，直到

28）武者小路實篤〈ある相談〉《中央公論》（1916年1月）。

1916年畢業為止，全心全力地投入了愛爾蘭戲曲的研究。從其畢業論文《英國及愛爾蘭近代劇》（英国及び愛蘭の近代劇）便能得知，其受到愛爾蘭戲劇極深的影響。先行研究中，片山宏行指出，《暴徒之子》是受了活躍於艾比劇場（Abbey Theatre）的劇作家，同時有愛爾蘭演劇之母美稱的格雷戈里夫人（Lady Gregory）的《牢獄之門》(The Goal Gate)（1906年）的影響[31]。

有關菊池寬的《暴徒之子》與《牢獄之門》之間的互文關係，先行研究中，片山宏行指出此作受到《牢獄之門》的影響，從二部作品的人物設定、主題來看，相似性相當高。此外，《暴徒之子》中，被認為有菊池寬對「斗篷事件」的「苦惱的投影。恐怕是讀了《牢獄之門》的菊池寬，對於堅持不吐露夥伴的罪狀，因而喪生的丹尼斯・卡爾（Denis Cahel），與因為不告發佐野文夫的竊盜罪，蒙受不白之冤因而從一高退學的自己，二者應該有著重疊的印象。」[32] 相對於此，格清久美子持不同意見，認為「讀了殖民地的真實事件為主題的《牢獄之門》與《商談》，作者為在台灣發生的事件所觸發而創作，這樣的想法不是很自然嗎？」[33] 金牡蘭則指出「從菊池寬有關《商談》的發言來看，不僅對危及《暴徒之子》獨創性懷抱著不安，對於在《暴徒之子》中的殖民地，是透過《商談》與〈八百人的死刑〉形式，被具體指出是發生於台灣的事件而感到不安」[34]。

如果從台灣的殖民地統治與「西來庵事件」的歷史事實來檢證的話，以上前行研究三者的論點都有推敲的餘地。關於創作的動機，片山以「個人史」視點評價菊池寬這個作品，忽略了來自同時期殖民地發生的蜂起事件的影響，對此作品的格局有過小評價之嫌。格清久美子則認為此作主題是「原住民族的抵

---

29)《新思潮》為日本明治・大正期的代表性文藝雜誌，發刊、停刊之後再發行，前後共計五次。菊池寬所參與的第四次新思潮，發行期間為1916年2月至1917年3月，此次參與成員包含芥川龍之介、菊池寬、久米正雄、松岡讓（ゆずる）、成瀨正一（せいいち）五名。刊載作品包含受到夏目漱石激賞的芥川的〈鼻〉，以及は菊池寬的膾炙人口的戲曲《父親歸來》。參照「新思潮」,日本大百科全書（ニッポニカ）, Japan Knowledge, http://japanknowledge.com,（參照 2016-07-18）。
30) 河野賢司〈菊池寬とアイルランド演劇〉《エール》第17号，1997年2月，頁46-47。
31) 片山宏行《菊池寬の航跡―初期文学精神の展開》（和泉書院，1997年），頁213-218。
32) 同前揭書。
33) 格清久美子〈菊池寬とアイルランド文学―『暴徒の子』における植民地の表象をめぐって―〉《近代文学研究》第17号（2000年2月），頁23。
34) 金牡蘭〈「暴徒の子」が物語るもの―菊池寬とアイルランド文学の思考に向けて―〉《比較文學》第49号（2006年），頁43。

抗」,「比起當時的社會主義者,〔菊池寬〕確切地看穿了以愛爾蘭戲曲的主題所確立的殖民地民眾的民族意識,以及對獨立的希求」。格清對此作的越境性以及菊池寬對於帝國在殖民地統治實況的掌握有一定評價,但從以上論述,顯然對於這起事件以及台灣殖民地常時狀況並未充分掌握,對殖民地的認識顯得一元化。《暴徒之子》對於台灣內部的族群描寫,菊池寬區分為「原住民(＝ちいほあん)」、「漢民族(＝土人)」,顯然對於此事件的掌握並非為「原住民族的抵抗」,對當時台灣族群分布狀況,顯見有一定程度的掌握。而金牡蘭的「**不僅對危及《暴徒之子》獨創性懷抱著不安(中略)被具體指出是發生於台灣的事件而感到不安**」的觀點則有對於「西來庵事件」發生當時,日本媒體對此事件的矚目度與認知度過小評價之嫌。以《朝日新聞》為例來看的話,蜂起發生後,從1915年7月19日「**台灣獨立的陰謀 暴徒蜂起虐殺六名警官、五名內地人**」的報導開始,到同年10月28日為止共有17件報導。《暴徒之子》發表於1916年2月的《新潮》之後,即使劇評也如此指出:「所描寫的台灣的暴徒之子、他的母親以及他的妻子中,母親是最活躍的。總體而言是平凡之作,但確有打動人的熱情」[35]。從以上引文可知,在當時讀者對菊池寬《暴徒之子》舞台的認知,毫無疑問是台灣。

我們如果重新閱讀菊池寬的《暴徒之子》與格雷戈里夫人的《牢獄之門》,同時進行比較分析的話,便能明白二者主題的異同。

菊池寬《暴徒之子》為一幕劇,登場人物有主人公・壽春為十七、八歲的少年,壽春的妻子為十八、九歲的少女,以及年過六十的母親,以及某名男子。內容描述在某個村莊,由「本國人」引發暴動,主人公壽春的父親參與暴動,同時加入放火的行列,因為父親「**只要看見那個國家的人們,便露出如蛇一般的目光,因為他的兩個兄弟都被〔他們〕絞殺**」了。壽春擔心父親的身體,跟隨在後,雖然並無實際參與暴動,但仍遭到逮捕,因為「**那個國家的人們根本分不清那個孩子與其他人,因為一說到土人,他們認為都一樣。**」此外,一起被捕的本國人們,認為只要沒人對暴動的真相吐實,「**對方也無計可施**」(頁23)。殖民官僚跟壽春說,要是他據實以告,便能獲得無罪釋放。一開始,壽春堅不吐實,但見到瀕臨死亡的父親為了乞討水喝,十分痛苦的樣子,於心不忍,「**就算是背叛了世界所有人,也想給他水**」(頁30),於是便坦白招供了。喝了水之後,父親仍然去世了,但壽春獲釋。由於壽春招供的事實,為村人所知,最後

---

35) 青頭巾〈読んだもの〉《新潮》(1916年4月)。

被來到他們家門的男子帶走,「**或許會被沈到河裏吧**」。

　　從以上的描寫可知,在「新領地」引發暴動的村人,各自有不同的立場。壽春的父親,「**因為他的兩個兄弟都被〔他們〕絞殺**」了,被認為參與蜂起也無可厚非。然而母親眼中的壽春,「**〔對此事〕一無所知,同時一點也不憎恨那個國家的人,也受到郵局的人們的疼愛**」(頁24),要是被殺了,未免太可憐。但壽春母親的態度,在壽春被釋放的之前與之後變化,出現了明顯的差異。當壽春的妻子說到要是他不招供,應該能平安無事吧,此時他的母親舉壽春死去的哥哥的主張為例:「**那個國家的人,就算不清楚有罪無罪,只要能好好給予懲罰就行了。土人殺了那些人時,為了殺雞儆猴,只要能處決人就行。**」(頁23)。然而,卻在聽到壽春被釋放時,對「**那個國家的人**」的態度完全改變了:「**那個國家的人比村子裡的人還要聰明上十倍,他們跟神一樣,完全清楚壽春甚麼都沒做。因此,我不認為我像村子裡的人一樣,憎恨那個國家的人呢。我們被那樣伶俐善巧的人統治也是理所當然的呢。**」(頁26)。

　　圍繞著暴動事件,藉由被殖民者的種種反應,可看出殖民地政策在此殖民地發生的作用與變化。由於兄弟遭殖民者被殺害,有著參與暴動必然性動機的父親、對殖民者不抱持反抗意識的年輕世代‧壽春、以及逐漸馴服於殖民者統治的母親,三者的形象顯示了當時成為日本「新領地」已經過二十年的台灣人民與殖民政權的關係的力學構圖。對於殖民政權依舊採取反抗態度的父親,可說是「西來庵事件」反抗者的表象。代表日本殖民政權君臨台灣之後出生的壽春的世代,因此「**一無所知**」,「**根本不憎恨那個國家的人**」。最後,代表已馴服於這個統治政權的庶民者,是壽春的母親。深知殖民政權殘酷的一面,即使如此卻也逐漸屈從於殖民統治,同時企圖依附殖民權力來確保身家安全。這樣的權力結構,在終結部分可清楚看出。

　　當壽春招供因而獲得無罪釋放的事為人所知後,村中某位男性上門企圖將他帶走時,壽春知道自己將遭到殺害,從藏匿處走了出來,壽春的母親發了狂似地大喊:「**你要想殺了壽春,你就試試吧。我會拜託城鎮的官僚將這村中的人全部殺死。**」(頁32)對此,男子回應:「**他們對於土人殺了他們的人的話,當然不善罷甘休,但土人之間無論發生何事,根本不放在心上。**」(頁33),緊接著帶走了壽春。老母親異常憤怒,發誓要借殖民者之手復仇,如此詛咒:「**混帳!居然讓最老實的人遭遇最慘的待遇!無論是村裏的還是鎮上的人,都去死吧!**」(頁33)

　　《暴徒之子》中呈現的,是殖民政權所帶給被殖民者內部的分裂與對立的構

圖。這個結構能夠被解讀為殖民者統治逐漸進入安定期的同時，被殖民者所行的反抗則充滿著「敗北」的無力感與虛無感,「密告」與否的議題，讓被殖民者之間的矛盾與衝突隨之昇高，除了揭露殖民者的分離統治政策的真相，也讓被殖民者不過是徹底的「敗者」的表象，赤裸裸呈現。

相對於《暴徒之子》，被認為影響《暴徒之子》，描寫受到英國殖民地暴政迫害的愛爾農民的《牢獄之門》是如何形塑被殖民者呢？《牢獄之門》為格雷戈里夫人於1906年8月所創作的一幕劇，同樣根據愛爾蘭農民的真實蜂起事件所改編。菊池寬曾在與山本修二合著的《英國　愛蘭近代劇精髓》中，對此作如是評價：「**總感覺此劇的實感並未提高至悲劇美，不過徒然充滿慘淡的氛圍，不能說是傑作。**」[36]。與《暴徒之子》相比，《牢獄之門》中被殖民者的情感與憤怒，的確有為「愛爾蘭民族主義」完全回收的傾向。也因為如此，人物的內面描寫有流於平板的缺陷。登場人物有丹尼斯・卡爾（Denis Cahel）的母親瑪麗・卡爾（Mary Cahel）以及妻子瑪麗・辛（Mary Cushin）以及看門的獄卒。故事敘述丹尼斯的村莊，有官吏遭受襲擊，丹尼斯也被當成嫌犯遭到逮捕。不久之後其母親與妻子接到來信，認為丹尼斯可能被釋放，同時村中盛傳丹尼斯因為密告一同被捕的友人，所以才能獲得釋放。妻子與母親從黑夜走到黎明，來到牢獄門前。因為二人是目不識丁的農婦，不知信中內容，看守牢獄大門的獄卒代讀之後，告知她們，昨日丹尼斯已經被處以絞刑死亡[37]。因為「當局」發現他在窗外的腳印，而他的村人同伴則因為證據不足獲釋。他的母親得知他並未背叛同伴，對於他被處刑覺得驕傲，在最後，高喊著：「**就算過了五十年，我的腰已經彎到必須倚仗拐杖，我依舊不厭倦讚美他。來，瑪麗・辛，妳就在沿路上高喊： 丹尼斯・卡爾為了鄰人而死！**」[38]

《牢獄之門》首次被介紹至日本，也是在《新思潮》，為第一次新思潮同人的小山內薰。他轉載英國當地報紙 The Stage，介紹1907年6月10日起，都柏林艾比劇場的國民演劇協會在倫敦的 Great Queen Street 劇場進行為時一周的愛爾蘭戲劇的公演。《牢獄之門》於同年6月12日上映，The Stage 對此劇評價為：「**悽慘的愛爾蘭式悲劇，有力驚悚，的確成功地吸引了捕捉觀眾的注意力。此劇乃根據愛爾蘭屢屢發生的事實，忠實描寫**」[39]。

36）菊池寬，山本修二《英国・愛蘭近代劇精髓》（新潮社，1925年），頁212。
37）《牢獄之門》梗概，參照 "The Goal Gate Analysis" http://www.enotes.com/topics/gaol-gate/in-depth（2016/07/21 確認）
38）Elizabeth Coxhead ed, "The Goal Gate," *Lady Gregory: Selected Plays*, p.105.

1906年8月完成的《牢獄之門》所謂「根據在愛爾蘭屢屢發生的事實，忠實描寫」，其實便是因1879年愛爾蘭佃農組織了「土地同盟」以對抗地主而爆發的土地戰爭 (Land War, 1879～1882)。在此抗爭過程中，英國統治愛爾蘭期間的十九世紀到二十世紀初的愛爾蘭農村社會的密告頻繁發生，因為地主與佃農之間的糾紛頻傳，槍擊事件也並不稀奇。同時也因為這樣的殖民地背景，醞釀出密告者被視作叛徒的風土，也因此產生如《牢獄之門》的悲劇[40]。確實此劇的宣傳要素濃厚，同時充滿喚起「民族主義 (Nationalism)」的意識形態。但作者格雷戈里夫人本人曾明言：「**是此卷中〔按：指自己的戲曲選集〕最鍾愛作品之一，從未變動過一個字。**」[41] 曾經說過自己是「**是為了帶給愛爾蘭尊嚴而寫**」[42]，她深愛此劇的原因之一，是因其透過寫實手法確切地描摹因英國殖民統治所苦的愛爾蘭農民，企圖建構同時喚起「愛爾蘭民族主義」。

　　從《牢獄之門》以上的梗概，我們能清楚看出其劇中人物以及敘事結構給予《暴徒之子》強烈的影響，《暴徒之子》與《牢獄之門》二作的結構有極高的雷同性。菊池寬的《暴徒之子》發表之後，曾二度收錄於單行本，一為1919年的《心之王國》，一為1922年的《日本近代戲曲集》，可知其對此作品的珍視。之後於1922年5月改題為《背叛》(裏切)，由歌舞伎演員中村歌右衛門一門於新富座上演。此劇上演之後的劇評如下：「呈現成為日本領土不久之後的台灣，某個土人家中內部的舞台。灰色的牆壁，點上了陰暗的魚油燈，這室內似乎漂盪著慘淡的氛圍（底線為作者所加）」[43]。從前述可知，《暴徒之子》(《背叛》) 是基於發生於殖民地台灣的「西來庵事件」所改編的戲曲，對於當時的讀者（或是觀眾）而言，可說是一種共識。然而，為何菊池寬表示不想讓人認為《暴徒之子》是受了武者小路實篤《商談》的影響呢？

　　事實上，《暴徒之子》創作的契機是由於第一次投稿《新潮》創刊號的戲曲《藤十郎之戀》被退稿的關係。退稿是「新潮」同人芥川龍之介、久米正雄等做出的決定。被退稿之後，在極短的時間內能夠寫出旨趣完全不同的《暴徒之子》，是因為發生於殖民地台灣的「西來庵事件」正宛如於英國殖民統治下的愛爾蘭

---

39) 小山內薰〈倫敦における愛爾蘭劇〉《新思潮》1907.10
40) 杉山壽美子《アベイ・シアター　1904-2004　アイルランド演劇運動》(研究社，2004年)，頁150～151。
41) 同註11，p.106。
42) 吳潛誠〈愛爾蘭啟示錄〉《航向愛爾蘭》(立緒出版社，1999年)，頁37。
43)〈「孤城落月」と「裏切」(下)〉《讀賣新聞》(1922年5月10日)。

農民蜂起吧？也因為如此，才得以翻案自格雷戈里夫人的《牢獄之門》吧？此外，菊池寬不想讓人認為《暴徒之子》是受到武者小路實篤《商談》的影響，除了菊池寬不單單描寫「西來庵事件」，同時也因為其自負能呈現一種處於殖民地統治下人們的普遍性吧。

菊池寬以《牢獄之門》的愛爾蘭殖民地的實際事件為藍本，以「西來庵事件」為媒介，試圖轉換《暴徒之子》成為台灣殖民地經驗的戲曲，其中對殖民地官僚以及殖民統治的蠻橫與暴虐的批判與諷刺，以及聚焦被殖民者對殖民統治者情感上的矛盾與愛憎交錯，讓被殖民者多重複雜的面貌清楚浮現，但菊池寬對於愛爾蘭殖民經驗的援用與想像，與同時代台灣殖民地經驗的實際情況仍有極大的隔閡。相對於格雷戈里夫人透過真實的農民暴動事件企圖建構同時召喚出〈愛爾蘭民族主義〉的結局，菊池寬的《暴徒之子》卻未能洞見「西來庵事件」蜂起者心中的渴求。那正是《牢獄之門》中所見的一種對民族的共同想像，與格雷戈里夫人召喚出的〈愛爾蘭民族主義〉是一種同質性的，一種正在萌芽的「福爾摩沙意識形態」。

4．結語

從十九世紀末到二十世紀初，藉由推廣愛爾蘭文學運動，喚起了愛爾蘭的民族意識與愛爾蘭民族的文化意識，愛爾蘭開始以獨立為目標邁進，終於在1922年實現獨立。W.B.葉慈（William Butler Yeats, 1865～1939），約翰・沁孤（John Millington Synge, 1871～1909），葛雷戈里夫人（Lady Gregory 1852～1932）等作家矢志發掘愛爾蘭特有的文學・藝術，以愛爾蘭為創作據點，以愛爾蘭（Irish）為文學身分認同進行文學活動。他們取材自愛爾蘭的民間故事、民謠、傳統民間故事、神話，探索傳統，透過吸收民眾的風俗與地方風土進入自己的作品，進而在世界的文藝思潮與文學世界中發揮影響力。除了推展愛爾蘭戲劇運動的同時，也為愛爾蘭文學帶來了文藝復興，對於愛爾蘭的民族獨立運動以及國家在獨立有極大的貢獻，同時激發對於愛爾蘭民族建構的想像。這個愛爾蘭經驗東亞傳播時，日本、韓國與台灣都受到深遠的影響。對與愛爾蘭同樣到殖民統治的台灣而言，可說是渴望著透過文化、文學這樣的非武力手段，凝結「克里特」（Gelt）民族的共同想像，最後獨立成功的愛爾蘭經驗吧。進入一九二零年代，日本帝國統治下的台灣，在摸索非武力抗爭的民族運動路線時，愛爾蘭經驗的想像與借鏡，對於台灣顯然發揮了作用。「西來庵事件」之後，武力抗日已經撼動不了日本的統治，也為台灣民族運動路線帶來了顯著的變化。林獻堂

將如此的愛爾蘭經驗的想像，與台灣議會設置請願運動連結。伴隨議會設置請願運動的文化啟蒙運動，更是建構「民族想像」，強化這樣想像的「福爾摩沙意識形態」不可或缺者。

1933年7月於東京創刊的《福爾摩沙》發刊詞，曾發出這樣的疑問：「**台灣有固有的文化文藝嗎？又，現在有嗎？**」對於這樣的疑問，作者自問自答：「**台灣人有了不起的文化遺產**」，同時矢志將「**整理研究一直以來消極微弱的文藝作品與目前膾炙民間的歌謠與傳說等鄉土藝術，積極地以吾人的全副精神創作真正的台灣純文藝**」[44]。第二號吳坤煌〈論台灣的鄉土文學〉[45] 更是沿襲發刊詞中如何呈現台灣鄉土的這個關鍵詞。其中對於台灣文學與文化的主體性想像，以及企圖回復「固有」的鄉土藝術的意圖，與愛爾蘭文藝復興對克里特民族主體性以及文學與文化的復興主張，可說是不謀而合。在這樣的「民族文化」論述形成過程中，「鄉土文學論戰」的論述形成也可見與愛爾蘭文藝復興論爭的共通點。例如，在愛爾蘭文藝復興中，有主張應該以蓋爾語（Gaelic）來取代英語，但當時大多數的愛爾蘭知識分子已經失去以蓋爾語創作的能力。但以英語真無法表現愛爾蘭民族精神嗎？事實上，以英詩歌頌愛爾蘭民族精神的葉慈（W. B. Yeats），於愛爾蘭獨立第二年的1923年獲得諾貝爾文學獎，便是最好的證明。

台灣也同樣地，在經歷「白話文創作運動」等論爭之後，日語世代的作家登場，紛紛以日語創作富有「福爾摩沙」鄉土特色的作品，登上日本文壇。例如楊逵的〈送報伕〉（1934）以及呂赫若的〈牛車〉（1935）。當時的台灣作家以殖民者的語言書寫台灣時，其心中或許正描摹未來的福爾摩沙的形象，正如同葉慈那首〈給未來時光的愛爾蘭〉（To Ireland in the Coming Times）般。

    Know, that I would accounted be
    True Brother of a company
    That sang, to sweeten Ireland's wrong,
    Ballad and story, ran and song.
    知道，我會被列為
    那些人真正的兄弟
    他們詠唱民謠和故事，詩和歌曲。
    把愛爾蘭的冤錯化為甜美[46]。

44）〈創刊の辞〉《フォルモサ》（1933年7月）
45）吳坤煌〈台湾の郷土文学を論ず〉《フォルモサ》（1933年12月），頁8〜10。
46）吳潛誠《航向愛爾蘭》（立緒出版社，1999年），頁27。

参考文献
日文
小山内薫（1907.10.）「倫敦における愛蘭劇」『新思潮』
武者小路実篤（1916.1.）「或る相談」『中央公論』
新思潮同人（1916.2.）「編集後に」『新思潮』
青頭巾（1916.4.）「読んだもの」『新潮』
柳田國男（1917.4.8.）〈南遊詠草〉《臺灣日日新報》
菊池寛（1919）『心の王国』新潮社
読売新聞（1922.5.10.）「五月の芝居『孤城落月』と『裏切』（下）」『読売新聞』
台湾雑誌社編集員（1922.4.）「台湾議会設置請願に就て」『台湾』第3年第1号
菊池寛、山本修二（1925）『英国　愛蘭近代劇精髄』新潮社
紅野敏郎（1975）「武者小路実篤 ── 八百人の死刑をめぐって ── 」松村定孝等編『日本近代文学における中国像』東京：有斐閣
池田敏雄（1980）「柳田國男と台湾 ── 西来庵事件をめぐって ── 」『日本民族文化とその周辺』東京：新日本教育図書
片山宏行（1997）『菊池寛の航跡 ── 初期文学精神の展開』東京：和泉書院
河野賢司（1997.2.）「菊池寛とアイルランド演劇」『エール』第17号
河原功等編（1998）《日本統治期台灣文學日本作家作品集 別巻》東京：緑蔭書房
柳田國男（1998〔1958〕）〈故郷七十年〉《柳田國男》東京：日本図書センター
鶴岡真弓（1998）〈芥川龍之介の愛蘭土〉《正論》314號
山田敬三（1999）「『新中国未来記』をめぐって ── 梁啓超における革命と変革の論理 ── 」狭間直樹編『梁啓超 ── 西洋近代思想受容と明治日本』東京：みすず書房
片山宏行（2000）『菊池寛のうしろ影』東京：方英社
格清久美子（2000.2.）「菊池寛とアイルランド文学 ──『暴徒の子』における植民地の表象をめぐって ── 」『近代文学研究』第17号
高井多佳子（2001.2.）「『佳人之奇遇』を読む ── 小説と現実の「時差」」『史窓』第58号
杉山寿美子（2004）『アベイ・シアター　1904-2004　アイルランド演劇運動』東京：研究社
金牡蘭（2006）「「暴徒の子」が物語るもの ── 菊池寛とアイルランド文学の思考に向けて ── 」『比較文学』第49号
大沼敏男等（2006）東海散士『佳人之奇遇』東京：岩波書店
盧守助（2013.3.）「梁啓超訳『佳人之奇遇』及びその周辺」『環日本海研究年報』第20号
鈴木曉世《越境する想像力》（大阪大學出版會，2014年）
狭間直樹（2016）『梁啓超　アジア文明史の転換』東京：岩波書店
中文
梁啓超（1899）「飲冰室自由書」『清議報』（第二十六冊）
黄得時（1965.9.）「梁任公遊台考」『台灣文獻』
甘得中（1974.12.）「獻堂先生與同化会」『林獻堂先生記念集』台北：林獻堂先生記念集編纂委員会
呉潛誠（1999）航向愛爾蘭』台北：立緒出版社
葉栄鐘（2000）「林獻堂与梁啓超」『台湾人物群像』台北：晨星出版

康豹（2006）『染血的山谷——日治時期的噍吧哖事件』台北：三民書局
許俊雅（2007）「論梁啓超辛亥年遊台湾之影響」『社会科学』三周宛窈（2016）『台湾歴史図説』台北：聯経出版
英文
Coxhead, Elizabeth ed. "The Gaol Gate," *Lady Gregory: Selected Plays*, Canada: Maclean-Hunter Press, 1972.
Wu, Rwei-Ren (2003) *The Formosa ideology: Oriental colonialism and the rise of Taiwanese nationalism, 1895-1945* (Doctoral Dissertation, University of Chicago)
Katz, Paul. *When valley Turned Blood Red: The Ta-pa-ni Incident Colonial Taiwan*, United States: Hawai'i Press, 2005.

行走在汉语与日语之间

―― 诗人黄瀛留日时期中国新诗翻译活动考论 ――

裴　亮
PEI, Liang

Abstract

　　Huang Ying, a Chinese-Japanese poet who had been composing poems in Japanese, was very active in the poem field of Japan between 1925 and 1931. He not only published a large number of poems on key poem magazines but also initiatively translated works by contemporary Chinese poets and introduced the achievement of the Modern Chinese poetry to Japanese poets.

　　Through studying the translations and introduction to Chinese Modern poems by this "border-crosser", this article aimed to clarify a series of problems, including the background and motivation of Huang Ying's translating and introducing Chinese Modern poems to Japan between 1925 and 1930, as well as his standards of selecting poems and the purposes of publishing his works on a particular magazine. Meanwhile, the author also intended to illustrate the "connection" that caused resonance between the Chinese new poems in the 1920s and the contemporary Japanese poems and recover the process and the mechanism of reshaping Chinese new poems through translations in foreign countries.

1．译介学视角下的"中国新诗在日本"问题

　　在世界范围内，没有哪个国家像日本一样从中国新诗诞生之初就对其表示出密切的关注。尤其是1949年以前，日本对中国新诗的译介与接受过程显示出极强的连续性、动态性与同步性。迄今为止，对于"中国新诗与日本"这一课题，中日两国学者已进行了广泛而深入的研究，其成就在中国现代文学研究以及中日比较文学研究中占据重要位置。而既有成果置重的是从"日本体验／日本因素"这样的视角出发，探讨日本文化与近现代文学思潮对中国现代诗坛的发生、发展所产生的影响。这种单向度的视角往往容易忽视了将其放置于中日文化交流的互动语境与双向脉络中考察，缺乏将一个异文化语境作为分析判断

的视野。例如，对于同时代的日本诗坛是如何译介和接受中国新诗这一问题，就缺乏从译介学的视角来考察其作品——何时？被谁？经由什么途径？借助何种媒介？——译介到日本的专门性考证和研究。这源于较长一段时期内，学术界对文学翻译的认知大多停留在一个语言符号转换的技术性层面，并未对翻译文学作为独立文学形式之一种的审美价值及其作为异文化（文学）交流的中介价值给予足够的认识。

然而，文学翻译这一通过语言文字的转换把原作引入到一个全新文化圈的行为本身，不仅仅只是文学作品的一种跨文化传播样态，在某种程度上也是一种文学再生的创作形式。正如法国社会学家埃斯卡皮所言："翻译把作品置于一个完全没有预料到的参照体系里"，"赋予作品一个崭新的面貌，使之能与更广泛的读者进行一次崭新的文学交流"，"它不仅延长了作品的生命，而且又赋予了它第二次生命"。[1] 具体就"中国新诗在日本"这一话题而言，1920年代活跃在日本诗坛的中国诗人黄瀛（1906～2005），就曾将以创造社为代表的同时代中国诗人的作品，翻译成日语在《诗与诗论》等日本诗歌杂志上进行发表。此外，还撰写了《中国诗坛的现在》（1928）、《中国诗坛小述》（1929）等理论文章向日本诗坛介绍中国新诗发展的最新状况。这一系列的翻译和诗评活动，不仅有助于中国新诗在日本的介绍与传播，也能提供一种域外视角帮助我们重新发现原作之价值。

基于以上思考，本文旨在通过对黄瀛这位极具代表性的中日文坛"中介者"译介中国新诗情况的梳理，一方面想要厘清黄瀛在1925年至1930年期间积极向日本诗坛译介中国新诗之背景与动机，其选译何种诗作进行译介的标准，以及选择何种刊物发表的目的指向等诗歌交流史诸问题。另一方面，也意欲通过这一个案的研究来阐明1920～30年代中国新诗与同时期日本诗坛何以能够产生共震的"接点"，并试图还原中国新诗经由翻译在域外被重新"塑造"的历史过程，揭示一段被埋没的中日诗歌交流史话。

2．译者：国籍／语言的"混血"

日本著名汉学家奥野幸太郎曾经在《黄瀛诗集跋》[2] 中谈及黄瀛及其诗歌的文学价值时指出："作为一个深谙日语之神秘的中国诗人，黄君理应受到中国

1）罗贝尔埃斯卡皮:《文学社会学》，王美华、于沛译，安徽文艺出版社，1987年，第139页。

诗坛的尊重。"[3]"深谙日语的中国诗人"这一称谓恰恰象征了黄瀛在日本诗坛的特殊性。而这种特殊性则又首先体现在其出身的特殊性上。

　　黄瀛，1906年出生于重庆。其父黄泽民曾于辛亥革命前夕留学日本，回国后于重庆创办了川东师范学校并担任首任校长。其母太田喜智，乃是日本千叶县八日市场市人，十八岁时从女子师范学校毕业后成为了当地的小学教师。在日俄战争后她主动应聘日清交换教员，只身前往中国并与黄泽民结成跨国婚姻[4]。1914年其父不幸去世，年仅八岁的黄瀛不得不跟随母亲移居日本千叶县，进入其母家乡的普通小学开始学习日语。虽然黄瀛开始接受日式教育，但由于太田喜智保留了黄瀛的中国国籍，这也为他的求学之路带来了种种困难和阻力。小学毕业之时，虽然黄瀛以优异的成绩考取了省立成东中学，但却被校方以不收中国学生为由而拒绝录取[5]。这种因日中两国关系的恶化所带来的对中国人的歧视风潮使黄瀛从小就饱尝了作为"混血儿"的身份之尴尬与苦闷。不得已的情况下，他进入东京私立正则中学学习。1923年他回国赴天津探亲之时正好发生了关东大地震故而不得不留在中国。他以插班生的身份进入青岛的日本人中学读书。日语表达日渐成熟的他，也从此时开始了写诗的尝试。本就有口吃毛病而不善交流的黄瀛，如同找到了情绪宣泄的闸口一般，诗歌创作一发而不可收。据黄瀛自己回忆，此时期内"最多时每天能写多达二十首诗，而平均每周约能创作四十首左右。"[6] 此外，他还大量阅读了高村光太郎的《道程》、中川一政的《見なれざる人》等日本诗人的诗集。经过不断的努力投稿，1923年他的《早春登校》因获得了诗歌杂志《诗圣》编选者赤松月船、中野秀人、桥爪健等人的青睐而得以在当年第三号上刊载。而同期刊载的还有从中国广州投稿的诗人草野心平的诗作《无题》[7]。这一历史的偶然，不仅给予了黄瀛以职业诗人之身份从事诗歌创作的信心和勇气，同时也促使他写信给了彼时在广州留学的草野

2）本文系奥野幸太郎为黄瀛在日本出版的《黄瀛诗集》所撰写的跋文，后因时间关系未能刊出。其手稿由黄瀛先生本人长年珍藏。后由黄瀛先生嘱托四川外国语大学杨伟教授译为中文，初刊于《四川外国语学院学报》1991年第1期。后收录于《诗人黄瀛》（王敏主编，重庆出版社，2010）一书。

3）王敏主编：《诗人黄瀛》，重庆出版社，2010年6月，第254页。

4）王敏：《留学日本的意义——跨过近代教育中的实践者黄瀛母子》，王敏主编《诗人黄瀛》（重庆出版社，2010年6月），第264页。

5）佐藤竜一：《黄瀛　その詩と数奇な生涯》，日本地域社会研究所，1994年，第19页。

6）同前，第23页。

心平，从而开启了二人贯穿一生的友谊。

受到专业肯定和诗友鼓励的黄瀛，开始更为积极地向日本的文艺期刊广泛投稿。仅1924年10、11月两个月间，就有四篇作品获刊在《东京朝日新闻》的"学艺"专栏中[8]，其专栏负责人也正是曾经作为《诗圣》审稿人之一的中野秀人。而在该专栏中同时期发表诗歌的不仅有黄瀛推崇的高村光太郎，也有刚开始书简往来的诗友草野心平。在日本杂志上偶尔露脸的黄瀛经过一段时间的沉潜和努力，终于于次年的1925年开始获得日本诗坛的广泛关注。这源于当时在诗坛上颇具影响力的"诗话会"会刊《日本诗人》（新潮社）计划在当年二月号中将公开征集诗歌中的优秀作品以《第二新诗人专号》的形式集结出版，加以宣传和推介。在白鸟省吾、千家元麿和荻原朔太郎等十位[9]诗歌大家担任评委、从二百六十多篇诗作遴选出的最优秀十首作品中，黄瀛的《朝の展望》（《清晨的展望》）不仅榜上有名，而且以第一名的身份荣登该卷卷首。选者之一的荻原朔太郎在发表于同年11月号《日本诗人》上的诗评中论及黄瀛之诗时指出：黄瀛是"实为有着一副乐感敏锐耳朵的诗人"，"而黄瀛对日语有着很好的听感，想起来恐怕也源于他是外国人的缘故吧"[10]。

1925年从青岛中学毕业以后，黄瀛说服了他的母亲和家人独自从青岛出发、经由神户回到东京，再度开始了日本求学生活。回到日本东京后，黄瀛于1926年考入日本文化学院，一年后中途退学又转入陆军士官学校。求学期间的1930年，他正式出版了第一本个人诗集《景星》。1931年回国从戎，结束了短暂的二度日本生活。这一时期，黄瀛正是通过自己的日语诗歌写作，不仅获得了日本诗坛的认可和接纳，而且极大的治愈了他原本作为阴影创伤的"混血"之痛。正如亦师亦友的奥野幸太郎所说："黄君（按：指黄瀛）之所以成其为黄君，乃是因为他无论用中文写诗还是用日语写诗，都毫无差异"，"他正是借助了日本语言，才得以保持了与诗歌世界的联系"。[11]

7）同注5，第24页。

8）参见《黄瀛作品年表》，王敏主编：《诗人黄瀛》，重庆出版社，2010年6月，第387页。

9）选者：生田春月、川路柳虹、佐藤惣之助、白鸟省吾、千家元麿、多田不二、富田碎花、和荻原朔太郎、福田正夫、百田宗治。

10）荻原朔太郎：《日本诗人九月号月旦》，《日本诗人》，1925年11月号。

11）奥野幸太郎：《黄瀛诗集跋》，王敏主编《诗人黄瀛》，重庆出版社，2010年6月，第254页。

3．译作：越境／审美体验的"交响"

身为"混血儿"的身份特殊性，也直接体现在了他诗歌创作之外的诗歌翻译活动中。1925年至1930年间，黄瀛不仅作为一名以日语来创作的"混血"诗人活跃在日本诗坛，并且还积极地将同时代中国的诸如胡适、郭沫若、冯乃超、王独清、蒋光慈等重要诗人的诗作翻译成日语、在日本诗歌杂志上进行发表。而这种主动通过诗歌翻译来参与中日诗坛的交流的行为，不仅使黄瀛消除了对自身"混血"身份的焦虑感，而且将其"中间者"的尴尬成功地转化为自身在诗坛立足时作为一种"桥梁"和"中介"的独特优势。

从时间跨度上来看，黄瀛从1925年11月开始译介发表中国新诗，最初选择的是在新诗初创期具有开拓性的胡适与康白情的诗歌。而1925年也正是黄瀛开始在日本诗坛崭露头角的年份。随后的一段时间，黄瀛将更多的精力集中于自身的诗歌创作和诗坛活动。直到1928年开始，重新进入译诗的高产期，但持续至1931年就戛然而止。而这个时间段也与黄瀛第二次留日的时期（1925～1931）正好吻合。在此期间，黄瀛总计译介了三十二首新诗、诗人自传一篇以及诗歌评论二篇，涉及十五家诗人。涉猎范围之广，译介数量之多，在1920年代的日本诗坛可谓独树一帜。译介诗作刊载具体情况如下表：

除在诗歌杂志上刊载译诗以外，黄瀛还担任了为金星堂出版社所出《现代世界词华选》中"中华民国诗歌"部分的编选工作。他除了将已经发表在《诗与诗论》上的郭沫若《黄河与扬子江的对话》和发表在《诗神》上的章衣萍的《醉酒歌》、蒋光慈的《北京》、冯乃超的《红纱灯》以及王独清的《Now I am Choreic

日本诗歌杂志上所刊黄瀛翻译中国诗歌一览（1925～1930）

年份 杂志	1925	1926	1928	1929	1930
世界詩人	1卷2号 胡适： 一颗星儿 康白情： 送客黄埔	2卷1号 朱自清： 血歌			
銅鑼(16号)			冯乃超：上海		
若草 (4卷2号)			郭沫若：战取 冯乃超：十二月		
白山诗人 (3月号)				郭沫若：血的幻影	
文芸 レビュー				6月号 章衣萍：道理、新生	

詩と詩論				5巻	章衣萍： 我的自序传略 郭沫若：黄河与扬子江的对话		
				6巻	成仿吾： 诗之防御战		
詩神				5巻10号	宛尔：工厂中走出的少年 王独清：EETE NATIONALE 章衣萍：醉酒歌	6巻1号	海外的中国民歌： 　小小子儿 　老、鸟、鸽 　卖玩的人的歌
				5巻12号	王独清诗抄 　NowIamChoreic man 　月下的病人 　劳人 　我从CAFÉ中出来 　流人的预约	6巻2号	陶晶孙： 　温泉 　Café Pipeau 的广告
						6巻4号	冯乃超：红纱灯 刘半农：拟儿歌 钱杏邨：夜雨 蒋光慈：耶稣颂 蒋光慈：北京
						6巻6号	蒋光慈诗抄 　十月革命的婴儿 　月夜的一瞬 　钢刀与肉头 　听鞭韃女儿唱歌 　莫斯科吟

man》这四首译作再度收入以外，还增加了两首陆志韦和闻一多的诗歌译作。

综观以上统计数据，其中同一位诗人有三首及其以上译作的分别是：蒋光慈七首、王独清六首、郭沫若三首、章衣萍三首、冯乃超三首。而其中以"诗抄"为题，推出了个人专题系列的则有蒋光慈、王独清和郭沫若三人。由此可见，黄瀛所关注的诗人绝大多数是创造社的主要成员，而且大多数诗人都与日本有着密不可分的联系。在日本留学长达十年之久的创造社发起人之一郭沫若自不待言。黄瀛所译郭沫若诗歌具体篇目包括：

（1）战取　　　　　　　　　《若草》　　1928年4卷2号
（2）血的幻影（图一）　　　《白山诗人》　1929年3月号
（3）黄河与扬子江的对话（图二）《詩と詩論》　1929年第5卷

黄瀛曾对郭沫若的诗歌成就给予了高度肯定，认为"作为现代中国出现的文学家，他是鲁迅一样值得引以为傲的诗人"[12]。他在介绍中国新诗的文章《中国詩壇の現在》中也指出：从新诗的初创期到无产阶级诗歌勃兴之间还有一个抒情诗的时代，其中就以郭沫若的《瓶》、冯乃超的《红纱灯》与穆木天的《旅

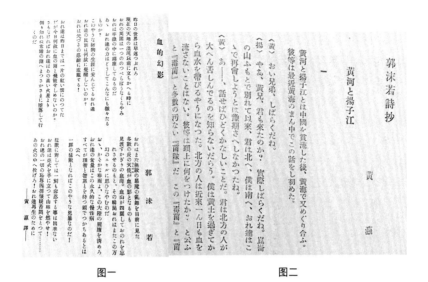

图一　　　　　　　　　图二

心》为代表[13]。

除了郭沫若之外，被黄瀛译介次数最多的蒋光慈，也曾经因患肺结核而于1929年8月赴日本休养。在东京期间他组织了太阳社东京支部，并曾与日本左翼作家藏原惟人等探讨马克思主义文艺理论和革命文学问题。而担任过《秦镜报》主编的王独清，也曾因报馆被查禁和躲避袭击追捕而在姻兄的安排下于1915年亡命日本三年。1919年末回到上海后为《时代新报》的"学灯"、"少年中国"等栏目及《救国日报》的"新文化"撰写文章。诗人冯乃超本身就是出生于日本横滨的一个华侨子弟。曾于1920年考入东京第一高等学校预科，后入名古屋第八高等学校学习。1923年家庭因遭遇关东大地震而损失惨重，遭遇变故。正如关东大地震改变了黄瀛的人生轨迹一样，这场灾难也使冯乃超从富家子弟变成一介平民，日后成为促使他走上文学道路的契机。冯乃超不仅学生生活全部在日本度过，而且前后在日本累计生活了二十四年之久。1928年4月更是将他在日本读书期间创作的诗歌集结为《红纱灯》，由上海创造社出版部出版。

黄瀛虽然国籍是中国人，但因为从小接受正规日式教育以及母亲言传身教

---

12)　黄瀛:《中国詩壇の現在》,《世界新興詩派研究》, 金星堂（东京）, 1929年, 第349页。

13)　同前, 1929年, 第348页。

的影响，他的思想意识与审美标准也深深烙下了日式的情趣和印记。黄瀛对冯乃超的诗集《红纱灯》可谓推崇备至，并敏锐地觉察到了其中所具备地颓废感伤的色彩，评价认为"在外国人眼里，或许会从《红纱灯》中看到某些过剩的感伤情调"，"无论其表现或形式，都充满了新鲜感"，"我认为它也处于中国诗坛的前列"。[14] 黄瀛在日本期间曾与冯乃超相识并保持着书信往来，而巧合的是冯乃超曾于1925年在东京神田区中国基督教青年会上结识了学友穆木天。后来回忆二人的交往以及穆木天的诗歌创作时说：

> 这个曾经立志要当工程师希望工业救国而且又具备学习理科课程素质的青年，经历过封建大家庭的解体，又经历了中兴的资产阶级家庭的没落。他备尝这种由富变穷的痛苦，感到身世飘零，不得不抛弃工业救国的理想。彷徨歧路中，选择了搞文学的道路。（中略）诗歌变成他寄托个人忧思、失恋的悲哀和身世凄凉的工具。《旅心》集里留下诗人不尽的乡愁，故国的思恋。[15]

冯乃超这段对穆木天的追忆文字，事实上也适用于黄瀛的飘零身世。《旅心》与《红纱灯》都诞生于日本，两部诗集多描写感伤与颓废的情绪，常表达爱情的失意和生命瞬间的惆怅，都带有日本文学"物哀"的情调。叶渭渠在《日本文学思潮史》中认为："'物哀'是将现实中最受感动、最让人动心的东西（物）记录下来，写触'物'的感动之心、感动之情，写感情世界。而且感动的形态，有悲哀的、感伤的、可怜的、也有怜悯的、同情的、壮美的。也就是说，对'物'引起感动而产生的喜怒哀乐诸相。"[16] 事实上，《红纱灯》与《旅心》在诸多艺术技巧方面，如对物像的纤细描绘，对朦胧哀伤情调的追求，对自然界声色的敏感，对诗歌音乐节奏的执着都表现出对日本文化的广泛吸收和借鉴。创造社诸君与日本或深或浅的渊源，以及自己与冯乃超、穆木天相似的人生经历和体验，必然引起黄瀛内心的"交响"，成为去关注他们诗歌世界的重要因素之一。

4．译"场"：作为诗坛"公器"的《诗神》

在梳理完译者经历与译作构成之后，我们需要进一步思考究竟是什么样的

14）黄瀛：《中国诗坛小述》，《詩と詩論》，1929年6月号。
15）冯乃超：《忆木天》，载《冯乃超文集》上卷，中山大学出版社，1986年，第402页。
16）叶渭渠：《日本文学思潮史》，经济日报出版社，1997年，第136页。

环境导致黄瀛1920年代日本滞留时期内进行了大量而独特的诗歌翻译活动？而要解释这一问题，必须梳理清楚支持黄瀛进行翻译活动并为之提供公开发表舞台的"媒介"（期刊）和"场域"（诗人交际网络）。这些因素一方面促使了翻译活动的发生和开展，另一方面无疑也左右了翻译活动的伸延路向。

"场域"作为布迪厄社会学的核心概念之一，主要是指"具有自己独特运作法则的社会空间"，"从分析的角度来看，一个场域可以被定义为在各种位置之间存在的客观关系的一个网络（network），或一个构型（con-figuration）。"[17] 简言之，"场域"是相对独立的社会空间，每个场域有其独立的运作规则，但也与其它场域之间相互关联。具体到不同历史语境下的翻译活动中，译介的过程也有其独特的关系系统，诸如译者、出版商、策划人、读者、批评家等在翻译实践中形成了一种特定的关系网络，从而生成了不同于其他场域的有其自身独特规则的翻译场域。通过前文对黄瀛发表译作媒介的梳理，可以发现他的译介活动主要集中在1929年与1930年。而在此期间，刊载于《诗神》（图三）杂志上的新诗译作除开"中国民歌"专题以外多达二十首，占到了他个人译诗数量的三分之二，其中还包括了"王独清诗抄"与"蒋光慈诗抄（图四）"两个诗人专题。《诗神》作为黄瀛个人译作发表高峰期所选择的发表舞台，对二者关系的梳理可以从媒介场的角度帮我们进一步理解黄瀛的新诗译介与翻译场域的相互构

图三　　　　　　　　　　　图四

---

17) 王悦晨：《从社会学角度看翻译现象：布迪厄社会学理论关键词解读》，《中国翻译》，2011年第1期。

建。

　《诗神》是一本由广岛出生的诗人田中清一于1925年9月出资创刊并由聚芳阁出版每月一号发行的月刊诗歌专门杂志。《诗神》虽然名义上由田中清一主宰，但在第三卷十二号之前实际主要由田中的好友福田正夫担任顾问和负责，由神谷畅和辻本浩太郎担任实际的编辑工作。昭和二年年末开始则主要由清水晖吉负责编辑。从第四卷一号开始，借田中去东京之际，福田将编辑大权移交给了田中，由他亲自参与杂志的编辑和建设工作。事实上，在田中真正完全接手之前的过渡时期，从昭和三年七月至昭和四年一月期间，该杂志短期由宫崎孝政主持。昭和四年一月开始，田中清一完全正式参与该杂志的编辑，并得到了宫崎孝政的辅佐。在此期间，《诗神》不断扩大版面和容量，前后发行七年后于1932年停刊。由《诗神》核心成员对刊物发展方向和定位的阐释可以看出，该刊物同人有意识地要将其打造为诗坛具有"公器"色彩的诗歌杂志，在不分流派、不搞团体、不论主义的理想下繁荣诗坛的创作，并积极介绍海外诗歌发展状况。

　《诗神》杂志在福田主持的初期阶段，比较重视民众诗派的诗歌作品，诗论方面福士幸次郎连载发表的《田舎のモノローグ》受到了广泛的关注。清水晖吉接班之后，则大量推介了他的同乡荻原恭次郎的诗歌。其后在师从室生犀星的诗人宫崎孝政主持下，偏向于重视书写普通民众生活的叙情诗以及当时较为流行的童话和民谣。田中清一接手主宰之后，则进一步强化了该杂志诗歌"公器"的色彩，广泛运用他在诗坛的人脉关系，积极与当时流行的《诗与诗论》、《诗现实》等诗歌杂志以及以《铜锣》、《亚》等诗歌杂志为阵地的诗歌同人团体建立互动关系，发表他们的诗歌作品。与此同时，该杂志还积极翻译海外诗歌作品，设立了海外诗坛的专栏予以介绍。译介比较集中的国家及其相对翻译作品较多的诗人情况如下[18]：

　　苏俄：黑田辰男、村松正俊、升曙梦、村田春海、尾濑敬止等
　　法国：前田铁之助、佐藤正彰、堀辰雄、北川冬彦、三好达治等
　　德国：阪本越郎、小出直三郎、木下杢太郎、片山敏彦等
　　意大利：佐藤雪夫、神原泰、岩崎纯孝等
　　英国：佐藤清、野口米次郎、山宫允、阿部知二等

18）久松潜一等编《现代文学大事典》，明治书院，1965年，494页。

美国：草野心平、田中清一、野口米次郎等
中国：黄瀛、井东宪等

由杂志本身编辑重心的变迁亦可看出：正是在这样的场域中，作为"少数派"的外国诗人黄瀛也得到了肯定和重用。

5．诗"评"：互为镜像的中日诗坛

作为能同时熟练使用中日两国语言的诗人，黄瀛强烈感受到需要向日本诗坛发信的使命感。在他看来，虽然"中国的诗坛比日本诗坛更有活力"，但对于"如今中华民国的文学，在日本是并不明了其状况的"[19]，故而主张"日本的外国诗人研究应该更加关注中国"[20]。在此观念的牵引下，黄瀛在翻译具体中国新诗作品的同时，还积极撰写关于中国诗坛的"时评"与"综述"。这个系列包括《中華民国詩壇の現在》（《若草》1928年12月号）、《中国詩壇小述》（《詩と詩論》1929年6月号）、《中国詩壇の現在》（百田宗治编《世界新興詩派研究》，金星堂，1929年12月）、《金陵城から——現中国新文學の欠陷と今後の展望》（《作品》1931年9月号）等评论性文章。

这些评论文章的写作开始于1928年，而这个重要的年份亦是他审视中日诗坛的一个比较基点。对于彼时的中国而言，李初梨、冯乃超、彭康、朱镜我等一批后期创造社成员于1927年陆续回国。由于他们"留学日本时，正值日本无产阶级文学运动兴盛，他们在日本亲身感受到了日本无产阶级文学运动的热烈气氛，受其思想、理论的熏陶，回国后，由他们倡导的革命文学，密切地观照着日本无产阶级文学。"[21] 1928年之后，以后期创造社和新成立的太阳社为代表的文坛青年力量，在借鉴平林初之辅、青野季吉、藏原惟人等日本无产阶级文学理论家文艺主张的基础上，在《创造月刊》、《文化批判》和《太阳月刊》等刊物上陆续推出了以《怎样地建设革命文学》（李初梨：《文化批判》第二号，1928年1月）为发端的系列理论文章，正式倡导无产阶级革命文学。已有学者撰文指出："日本无产阶级文学理论家和中国革命文学倡导者"均在无产阶级文学运动中强调了作家掌握先进世界观的重要性，并以此来推动无产阶级文学家投

19）黄瀛：《中華民国詩壇の現在》，《若草》，1928年12月号。
20）黄瀛：《中国詩壇小述》，《詩と詩論》，1929年6月号。
21）靳明全：《1928年中国革命文学兴起的日本观照》，《文学评论》，2003年第3期。

入革命的实践，进行思想的改造，从而使日中无产阶级文学作品的思想面貌有了较大的改观，这不能不说是中国革命文学倡导者借鉴日本经验的一个成就。"[22]

另一方面，1920年代后半期无产阶级文学作为一种世界性的思想和运动潮流也在日本诗坛也逐渐形成了一个宣传与支持无产阶级文学的诗歌阵营。虽然从1920年代初期开始日本的无产阶级文学运动虽已取得了一定的成绩，但受福本主义思想路线的影响也造成了阵营的严重分化。而随着1928年3月全日本无产者艺术联盟的成立，日本的马克思主义艺术运动渐趋成为主流。在此意义上也标志着日本无产阶级文学运动在1928年开启了新方向与新阶段。尤其是1928年随着日本无产阶级文学运动高潮的到来，这些阵营将更多的目光投注到对其他国家无产阶级文学的译介活动中，在彰显自身合法性的同时也寻求日本与国际无产阶级文学之间的互动与对话。在当时，日本文化界不单单是对中国革命文学的作品，而且也十分注重对中国左翼作家与革命文学运动的介绍。比如藤枝丈夫1928年7月发表在《战旗》第一卷第三号上的《中国の新興文芸運動》一文就重点介绍了以郭沫若为代表的左翼诗人。此外，1929年1月的《国际文化》（图五）杂志上也刊发了《世界左翼文化戦線の人々》的特辑。其中所列中国的左翼人士中作为作家详细介绍了生平经历来予以推介的就是郭沫若与蒋光慈。而黄瀛不仅大量翻译了此二人的诗作，也在《中国詩壇小述》（图六）中特别提及了《国际文化》杂志这期特辑对郭沫若、蒋光慈等中国左翼人士的介绍。

而在《中国詩壇の現在》一文中，黄瀛直接以1928年为界，将1928年中国

图五

图六

22）同注21。

的文坛分成了以下三个派别进行分门别类的论述：

> 1928年初めに於て中国文壇は左記の如き異なれる三派に分類されてゐた。
> 一、創造社、太陽社によつて代表せらるるプロレタリアの文学。
> 二、語絲社を以て代表せらるるプチ・ブルジョアジーの文学。
> 三、新月系によつて代表せらるる豪紳、ブルジョアジーの文学。[23]

在论及以创造社、太阳社所代表的无产阶级文学之时，黄瀛特别指出了中国无产阶级文学展现出发展迅捷与讲求实际的特点，尤其注重民众以发挥无产阶级诗歌所具有的社会效用。并再次重点推介了活跃在《创造月刊》、《世界杂志》、《太阳月刊》等杂志上的郭沫若、冯乃超、黄药眠、王独清、蒋光慈、钱杏邨等代表性诗人。事实上，这些也正是他重点选择翻译的对象。最后他将中国无产阶级诗歌运动的阶段特点总结为：

> 創造者を主流とした中国プロレタリア文学を、プロレタリア自身の創意を以て文学の低水準の労働者、農民大衆にまで引き入れた。（中略）かつてはプロレタリア文学の作品が特称された日があつたが、今は全く中国自身の最もふさはしき風物にまで普遍した。[24]

这些诗评不仅说明身在日本的他一方面在关注祖国文坛动向的同时也一方面在随时了解所处日本社会各界对革命思潮、对中国左翼文学运动的反应。而作为积极关注诗坛时代动向的举措，大力推介中国无产阶级诗歌运动的代表作品以及后期创造社诗人的普罗诗作就成为一拍即合之时代"共鸣"。而伴随着这些形式各异、视角不一的中国普罗诗歌的译介和传播，作为革命文学之一端的近代中国诗坛"无产阶级诗歌运动"也跨越国界进入日本文坛的视野。如同周作人对日本和歌、俳句等"小诗"的译介一样，活跃在1920年代日本诗坛的中国诗人黄瀛在通过对中国新诗的译介，也为中日两国诗坛之间架起了一座彼此来去往还的共时性桥梁，有助于中日两国诗歌在获得一种时代的共鸣与交响。作为现代中日诗歌交流史上一个有代表性的横截面，却也不容我们忽视。

23）黄瀛：《中国詩壇の現在》，《世界新興詩派研究》，金星堂（东京），1929年，第356页。
24）同前，第358页。

本稿は『長江叢刊』（2018年第20号）に掲載した「詩之越境与越境之詩 —— 1920年代中国新诗在日本」のうち、大幅な加筆と修正を施したものである。本稿の草案段阶で、贵重なコメントをくださった东京大学の鈴木将久教授に謝意を表したい。

図版出典
1 『白山詩人』（1929年3月号）
2 『詩と詩論』（1929年7月号）
3 『詩神』（1930年6巻号）
4 『詩神』（1930年6巻6号）
5 『国際文化』（1929年1号）
6 『詩と詩論』（1929年6月号）

参考文献
罗贝尔埃斯卡皮著，王美华、于沛译（1987）《文学社会学》，安徽文艺出版社
王敏等（2010）《诗人黄瀛》，重庆出版社
佐藤竜一（1994）《黄瀛　その詩と数奇な生涯》，日本地域社会研究所
叶渭渠（1997）《日本文学思潮史》，经济日报出版社
久松潜一等（1965）《现代文学大事典》，明治书院
黄瀛等（1929）《世界新興詩派研究》，金星堂（东京）
靳明全（2003）《1928年中国革命文学兴起的日本观照》，《文学评论》

著　者　紹　介

鄭　炳　浩（JUNG, Byeongho）
　所属・職位：（韓国）高麗大学校日語日文学科教授
　主な研究テーマ：朝鮮半島の植民地日本語文学、日・韓の災難文学
　主要業績：（共著）　池内輝雄、木村一信ほか『〈外地〉日本語文学への射程』、双文社出版、東京、2014年
　　　　　　（編者）　정병호 외『동아시아의 일본어잡지 유통과 식민지문학』、도서출판 역락、서울、2014년
　　　　　　（鄭炳浩他『東アジアにおける日本語雑誌の流通と植民地文学』、図書出版亦楽、ソウル、2014年）
　　　　　　Hyosun Kim, Inkyoung Um, Byeongho Jung "A Study of the Formation of Japanese Language Literature in Colonial Korea: Japanese Magazines, Japanese Translations of Joseon Literature, and Traditional Japanese Poetry," *INTERDISCIPLINARY STUDIES OF LITERATURE* 1, KNOWLEDGE HUB PUBL CO LTD, HONG KONG, 2017, pp.120-134

梁　艶（LIANG, Yan）
　所属・職位：（中国）同済大学外国語学院日本語学部准教授
　主な研究テーマ：近代中国における外国文学の翻訳と受容
　主要業績：（論文）　「周作人とアンドレーエフ ──『歯痛』の翻訳をめぐって」『野草』第91号、2013年
　　　　　　（単著）　『清末民初における欧米小説の翻訳に関する研究 ── 日本経由を視座として』花書院、2015年
　　　　　　（論文）　「周作人訳契訶夫小説底本考 ── 以『可愛的人』為中心」『東北亜外語研究』2017年第2期

波潟　剛（NAMIGATA, Tsuyoshi）
所属・職位：九州大学大学院比較社会文化研究院教授
主な研究テーマ：日本近現代文学、比較文学
主要業績：（単著）『越境のアヴァンギャルド』NTT出版、2005年
　　　　　（共編著）Ewha Institute for Humanities, Ewha Womans University & Graduate School of Integrated Sciences for Global Society, Kyushu University, *Translation, Transculturation, and Transformation of Modernity in East Asia*, 2018, Somyong Publishing.
　　　　　（論文）「崔承喜とジョセフィン・ベイカーをめぐる表象 ── 東アジアにおける「モダン」の文化翻訳　1935-1936」『跨境／日本語文学研究』創刊号、2014年

頼　怡真（LAI, Yichen）
所属・職位：（台湾）東呉大学・兼任助理教授、輔仁大学・兼任助理教授
主な研究テーマ：日本近代文学、台湾文学、宮沢賢治研究
主要業績：（博士論文）『宮澤賢治文学におけるヴァージョンの生成』九州大学、2015年
　　　　　（翻訳）『台日交流文学特別展覧会図録』国立台湾文学館、2016年
　　　　　『宮澤賢治短編小説集Ⅱ』好讀出版社、2017年、序文

趙　藝羅（CHO, Yera）
所属・職位：（日本）九州大学大学院地球社会統合科学府。博士後期課程3年
主な研究テーマ：日本近現代文学、比較文学
主要業績：「一九三七年前後における探偵小説の衰退と科学小説 ── 蘭郁二郎の作風変化を中心に ── 」（九州大学日本語文学会『九大日文』第29号、2017年3月）、「佐藤紅緑「少年聯盟」論 ── 明治・大正・昭和における「十五少年」の変容を視座に ── 」（日

本近代文学会九州支部『近代文学論集』第43号、2018年3月)、
「H. G. 웰스의『우주전쟁』에 나타난 제국의 모순과 일본 제국주의적 변용 —— 쓰치야 고지 역『화성인과의 전쟁』과의 비교를 중심으로(Ambivalence of the Empire in H. G. Wells' *The War of the Worlds* and Acculturation of the Japanese Imperialism: Focus on Comparison with *Kaseijin to no Sensō* translated by Tsuchiya Kōji)」(Ewha Institute for the Humanities『탈경계인문학(TRANS-HUMANITIES)』Vol.11, No.2, 2018年8月)。

俞　在真（YU, Jaejin）
所属・職位：高麗大学校日語日文学科教授
主な研究テーマ：植民地期朝鮮における日本語大衆文学
主要業績：（共編著）『〈異郷〉としての日本 —— 東アジアの留学生がみた近代』勉誠出版、2017年
（共著）『在朝日本人日本語文学史序説』ヨンラク、2017年
「研究資料　植民地期初期朝鮮半島で刊行された日本語民間新聞の文芸物」『跨境／日本語文学研究』Vol.4、2017年

呉　佩珍（WU, Peichen）
所属・職位：国立政治大学台湾文学研究所准教授
主な研究テーマ：日本近代文学、日本植民期日台比較文学、比較文化
主要業績：（単著）『真杉靜枝與殖民地台灣』台北：聯経出版、2013年
（共著）Poonam Trivedi, Ryuta Minami ed. Peichen Wu "The Peripheral Body of Empire: Shakespearean Adaptations and Taiwan's Geopolitics" *Re-Playing Shakespeare in Asia*. Routledge 2010.1
（翻訳）Faye Yuan Kleeman 著《帝國的太陽下》(*Under an Imperial Sun: Japanese Colonial Literature of Taiwan and the South, 2007*)（日本語訳『大日本帝国のクレオール

―― 植民地台湾の日本語文学』慶応大学出版会、2010年）

裴　亮（PEI, Liang）

所属・職位：（中国）武漢大学文学院准教授

主な研究テーマ：中国現代文学と中日近現代比較文学。近年主に「越境」の視点から「日本における中国現代文学の同時代的翻訳史（1919～1949）」の研究を行う。

主要業績：（単著）『中国五・四時期嶺南文学の新地平 ―― 文学研究会広州分会及び詩人草野心平を中心に』花書院、2014年

（論文）「詩人草野心平の誕生と中国 ―― 文学研究会広州分会との関わりをめぐって」『野草』第90号、2012年

（論文）「文学団体の創出と嶺南現代文学の成立 ―― 文学研究会広州分会的文学史諸相」『日本中国学会報』第64号、2012年

九州大学QRプログラム「人社系アジア研究活性化重点支援」
〈新資料発見に伴う東アジア文化研究の多角的展開、および国際研究拠点の構築〉

近代東アジアにおける〈翻訳〉と〈日本語文学〉
Transition and Translation in Modern East Asian Literature

2019年3月29日　第1刷発行

編　著―― 波潟　剛

発行者―― 仲西佳文

発行所―― 有限会社 花　書　院
〒810-0012　福岡市中央区白金2-9-2
電　話（092）526-0287
ＦＡＸ（092）524-4411
ISBN 978-4-86561-161-8 C3091

振　替―― 01750-6-35885

印刷・製本―― 城島印刷株式会社

©2019 Printed in Japan

定価はカバーに表示してあります。万一、落丁・乱丁本がございましたら、弊社あてにご郵送下さい。
送料弊社負担にてお取り替え致します。